お出かけ先は異世界ですか?

1

天川七

Illust
ゆき哉

れ、
幼 は美形騎士団に愛されちゅう!~

CONTENTS

Odekake saki wa
Isekai desuka?
vol.1

プロローグ

モモ、幼児になる
～美形って見ているだけで眼福だよね～

「うぎゃあああん！（おにがわらぁぁぁぁ！）」

桃子の叫び声は、子供の泣き声となって喉から迸ったのである。

水元桃子は花も恥じらうきゃわゆい女子高生であった。……嘘です、言いすぎました。花は恥じらわない程度のごく普通の十六歳です。大抵のことは受け流せる性格だけが取り柄の女の子です、はいっ。

自宅のベッドで目を閉じたのに、気づくと冷たい石畳の上に全裸で寝ていた。しかも、その身体はどう見ても幼い。もともとなかったけど、お胸がさらに減りまして、いまや立派な幼児体型なの。なんじゃこりゃと、目をパチクリさせながら起き上がると、目の前には怪しさ満点、お揃いの白い衣装を着たおじさんが六人おり、目を血走らせて桃子を凝視していた。

その後ろには、この世の美を集結したような美形の男の人がいて、左右に儚い系銀髪美人さんと、夜の街が似合いそうな赤髪の色男さんが控えている。

誰もが桃子を茫然とした顔で見つめてくるので、いやんと見つめ返してみる。けれども視線は自然と美形さん達に吸い寄せられてしまう。とんでもなく華のある顔立ちだから、周りに金粉が飛んでいるみたい！

その人達は帯剣していて、緑の外套を着込んでいる。足元を固めるブーツは実用的なものだ。おそらくどこかの組織に属する人達だろう。とりあえず、眼福眼福とほくほくしておくの。

服装は現代に近く、緑の外套はうっすらと汚れている。雰囲気からして、ただ者ではなさそうだ。

それにしても、ここってどこかなぁ？

「…………大神官」

「は、はい!?」

ものすごく低い声で美形さんが言って、一人だけ金の首飾りをつけたおじさんを睨む。どうやら頭をピカリと光らせたその人が、おじさん軍団の代表らしい。声を裏返しながら返事をしている。

なんか、あの、怖いので逃げてもいい？　なんて本音は口にチャックして押しとどめ、桃子はハラハラと成り行きを見守る。

「一体、誰の許可を得て行った？」

「で、殿下、全ては国のためです！　国王陛下とてこの結果を見れば、納得される――」

「そんなことを聞いているのではない。オレは、誰から！　許可を取ったのかと、聞いたんだ！」

念を押すように、言葉を区切りながら話す美形さんは、凄みのある圧が全身から放たれている。

このおじさん達は、美形さんがこんなに怒るほどまずいことをしちゃったの？　桃子はのんびりと首を傾げた。そろそろ寒くなってきたし、誰か布でもくれないかなぁ。自分の小さな身体を見下ろして、ムズムズしてきた鼻を擦る。

代表のおじさんが汗をかきかき、ガクガクと震えている。あっ、おじさんも寒い？　やっぱりここ冷えるよねぇ。お話はあったかい場所でしたらどうかな？　そう聞いてみたいけど、なんかシリアスしているし、どうしようかと迷って、やっぱり黙っておく。

「それは、その……大神官である私が許可を出しました！」

「つまり、陛下の許可は取っていないんだな？　このことは報告するぞ。それで、この子供はなんだ？」

「その、ええ、はい。あの、この子供が軍神と思われます！」

軍神と指差されたのは、なんと桃子だった。……え？

美形さんの黒い双眼が桃子を射抜く。眉間にくっきりとシワを刻み、こめかみには青筋を浮かべ、美しい顔を修羅に変えて凝視される。その瞬間、本能に従って涙腺が決壊した。

「うぎゃああああん！　（おにがわらぁぁぁぁ！）」

こうして、冒頭に戻るのであった。

ひっくひっくとしゃくり上げながら、桃子は小さな掌で、もっちりした頬を擦っていた。泣きすぎて目が痛いのに、本能が泣けと叫ぶので涙が止まらないのだ。この洪水を誰か止めてぇ！　と、舞台女優のように叫びたい。

「そんなに擦るな。眼球が傷つくぞ」

泣き喚く幼女に周囲が慌てる中、殿下と呼ばれた美形さんはため息をついて、桃子をひょいっと抱き上げてくれる。慣れない距離感に、おおぅと声が出そうになった。ごめん、世の中の幼女に夢見る人達。幼女の口から出る声じゃないよねぇ、これ。

十六歳の桃子は案外のんきなもので、泣きながらも半分は冷静だったりする。へんてこな気分だ。高校生と幼女が溶けあって一つの身体に同居していると言えばいいのか。お刺身にはわさびをつける派なのに、今の身体じゃ食べられないかもしれない。

冷静な部分がのほほんとしていると、美形さんが緩く眉をひそめた。

「ずいぶんと冷えているな」

「オレの外套を使ってください。――どうぞ、お姫様」

夜の街が似合いそうな人が、即座に自分の外套を外して桃子にかけてくれる。美麗なホスト顔がにっこりと向けられて、その耳元でカフスがキラッと輝いた。

その近さに、思わず自分を抱いてくれる美形さんにしがみつく。すると、服越しに腕の硬い筋肉を感じた。けしてごつくは見えないのに、近づくとよくわかる。実は鍛えている人だ。いい筋肉ですね！　その肉体には、敬語で敬意を表したいの。

桃子は慣れない距離に照れもあり、三人を見上げてきょときょとと目を動かした。そんな綺麗な目で見つめられると照れちゃうよぅ。

「ううぅ……っ」

「カイ、下がれ。また泣かれては困る」

美形さんが命じると、カイと呼ばれた男の人は、桃子にパチンと綺麗なウインクをして少し離れてくれた。それにほっとして、美形さんを見上げれば、黒曜石のような目が緩む。

わずかに上がる口端が、彫刻のような美丈夫に人間の温かみを吹き込む。ものすごい目の保養だねぇ。こんなに美しい人が存在するなんて本当にびっくりなの。鬼瓦と見まがう相貌を忘れて、桃子は思わず見惚れてしまう。

「小柄ではあるが、年は五つほどか？　誤ってこんな幼子を召喚してしまうとは……」

「バルクライ様、オレ達だけでは手に余るのでは？」

「カイの言うことにも一理あります。そういうことでしたら、女性の手を借りるのはいかがでしょう」

それまで黙っていた銀髪美人さんが声を発する。男の人だ！　あまりにも綺麗だから、女の人と勘違いしちゃったの。桃子の視線に気づいて、銀髪美人さんが安心させるように微笑んでくれた。

「まずは落ち着かせて話を聞き出そう。この幼子にどこまで通じるかはわからないが」

「では、バルクライ様のお屋敷に移動しましょう。幼子ですから、けして手荒に扱ってはいけません。そーっと、そーっと、生まれたばかりの子猫に触れるように気をつけてくださいね？」

「わかっている」

美人さんに注意されて、腕の力が緩んだ。優しくそっと左腕でお尻を支えられて、桃子は胸元に慌てて掴まる。厚い胸板にずいぶんと小さくなった手で触れると、ドキッとした。

美形さん達のやり取りを耳にして慌てたのか、おじさんが頭に汗を浮かべながらまろび寄る。

「間違いなどと、そんなはずはございません！　幼子といえども、育てれば軍神になるのでは？　そうなれば、我らが国の戦力にもなり得ましょうぞ」

「軍神がこんな幼子のわけがないだろう！　貴様は大神官という立場にありながら、魔物に魂を売ったのか？　親元を無理やり離されて泣いているこんな幼子を前に、なぜそんな非道なことが言える。もし、この子が自分の子供や孫であったとしても、同じことが言えるのか？」

他のおじさん達が後悔するようにうなだれた。それなのに、大神官と呼ばれたおじさんだけは唾を飛ばすような勢いで言い募る。

「わ、私はこの国を思っているのです！　他国を牽制する戦力としての――……」

「黙れ、痴れ者が。この幼子はオレが連れていく。この子に対して、神殿は今後一切の手出しを禁じる。軍神の召喚など、神を冒瀆するも同然の行為だろう。二度は許さん」

「そんな、殿下！　どうか、どうかお待ちくださいっ、軍神ガデスはきっとその子供の中にいらっしゃるのです！　正しき方法を用いれば、必ずその絶大なお力で我々を照らしてくださるはずです!!」

「くどいっ!!」

美形さんは一喝して、鋭い眼光でおじさんを黙らせる。しかし、その気迫に気押されたのは桃子も一緒だった。反射的にビクリと震えて、自然と目に涙が浮かんでくる。今の大声は純粋に怖かったの。幼い精神が泣け、今泣け！　と喚きたてている。どうにも涙腺の制御が利かなくて困るよぅ。

「バルクライ様！　怯えさせてどうするのですかっ」

「すまない、驚かせたか。お前を叱ったのではないぞ。……いい子だから、な」

身体をあやすようにゆるゆると揺らされる。その腕はどこまでも優しいもので、安心したらポロリと涙が落っこちた。頬を伝う涙を美形さんが唇で受け止めて、囁く。

「泣くな。オレが後見人となり、親元から離してしまった償いと責任を負おう。だから、なにも怖がることはない」

甘やかな声にあやされると、とろとろと眠気がやってきてしまう。ダメなの、そんないい声で囁かれたら――――グゥ。

第一章

モモ、異世界にて交流する
～やっぱり、挨拶って大事だよ～

桃子が目を開けたのは、天蓋付きの豪奢なベッドの中だった。それもとても大きなもので、今の桃子なら十五人くらいは余裕で寝られそうな広さがある。

自分の身体を見下ろすと、いつの間にやら肌触りのよい白いブラウスを身に着けていた。大人サイズのようで、今の桃子にはワンピースのようになっている。

どうやら美形さんの美声と腕の優しさに、すっかり骨抜きにされてあのまま眠ってしまったようだ。くぅ、不覚！　でも、なんか熟睡出来た気がする。ありがとう、美形さん。

心の中でお礼を伝えて、桃子はベッドの上に仁王立ちした。さっきから、心がウズウズと浮き立って、もう抑えられないの。欲望のままにダイブする。身体がぽよんと弾んだ。なにこれ、ものすんごく楽しい！

そのまま泳いでみると、シーツがくしゃくしゃになった。ひっじょーに心が弾む。ダメだこれ、楽しすぎちゃう。

平泳ぎとバタ足をしてお次はクロールだ。気分は水泳選手。私が一等だい！　ベッドの上に立ち上がり、再びダイブ。身体がまたぽよんと弾むのを感じれば、笑顔が止まらない。

我に返ったのは、白いシーツを頭からひっかぶった頃である。ダメダメ、私は十六歳。十六歳……十六歳……心の中で唱えながらシーツから出て、頑張ってシワを伸ばす。

小さな手ではどうしても限界があって、シワッシワッがシワくらいになったところで諦めた。怒られちゃうかなぁ？　ちょっとしょんぼりした気分でベッドから降りた桃子は、部屋の主に謝らなければと思い立ち、廊下に出ることにした。背伸びをして、ドアノブへと手を伸ばす。

すると、目の前にドアが迫ってくる。桃子が慌てて後ずされば、白いエプロンに黒いスカート、カチューシャをつけた二人の女の人が部屋に入ってくる。メイドさんだ！　イメージ通りの格好にこっそり興奮していたら、その人達は桃子に気づいて目を丸くした。

「お目覚めになられたのですね。お洋服のご用意がまだ出来ておりませんので、僭越ながら私物をお使いいただきました。お身体に痛いところや苦しいところはございませんか？」

年は二十代前半だろうか、栗色の髪に向日葵色の瞳のこれまた美人な女の人が、優しく話しかけてくれる。お胸があるのもうらやましいの。一見すると無表情で氷のように冷たくクールな印象を受けるけど、頬がピンクに染まっているので怖い人ではないようだ。

「レ、レリーナさん？　なんか、いつもと様子が……？　――あっ、あのね、私達は変な人じゃないから安心して？　この人はこのお屋敷のメイド長のレリーナ・メシルさん。私はメイドのフィルア・アーストロントっていうの。ズキズキ痛～いってところはないかな？　お姉さん達に教えてくれる？」

しゃがみながらそう言ってくれたのは、紫色の短い髪に、オレンジ色の目をした女の子だ。元の私より、一、二歳は上じゃないかな？　猫みたいに目じりが上向きで、可愛い印象の人だ。そして、お胸も私と同じくらい！　勝手ながら仲間意識が生まれちゃうの。

　お子様相手でも丁寧な対応をしてくれるのでありがたい。桃子はパチクリと瞬いて、大きく頷き返す。

「どこも痛くないよ。心配してくれてありがとーございます。ごめんなさい、シーツぐちゃってしちゃった」

　あまり敬語は得意じゃないので、せめてもの感謝の表現として、ぺっこりと頭を下げてみる。伝わるかな、伝わるといいなぁと思いながら、ちらっちらっと二人を見上げたら、レリーナさんの目が真顔のまま潤む。心なしか熱い視線を感じるのだけど……。

「そのようなこと、いいのですよ。愛らしいですね。……この気持ちはなんでしょう？　生まれて初めて胸が高鳴りました。もしや、これが――恋？」

「いきなりなに言っちゃってるんですか、レリーナさん!?」

　フィルアさんが驚愕しているけど、レリーナさんの呟きには真剣な響きしかなかった。あの、それ違うと思うよ？　そう伝えたいのに、あまりにも真面目な表情を前に、なにも言えなくなってしまう。

　桃子の頭の中には【萌え】の二文字が浮かんでいた。しかし、喉まで出かけた言葉をもう一回ごくんと飲み込んでおく。

「……愛らしい」

「そんなキャラじゃなかったはずですよね!?　今ならまだ間に合いますから、冷静に自分を思い出しましょう！」

騒ぐフィルアさんをよそに、レリーナさんと見つめ合っていると、ノックもなく再びドアが開く。外套を脱いだ美形さん達が入ってくる。三人は黒い軍服めいたものを着ており、その左胸にドラゴンと剣が交差した紋章が見えた。違うのは刺繍の色くらいだろう。美形さんは金色で、美人さんが銀色、イケメンさんは赤という形で分けているようだ。

「子供の様子はどうだ？」

「はい。とてもいい子にしておられましたよ。今起きたばかりなのですが、大変礼儀正しく愛らしいです。バルクライ様、ぜひ、褒めてあげてくださいませ」

「そうか。――いい子に出来たのだな。えらいぞ」

「ちょっと聞いてください、バルクライ様。レリーナさんがおかしいんです！　この子を見て、愛らしいとか呟いちゃってるんですよ!?　いや、そりゃ――って、どうしてバルクライ様までその子を抱き上げてるんですか!?」

ふたたび、美形さんの腕に腰かける状態で抱っこされた。なんか抱っこされすぎて歩くのを忘れそうだよ。思わず逞しい胸板に顔を伏せると、複数の忍び笑いが聞こえた。そこ！　桃子さんには、ばっちり聞こえてるからね！

ちろりと顔を上げると、美しすぎる顔が迫り、目元にふんわりと温かな唇が触れる。ちゅっと音がした。ええっ？　もしかして初めてを奪われちゃった？　ますます恥ずかしくなってきて、口づけられた場所を手で押さえながら、美形さんを見上げる。

「なんで、ちゅう？」

「可愛い仕草をするから、つい、な。子供は苦手なはずだったんだが」

「ぎゃあーっ、バルクライ様まで壊れたーっ!!」

「騒がしいわ、フィルア。お客様の前なのだから、メイドらしくなさい」

「レリーナさんのせいでもあるんですけど!?」

「では、あなたはこの方を愛らしくないというの？」

そう言われて、フィルアさんが桃子をじっと見つめてくる。照れ笑いが出ちゃうの。途端に衝撃を受けたようにフィルアさんがふらついた。左胸を両手で押さえて悔しそうな顔をしている。

「……くっ、可愛いです」

「そうでしょう？　私の気持ちがわかったのなら、名残惜しいけれど業務に戻るわよ。――バルクライ様、よろしいでしょうか？」

「ご苦労だったな、下がっていい」

「いっけない忘れてたっ、お皿の準備をしなきゃ！」

「というわけですので、後ほどお会いしましょうね」

レリーナさんは桃子に残念そうな目を向けて、フィルアさんと一緒に出ていく。二人の姿が消えると、銀髪美人さんがおかしそうに笑う。

「あの二人は相変わらずのようですね。ですが、彼女達の意見には私も同意します。これほど父性を感じさせる存在は見たことがありませんよ」

「変態臭いぜ。蕩けた顔するなって」

「その言い方はひどいですよ！　私はただ純粋に愛おしんでいるだけです。よく見てください。まあるいほっぺはプニプニですし、目はぱっちりしていて、手だってこんなに小さいのですよ？　まるで天の御使いのようじゃないですか！　こんな愛らしい姿を見て、あなたはなにも感じないのですか？　間違いなく感性が死んでいますね」

「しっつれいなこと言うなよ。死んでないっての。オレだって、おチビちゃんは可愛いと思ってるぜ？　子供だろうと女の子はやっぱり男の十倍は可愛い。お前こそ、どんな美姫にすり寄られても微笑み一つであしらってきたくせに、すごい変わりようだな。我が幼馴染ながら恐ろしい奴」

「香水臭い女性は苦手です。無臭の方が遥かに素晴らしい。化粧と香水の香りがきついと気持ち悪くなるのですよ」

「女性は花だぜ。着飾ることで美しさを増すのさ。お前は相変わらず潔癖だな。そんなんじゃ、一生結婚出来ないぞ」

「もとより結婚するつもりはありませんので、ご心配なく！　私は殿下に人生をささげられればそれで十分なのです」

軽口の応酬の止まらないこと止まらないこと。ぽんぽんと飛び交う言葉に、桃子は忙しく首を動かした。まるで卓球のラリーの球を追いかけているみたいなの。でも、首をグキッとやりそうだと途中で気づいて、やめておく。セーフ！

もしテストにこんな問題があったら、すぐに答えられそうだ。問、短時間で発見したことを述べよ。答え、とっても仲が良さそう。想像の中でタヌキの先生が丸をつけてくれたところで、美形さんが呆れたようにため息をついた。

「お前達、いい加減にしないか。この子の名前もまだ聞いていないんだぞ？」

「名前？　水元桃子だよ。水元がお家の名前で、桃子が私の名前なの。あっ、じゃなくて、です。あの、たぶん異世界から来ちゃったかも、です」

「ここは公式の場ではないから、普通に話して構わない。……それにしても、異世界とはな。あの愚か者達は中途半端に力があったようだ」

「神を呼びつけようとは呆れた行いです。不敬を罰されても文句は言えませんよ」

「そうだな。ある意味、失敗してくれてよかったぜ。お姫様はとばっちりを受けちゃったようだけどね」

信じられない顔をされるかなぁーなんて思っていたのに、そんな心配はいらなかったらしい。

三人は納得したように話を進めていく。進みすぎて桃子の理解を超えそうだ。もともと容量の少ない頭がボーンと爆発する前に、三つの視線が戻ってくる。

「ずいぶんと上手にしゃべるが、年はいくつだ？」

「すごい！　鋭い！　本当はね、十六歳なの。なんかちびっちゃくなってるけど」

「召喚されたせいでなにか副作用が起きているのか？　しかし、今まで異界より現れた人間にそんなことが起きた事例はないはずだが……」

「詳しく検査してみたほうがいいでしょうね。モモクゥォの身体が心配です」

「美人さん美人さん、桃子だよ。モ・モ・コ。さん、はい！」

「モモクォ、ですか？」

どことなく強そうな名前だね。異世界では桃子の名前は発音が難しいようだ。

「おしい！　すっごくおしい感じ！　モモでもいいよ？　友達はモモって呼んでくれてるから」

「モモ、なら合っていますか？」

「うん！　仲良くしてね、美人さん」

小さくなった手を差し出すと、意外と大きな手がするりと絡まり、上下に振り振り。よろしくねえ、仲良くなりたいの。

「こちらこそ。小さな手で握手なんて、本当に可愛いですね。私は美人さんじゃなくて、キルマージ・サン・ティラムといいます。役職はルーガ騎士団副師団長です。キルマと呼んでください」

「キルマ様！」

「様なんていりませんよ」

色素の薄い銀色の瞳が楽し気に笑う。二人でにこにこしていると、視線を感じた。なんとなく手を離さないまま見上げると、美形さんと目が合う。そうだった。安定感がありすぎて忘れていたけど、まだ美形さんの腕の中である。

「美形さんのお名前は？」

「オレは、バルクライ・エスクレフ・ジュノールだ。一応、ジュノール大国第二王子で、現在はルーガ騎士団師団長を務めている」

「わぁー、王子様って初めて見るよ。えっと、バル……ルラウ様？」

桃子の残念な頭では五文字の名前は覚えきれなかった。もうすでにあやふやになりつつある名前を音だけで判断してみるが、やはり違ったらしい。バルなんちゃら様は無表情で首を振る。

「バルクライ」

「バル、クライ、うーん舌を噛みそうなお名前だね。バル様、って呼んだらダメ？」

「それで構わない。――ついでに、お前も名乗ったらどうだ？」

「じゃあ改めまして。オレはカイ・シンフォル。年は二十三歳ね。ちなみに、キルマも同い年で、バルクライ様は二十一歳だよ。役職はルーガ騎士団団員兼殿下の護衛を務めてる。よろしくね、小さなお姫様」

「カイ様って、一番覚えやすい。優しい名前だねぇ」

「ははっ、そんなこと初めて言われた。オレもカイでいいよ。モモは面白いな」

カイは目を丸くして破顔する。若葉のような緑の瞳が悪戯に煌めく。その笑顔には、夜のホストを思わせる色気は影を潜め、ただ清々しさがあった。

桃子はこちらの方が親しみを持てそうだ。それにしても三人三様の美形さんだ。これはさぞや女の人にもモテるだろうねぇ。にこっと笑顔を見せたら、一笑みで十人は楽に釣れそうだよ。まさに入れ食い状態。

それが魚なら桃子はもれなく幸せになれるだろう。お魚大好き！　マグロのお刺身を頭に思い浮かべていたら、素直なお腹が反応した。

「おなかすいた……」

感情が年齢に引っ張られているのか、とってもひもじくて切なくなる。両手でぷっくりしたお腹を抱えて、頼るべき保護者様にお恵みをくださいと見上げてみた。

バル様が無表情で固まる。あ、あれ？　ダメだったかな？　厚かましかった？　でもやっぱりお腹は空いているし、どうにも我慢出来そうにない。おねだりしたらくれないかなぁ？

「バル様、ご飯ちょーだい？」

「好きな物を食べるといい」

強く抱きしめられた。どうやらお腹いっぱい食べられそうなの。よかった！

桃子が連れてこられたのは、窓から明るい日差しが入り込む広い食堂だった。両開きの扉を入ると、まず目を引くのは長方形のテーブル。それは中央にデデーンッと置かれていて、八人くらいは余裕で食べられそうな大きさがある。

天井にはキランキランに輝くお高そうなシャンデリア。床もピッカピカに磨かれており、顔が映りそうなほど美しい。ぜひ、後で覗き込んでみたいの！　そう思った瞬間には、もうワクワクしてくる。お子様の本能が強くて、十六歳の自分が必死に引きとめているようだ。

好奇心のままに見回すと、部屋中から豪華な匂いがしている。テーブルの上に飾られた花瓶一つとっても、薔薇と小鳥の繊細な細工が施されているのだから、桃子の世界基準では何百万もするだろう。……ここに誓うの。指先一つ触れないことを！　うっかり割っちゃったら大変だ。人生を三回繰り返しても払いきれないよぅ。

脅えながら目を逸らすと、壁に大きな風景画が飾られていることに気づく。そこには、森の中の湖で馬が休息する様子が鮮明に描かれていた。しかし、その絵には驚くべき部分が一つある。

「……角(つの)？」

「ああ、その絵か。ユニコーンがどうした？」

ふあああっ、ユニコーンですと!?　心の中がおおいに盛り上がる。カルチャーショックに興奮しながら、桃子はバル様を見上げた。

「馬かと思ったから、角が生えていてびっくりしたの。私のところでは伝説上の生き物って言われてるんだよ。この世界には普通にいるの？」

「いるが、気性が荒いから危険だ。乙女でなければ蹴り殺される」

簡潔な説明に納得してふむふむと頷いていると、豪奢な椅子に下ろされた。けれど、今の桃子は身体が小さいので、テーブルの上に顎が届くか届かないかの位置になる。

「やはり高さが足りませんね。私がモモを抱き上げましょうか？」

「オレでもいいよ。お姫様、膝にどうぞ」

あっ、ほんと？　カイが指先で呼んでくれる。優しいねぇ、これぞ本当のイケメンだ！　隣のクラスのイケメン君みたいに、好きですって告白した乙女を鼻で笑ったりしないよ、きっと。

その後、彼はクラス中から言葉でボッコボコにされて、ナルシー野郎と呼ばれていたっけ。それで目が覚めたのか、反省して告白してくれた子に謝り倒してたの。どんな世界でも、人間優しさって大事。

足のつかない椅子から、行儀は悪いが飛び降りようとしたら、身体が宙に浮いた。……あれ？

「オレでいいだろう」

空中で捕獲されて、そのまま主人の席に運ばれる。そうして、椅子に腰かけたバル様の膝の上に、桃子のお尻は着地する。……あれぇ？

「取られましたね。次回は私にさせてください」

「じゃあ、オレはその次にお願いしますよ」

お二人さん、順番を決めてほくほく顔をされても困っちゃうよ？　好意を向けてくれるのはとっても嬉しいけど、椅子を調整した方がお膝の負担も減ると思うの。それに、なんだか迷惑かけっぱなしなのも、申し訳ないんだよね。

されるがままに流されていたら、いつの間にやらそのまま食事をすることが決定したようだ。大人しく座っていれば、レリーナさん達や、髪を後ろに撫でつけた八の字お髭のダンディなおじ様が、料理のお皿を運んでくる。

メイドに続いて本物の執事さんの登場！　心が弾み出す。おじ様は濃い緑色の髪に明るい茶色の瞳をしており、厚みのある体形にも執事服がとっても似合う。この部屋の中では、このダンディなおじ様が一番年上に見える。たぶん三十五、六歳くらいじゃないかな？

でも、どの人もピーンと背筋が伸びていて、動作も優雅で美しい。フィルアさんも真面目な顔をしている。あっ、こっそり笑ってくれた。周囲に気づかれない内に表情を戻している。あの優雅さの秘訣を教えてほしいよねぇ。私もいつかやってみたい。

テーブルの上のバスケットには様々な種類のパンが詰められており、そこから好きにとれるようになっていた。手の届かない桃子の前に、キルマがバスケットを差し出してくれる。ここにもイケメンさんがいた！

「いっただきまーす！」

しっかり両手を合わせて食事前のご挨拶。それから丸くて真っ白なパンを取って、さっそく口に含む。もふっと軟らかい。素晴らしく美味しいの。まだ温かいのも最高です！

その間にムニエルっぽい魚が桃子の前に置かれた。サラダと野菜スープも出てくる。おまけにステーキまで運ばれてくれれば、テーブルの上は高級料理店のフルコースだ。

ナイフとフォークは小さな手には大きすぎて使いにくい。だがしかし、魚が欲しい。これ、この表面に香ばしい焼き目がついたお魚をなにがなんでも食べたいです！

フォークとナイフを使いたいのに上手くいかない。奮闘していると、頭の上で美声の主が笑った。

「そんなにガルガンが食べたいのか？」

「それがお魚の名前？」

「そうだ。川で獲れる一般的な魚だ。臭みがなく料理しやすいと言われている」

「ほほぉー。食べる人にも作る人にも好かれる魚ってことだねぇ。私も食べたい。でもね、このお魚活きが良すぎるみたいだよ。とりゃ、私から、このっ、逃げてくの」

フォークとナイフが重いのと、皿の上で魚が逃げてしまうのでなかなか食べられない。諦めて刺したら、それでも持ち上がらなかった。

「ふっ、活きがいいのか。ならば、こうしよう」

バル様に手からフォークとナイフを抜き取られる。そうして、手際よく一口サイズに切り分けられた魚が、口元に差し出された。桃子は迷わず食いつく。口の中で旨みが溢れる。やはりムニエルだ。魚の身がほろほろほどけて、美味しい。ふあああぁぁっ、幸せ！

「さぁ、もっと食べろ」

次々と差し出されるものを、口を開けて待つ。うむ、至れり尽くせりだねぇ。どの料理も美味しくて、料理人さんを尊敬するの。

桃子は親鳥から餌をもらう雛のように、ご機嫌で口を動かすのであった。

お腹が満たされると、桃子はバル様達によってリビングに運ばれた。その部屋はお洒落なカーペットに二人掛けのソファが二つ、壁には暖炉が設置されている。おおっ、初めて見たの！　暖炉に感動していたら、ソファに下ろされた。

バル様が隣に座り、二人が向かい側に腰を落ち着けた。おしゃべりタイムなの。聞きたいことが一個、二個……たくさんあるし、私の未来が優しいか厳しいかは、ここにかかっている、はず。

ふぬっと気合いを入れて、小さな握り拳をつくってみる。すると、バル様の大きな手に包み込まれた。そのままなでなでされて、ふやんと気合いが消滅してしまった。

「……小さい。子供とは、こんなに柔らかなものなのか。オレが力を入れたら簡単に壊れそうだ」

「だから力を入れないように、かといって抜きすぎて落としてもダメですからね。慎重に、優しく、ですよ？」

「ああ、気をつけよう」

バル様の手が離される。食堂でも温かな膝に座っていたから、温もりが遠ざかるのはちょっぴり寂しい。こんなことを寂しがるなんて、幼児精神が侵略してる？　冤罪だぁ！　と心の中で五歳児が叫んだ気がした。

「さて、では詳しい話を聞こうか。モモも聞きたいことが山ほどあるだろう？　すまないが、まずこちらの質問に答えてもらいたい」

「うん。私にわかることなら、なんでも答えるよ？」

「では、一つ目の質問だ。こちらでは十七歳が成人なのだが、モモの世界ではいくつから成人になる？」

「十八歳だよ。でも、二十歳までは煙草もお酒もダメなの。成長の妨げになるからねぇ」

「えっ、酒もなの？　オレには耐えられないな」

「カイは酒好きですからね。ついでに女性のお持ち帰りも多いそうで」

「ちょっ、オレの印象を悪くするなよ！　――モモ、違うからね？　女性とみれば、誰かれ構わずに手を出しているわけじゃないから」

「ええ、存分にえり好みしていますよね」

「だっから、誤解を生むようなことを言うなって！」

「大丈夫。ホスト属性ってことは気づいていたもん」

　綺麗なウインクをもらった時からね。桃子の世界に来たら、カイはきっとナンバーワンホストも夢じゃないだろう。私も指名ってやつをしてみたい。テレビでやってたもんね。シャンパーン、いただきましたーっ！　とか返事をするんだよね？　でもシャンパンは飲めないので、オレンジジュースでお願いします。

「ほすと、とはなんだ？」

　バル様がひらがなで聞いてくる。ちょっと可愛いね。これが千奈(ちな)っちゃんが力説していたギャップ萌えってやつかな？　千奈っちゃん、私にもわかったかも。

　しっかり者の友達に心の中で報告しておき、バル様には少しだけズラした答えを返す。正直に言うとカイを傷つけちゃいそうだからねぇ。

「カイみたいに、女の子と接するのが上手な格好いい人を指す言葉だよ」

「お姫様みたいな可愛い子に褒められるとは光栄の至り。モモには好きなものを買ってあげような。今度買い物に行こうか」

「ごめん、それって今じゃダメ？」

「なにか欲しい物があるのか？」

「うん。パンツ欲しい。服もだけど、先にパンツください。さすがにこの格好で外は歩けないもんねぇ」

桃子はシャツ一枚という心もとない自分の格好を見下ろして、ソファの上でもじもじとお尻を動かした。エマージェンシー、エマージェンシー、大至急、服を求む！

「それなら買いに行かせている。もう少しだけ我慢してくれ」

「ありがとう！　代金は出世払いでお願いします」

「いや、これも保護の一部だから金は必要ない。話を戻すぞ。十六歳ということで、子供のように騒がないことには納得した。しかし、お前はあまりに落ち着きすぎている。酷な質問をするが、帰りたいとは思わないのか？」

「うーん。どっちでもいいかな」

正直に答えると、驚かれた。

「なぜです？　モモには向こうに親御さんやお友達がいないのですか？」

「なにそのすんごい寂しい人！　ちゃんといるよ!?　ほんとだからね？　友達と会えないのは寂しいよ。だけど両親はねぇ、そんなに心配してないと思うの」

「は？　いやいやいや、子供がいなくなったんだよ？　親なら心配するだろ？　まさか、モモは両親になにか……」

　カイが真顔になった。イケメンの真顔怖し！　悪い方に勘違いさせちゃったかな？　そんなに深刻な話じゃないの。

「違うよ～。私の両親って、お仕事が大好きな人達でね、子供にはあんまり興味がないから」

「……そうなのですか？」

「うん。誕生日には毎年プレゼントが届いていたから、嫌われてるわけじゃないと思うけど。基本的にお家にいない人達なんだよ。だから、私を育ててくれたのって亡くなったおばあちゃんとお手伝いさんなの。今は自分で料理も掃除も出来るようになったから、一人暮らしみたいな感じ。そういうわけで、お母さん達は私がいなくなっても積極的には捜さないよ、きっと。その時間があるなら、お仕事に打ち込みたいタイプの人間だもん」

　たぶん、これが正しい。昔は寂しくて泣いていたが、祖母が亡くなった時に両親に愛情を求めることは諦めた。

　寂しいという気持ちをずっと抱えて生きられるほど、桃子は大人ではなかったし、ウジウジしたままなのも性に合わなかったのだ。一番の友達、千奈っちゃんと会えないのは寂しいけれど、帰れないのなら仕方ないと割り切れる。

「だからね、着るもの・食べるもの・住む場所があればどっちでもいいよ。そもそも帰れるの？」

「……わからない。モモは召喚されてこの世界に来たために、普通の迷人（メイト）とは条件が違う。そして、オレが知る限り、迷人（メイト）が帰れたことはない」

「じゃあ、この世界で頑張らないと！　まずは職業探しかなぁ？　力仕事は無理でも、計算ならいけるかも。算盤を習っていたから暗算は速いの。ちびっちゃくなった私でも出来るお仕事ってありそうかな？」

小さな手をにぎにぎして三人を見まわすと、カイとキルマがうっすらと涙を浮かべていた。どうしたの？

二人はソファから勢いよく立ち上がる。

「オレが引き取る！　でもって寂しくないように、めいっぱい可愛がる！　モモの為ならなんでも欲しい物を買ってあげるからな！」

「いえいえ、ここは私です！　私の方が財力ありますし、あなたみたいな女性好きより、正しい淑女に導けます！」

「……身分なら、この中ではオレが一番上だと思うが」

ぽつりと落とされた声に二人の言い合いが止まる。もしもし、ねぇ、忘れてる？　本物じゃないの。今の私はなんちゃって幼女だよぅ！　この世界でもあと一年で成人なのに、職にあぶれるのはイヤだ。ひもじい思いはしたくない。

桃子はソファから飛び降りて、三人の前に仁王立ちした。腰に両手を当てて精一杯主張する。

「私は十六歳です！」

「忘れてはいない。しかし、その姿のお前をすんなりと働きに出すわけにはいかないだろう。モモの身体に異常がないか検査して、健康状態を正しく把握しなければな。これからのことはゆっくり考えればいい。別にモモの一人や二人、オレ達なら養ってやれるぞ」

「ええ、そうですとも。モモは子供時代のやり直しとでも思って、私達に甘えておけばいいのです」

「仕事の前に元の姿に戻る方法を探さないといけないだろ。その方が働き先も見つかるんじゃないかな？」

なるほど。確かにそうかもしれない。自分で十六歳と言っておきながら、この身体に馴染みすぎて、そっちを忘れていたよ。ここは三人の言葉に甘えさせてもらって、大きくなる方法を探してから仕事先を紹介してもらおうかなぁ？

なにやら目配せし合うバル様達に首を傾げつつ、桃子はその提案を受け入れることにした。

桃子が待っていた知らせは、リビングの扉をノックする音と共にやってきた。

「バルクライ様、モモ様のお洋服のご用意が整いました。失礼してもよろしいでしょうか？」

「入れ」

「というわけで、男性陣には申し訳ないですが、ちょ～っとモモ様は席を外しますよ」

レリーナさんとフィルアさんが、バル様の許可を得て扉から入ってくる。これでようやく服を手に入れられそうだね。

「ああ、わかった。――モモ、不自由なことがあったら二人に言うんだぞ。この後、ルーガ騎士団に向かう」

「うん！」

「モモ様、隣の客室でお着替えを。裸足でございますし、私がお部屋までお運びいたしましょう」

「ふっ、私にはレリーナさんの本心がわかっちゃってるんですよ。モモ様を抱っこしたいっていう欲に駆られてますね！」

そうなの？　素直に両手を上げていた桃子は、フィルアさんの言葉に動きを止める。レリーナさんが困ったように頬へ手を当てた。

「その気持ちもふんだんに含んではいるけれど、なによりも、モモ様のおみ足に傷がついてはいけないわ」

「子供の皮膚は柔らかいですからね」

「えっ、そうなの？　じゃあ、これから気をつけないといけないなぁ」

キルマの言葉を聞いて、カイが真剣な表情で頷く。バル様から無言の視線が向けられた。過保護の気配を察知！　これはちょっとの怪我で大騒ぎになりそうな予感がする。気をつけることは出来るけど、この短い手足で一回も転ばないまま過ごせる自信はないよ。

「あはは、見てくださいよ、モモ様がどんな反応をしたらいいのか悩んでます」

「ダメでしょうか……？」

「ううんっ、ぜひ抱っこをお願いするの」

桃子はバル様を介してレリーナさんに引き渡される。そうして、フィルアさんも交えた三人でリビングを出ていく。

一度通った廊下は、幅が広く窓が大きい。高く昇った太陽がレリーナさんの腕の中からもよく見える。桃子の世界では、おやつの時間帯かな。

どことなく嬉しそうなレリーナさんの横顔を見ながら、残してきた三人のことを考えてみる。キルマとカイは純粋な保護欲を桃子に向けてくれたけれど、バル様のそれはちょっと違うように思えた。それは保護を義務としているためだろうか。

スキンシップが多いのは、あんまり子供と関わったことがないから、加減がわからないのかも。周囲から向けられるやわらかい好意に、心がふんわりしてくる。

「ご機嫌ですね。さぁ、着きましたよ」

「目的地に到着ーっ」

「私が開けま〜す」

レリーナさんは桃子を抱えているので、フィルアさんがドアノブを回してくれた。なんだか見覚えがある。桃子はそこが目を覚ました部屋であることに気づく。

あれだけクシャクシャにしたシーツは綺麗に整えられており、ベッドの上には一セットの服と小さな革靴が用意されていた。

桃子はベッドの上に下ろしてもらうと、大事なパンツをいそいそと身に着けた。そうして、貸してもらっている白いブラウスを脱ぐ。小さな指では脱ぐのも着るのも大変なの。二人に手伝ってもらいながら、首元にリボンがあしらわれた白い長袖ブラウスに、桃色のスカート、サイズがぴったりの靴下、最後に小さな革靴を装備していった。

「まぁ、よくお似合いです」

「可愛い～これは男性陣もますますメロメロですよ」

「えへっ、手伝ってくれてありがとう！　今度は自分で歩けるよ。バル様達にも見せたいの」

「じゃあ、さっそくお披露目に行きましょうか」

心が早く早くと弾んでいる。これ、あれだ。五歳児の精神が顔を出している。なになに出番？いや、まだだから。イヤだい！　私は走るのだーっ！

フィルアさんがドアを開いてくれた。その瞬間、頭の中でよーい、ドンッ！　と、声がする。桃子ははしゃぎまわる子犬のように廊下に駆け出す。

「あっ、モモ様!?」

「ありゃ、走り出しちゃいましたね」

しかし、短い足ではそんなに速く走れない。この足、笑えるほど呪い。間違えた、のろい。

「バル様――――っ！」

広い玄関ホールを通り過ぎると、リビングの扉から三人が出てきた。桃子の声が聞こえたのだろう。バル様が片膝をつき、両手を広げてゴールの役割を果たしてくれる。

桃子選手のゴールです。そのまま飛び込むと、力強い腕にあっさりと受け止められた。

「楽しかったか？」

「あははっ、楽しかった！　ごめん、なんかねぇ、精神が時々五歳に引きずられるの。なんでかな？」

「キルマ、推察出来るか？」

「おそらくですが、身体が幼児になっているので、精神もそれに合わせようとしているのではないかと。今の状態を見る限り、幼児のままというわけではないようですね」

「それなら、慌てなくても大丈夫かなぁ？　今のところは、すんごく楽しくなっちゃうだけなの」

「なんにしても、医者に診てもらうのが一番いい。おチビちゃん、今度はオレに抱っこさせてくれよ」

「カイ、順番ですからね。——可愛い走りっぷりでしたが、危ないですから、私達が見ている場所以外ではダメですよ？」

「はぁ～い」

素直に返事をして、桃子はカイの抱っこを歓迎した。

第二章

モモ、ファンタジーを目にする
～馬の顔って近づくと怖いの！～

「ふおおおおおっ！」

桃子は大興奮していた。バル様のお屋敷を一歩出ると、そこにはファンタジーな世界が待っていたのです！

上空では何匹かのドラゴンが人を乗せて飛び、地面に延びる道には、馬や大きな猫型の動物が荷車を引いている。街路樹は春めく風に瑞々しい葉をざわめかせ、キラキラと緑の光が笑い声のように舞っていく。

桃子がなによりも感動したのは、もちろん空飛ぶドラゴンである。両腕と後ろ足があり、二足歩行も出来そうだ。

口から火を吹いたりするのかな？　どんな肌触り？　ツルツル？　カチカチ？　あったかい？　冷たい？　異世界ってすごいねぇ！

桃子の中の五歳児も大はしゃぎだ。本能のままに動こうとすれば、先を読んだようにカイの腕に止められる。そうだったの！　カイに抱っこされたままでした。さっき廊下を走って疲れたのに、興奮したら疲れも吹っ飛んじゃったよ。さすが五歳児、体力が尽きても回復が早いこと。

八の字お髭が素敵な執事さんと、レリーナさんとフィルアさんが馬を三頭引いてくる。これから騎士団に向かうのだ。

そこで執事さんが桃子に深く頭を下げてくる。ど、どうしたの？

「ご挨拶させていただきます。私は執事長のロン・オークンと申します。今後モモ様に快適にお過ごしいただけますよう、メイド一同にもバルクライ様のお客様であられると周知いたしました。お困りの際に限らず、なんなりとお申しつけくださいませ」

「これからたくさんお世話になります！」

「ふふっ、喜んでお世話させていただきましょう。――それでは皆様、お気をつけていってらっしゃいませ」

「モモ様には甘いお菓子をご用意しておきますね」

「おまけにフィルアの特別ブレンド紅茶もサービスしちゃいますから」

「お菓子と紅茶！　それは早く帰ってこなきゃね」

声が弾んでしまう。正直でごめんね！　だって、異世界のお菓子と紅茶だよ？　どんな味なのか気になる。

「検査が終わればすんなり帰れますよ。馬には、カイがモモと同乗してください。モモはしっかりカイのお腹にしがみついておくのですよ？」

「うん。馬に乗るなんて、初めての体験なの。よろしくねぇ、カイ」

「ああ、でも――」

「初めてではないぞ。屋敷に連れてくるまでオレと乗っていた」

知らない間に、再び初めてを奪われていた!? 衝撃の事実である。桃子が唖然としていたら、華麗に騎乗したバル様が、器用に手綱を操って馬の長い面を桃子に向けてきた。ぬ、温い鼻息が顔に吹きつけられて、いやぁぁぁぁっ。誰かヘルプ・ミー！

今の桃子には馬の長い顔は大きすぎて怖かった。ガブッと噛まれそう。やめてね？ 私じゃ噛みごたえないと思うの。キミの相手は人参がしてくれるよぅ。

「だから、オレがモモの初めての同乗相手だ」

「その話まだ続いてたの!?」

驚くほどマイペースだね！ あの、馬を、馬の顔をそろそろどけてください！ 舌がっ、舌がね、私の顔に伸びてくるぅぅぅっ！

桃子が必死の表情でお願いしていると、ようやく気づいてくれたのか、バル様はちょっとだけ目を大きくして馬を遠ざけてくれた。

「怖かった……」

「すまない。喜ぶかと思ったんだが」

どうやら、乗馬をしたことのない桃子に馬をよく見せようとしていたらしい。冷静な口調なのに、ちょっと気まずそうだ。いいよいいよ、親切心からだもんね。全然気にしないよ。でも、馬の顔に近づくのは……しばらくいいかな？

「バルクライ様、実はモモを乗せたかったんだな……」

「ええ。顔には出ていないのに、なんとなく感情の動きを感じ取れますね。――帰りはバルクライ様がモモを乗せてあげてくださいモモもそれが嬉しいようですし」

カイに馬の上に乗せてもらう間に、話が進んでいたようだ。桃子は、そんなこと一言も言ってないよ？　とは言わずに頷いておく。バル様も納得したように瞬くと、馬の首を道に向けた。

「行くぞ」

バル様の馬がゆっくりと駆け出していく。キルマが続き、最後に桃子とカイの乗った馬も動き出す。桃子はカイのお腹にぎゅっとしがみつく。引き締まって、いい腹筋だねぇ！　それにくらべて……桃子は自分のお腹からそろっと目を逸らした。大丈夫、子供になったからだもん。元の姿なら、まるまるなんてしてないはず！

ゆっくりと進んでくれているおかげで、次第に馬の動きにも慣れてきた。ちらりと前方に目を向ければ、ドラゴン達が競うように羽ばたいている。

その先には、茶色の岩山を背負った青い城が見えて、下るように街が続いている。さらに外側には、城と街を囲むように石壁が円を描いてそびえ立ち、外敵に鉄壁の守りを見せつけていた。

道行く人の服装も様々だ。頭にバンダナを巻いた男の人から、ズボンを穿いた女の人までいる。実に自由な装いは、桃子のワクワク感を高めてくれた。

この状況を幸運と呼ぶか不運と呼ぶかは、これから私が決めていけばいいよねぇ。今はファンタジーで不思議がいっぱいありそうなこの世界を、全力で楽しんじゃうの！

　桃子とカイを乗せた馬が走る。ポクッポクッという足音が木魚に似ているの。上下に振動する度に、桃子の身体は小さく跳ねる。まるで、一定のリズムでゆりかごに揺られているようだ。

　お腹が満たされていて気持ちのいい天気なのも、桃子を眠りに誘惑している。

「う～ん、目がシパシパするよ」

「飯も食べたし、あんなにはしゃいでいたから無理もないよな。後少しで着くから、頑張ってくれよ？」

「がんばるぅ……」

　眠すぎて、漢字も忘れちゃったよ。一生懸命に目を瞬かせて眠気を堪えていると、後ろに重力が動き、カイのお腹に顔を押しつけてしまう。うぐっ、苦しい！　鼻腔を塞ぐ団服にもがもがと溺れていたら、重力の傾きが直ってカイに救出された。

「ふはっ、苦しかったぁ」

「おいおい、大丈夫か？　ほらモモ、騎士団に着いたから見てごらん」

「ふわああぁぁ！」

　カイに促されて顔を前に向けると、巨大な門が建っていた。その奥に煉瓦作りの要塞がある。

　木造が多かった街とは一風変わった、煉瓦造りの建物は年季を感じるけど頑丈そうだ。ごつごつした外観が格好いい！　中を探検するのも面白そうなの。そういえば、バル様のお屋敷も探検していなかったね。帰ったらまずはそっちから攻略しよう！

そんな風に考えていたら、バル様とキルマが門の前で馬を止めて下りていく。門番に馬を預けるようだ。

カイもそこまで向かうと身軽な仕草で馬から下りる。桃子も華麗に続きたいが、足の長さが足りない。幼児だからね、短足じゃないから！

「こっちにおいで、モモ」

脇の下に両手を入れられてカイに抱っこしてもらう。ごめんね、お手数おかけします。

カイの片腕に抱えられて、バル様達の元に向かう。カイも団員さんだけあって鍛えてるみたい。バル様と同じくらいに抱っこが安定してるの。胸元の団服を小さな手で握れば絶対的安定感が手に入った。快適快適。

満足していると、振り返ったバル様の右眉がぴくりと動く。あれ？　カイを見上げれば、片目を閉じて苦笑を返された。なるほど。空気を読んで、バル様に向けて両手を広げてみる。

「オレでいいのか？」

「うん。バル様に抱っこしてほしいの」

バル様がカイの腕から抱え上げてくれる。わずかに口元が緩んだのを発見！　うん。正解だったんだね。なにこれ、落ち着く。カイと同じくらい危なげない抱っこなんだけど、バル様の腕の中ってすんごく安心する。

桃子がまったり気分に浸っていると、団服を着た門番さん達が目と口を大きく開いてこっちを凝視していた。こんな登場の仕方ですみません。

「こんにちは～」

「こ、こんにちは。――あっ、皆様、お疲れ様です！」

「お、お疲れ様です！」

バル様の腕の中から声をかけたら、我に返った門番さん達が、はきはきと返事をしてくれる。二人の頭の中では、きっと桃子と上官達に対する様々な憶測が飛び交っているはずだが、それを飲み込んで団員として背筋を伸ばしたのだ。

その対応力に、キルマが満足そうに頷く。

「あなた方もご苦労様。騎士団になにも変わったことはないですね？」

「「はっ、問題ありません！」」

「そうですか。――団長、私は一度執務室に戻ります」

「わかった。陛下に報告したい。謁見の手紙を送っておいてくれ」

「すぐに取りかかります。――モモ、また夜に団長のお屋敷でお会いしましょうね」

「うん。お仕事頑張ってね！」

「即行で終わらせますよ。では、また夜に」

キルマの微笑みは宝石にも負けないね。片方の門番さんも思わずぽうっと見惚れてるもん。わぁっ、正気の門番さんに脇腹を肘で打たれた。痛そうだけど、大丈夫？

「ゲホッ、し、失礼しました」

「あー、気にしなくていいぜ。新人にはよくあることだ」

「……引き続き門を守れ」

「「はっ！」」

二つの声が揃う。バル様に声をかけられたのが嬉しかったのか、門番の二人は心なしか誇らしそうだった。尊敬されているんだね。そんな人の腕に私がいていいのかなぁ？　威厳が損なわれない？

桃子はバル様に抱っこされたまま門をくぐった。中に入ったら下ろしてもらった方が……バル様に視線を向けられると、その目に圧を感じた。桃子はすぐに白旗を上げる。抱っこのままでお願いするの。

要塞に入ると団員の人達の視線を一身に集めることになった。服に穴が空いちゃいそう。不自然な静けさに満ちているけど、バル様もカイも気にせず奥へと進んでいく。

受付けカウンターからは、茶髪のお兄さんまで身を乗り出している。バル様の首越しにこっそり手を振ると、赤茶色の目を落っこちそうなほど見開いていた。

桃子はバル様が歩く度に伝わる振動を楽しみながら、気になっていたことを聞いてみる。

「ところで、バル様って心が読めるの？」

「読めないいな」

「モモ、安心していいよ。この世界に人の心を読める人間はいないからね」

冗談だと思ったのか、カイが喉を鳴らして笑っている。でも、それにしてはタイミングが良すぎるよ。バル様は勘が鋭いのかなぁ。

美しいお顔を見上げると、目が合った。

「顔が素直すぎる」

感情モロ出しってことなの!?　まさか自らプライバシーを公開していたとは……心のシャッターが欲しいよぅ。もうお面をかぶるしかないの。

「別に一言一句わかるわけではない」

「それなら、いいかなぁ」

「ははっ、その素直さはおチビちゃんの美徳だな」

褒められた？　そう思っていたら、振動が止まった。白い扉の前でバル様が足を止めて、コンコンとノックする。

「ターニャかブラインはいるか？」

バル様が扉を開くと、裸の上半身が桃子達を出迎えた。

「あ？」

両耳にたくさんのピアスをつけたパンクさんが振り返る。薄い金色の短髪に、水色の瞳の男らしい顔立ちの人だ。身体には切り傷の痕が多いけど、腹筋が割れてるの。不意打ちの眼福ですねぇ。これ、どんなサービス？

視線が合った。桃子とパンクさんは、まじまじと見つめ合う。照れちゃうの。思わずはにかみながら笑顔を向けると、ちょっと驚かれた。

パンクなお兄さんは机によりかかって、バル様にいやらしく笑いかける。

「よう、団長さん。隠し子たぁ、やるじゃねぇか。どこの女に産ませたんだ？」

「………」

「ディー、団長に絡むなよ。お前非番じゃなかったか？　なんで医務室にいるんだよ？」

「非番でしたー。けど飲んでたら客同士の喧嘩に巻き込まれたんだよ。全員シバき倒してやったけどなぁ」

上半身裸のまま、パンクさんはガーゼを当てた手を上げてみせた。と思えば、机の上からガラスの瓶を取り上げて、ラッパ飲みをする。喉仏が動いているのが、男らしい。

バル様とカイが室内に入ると、お酒の匂いが漂ってきた。この人、医務室で飲んでます！

カイが呆れたようにずかずかと近づく。

「お前仮にも隊長なんだからさ、あんまり騒ぎを起こすなって」

「オレの周りで騒ぎ起こす奴らがわりぃのさ。で？　どんな女だぁ？」

デスクに荒い仕草で酒瓶を置いて、パンクさんがバル様に絡む。

「女はいない。オレが産んだ」

「ゲッホッ!?」

バル様が真顔で答えると、パンクさんは盛大にむせた。そのままゲホゲホと激しく咳き込むので、仕方なさそうにカイが背中をさすってあげている。

むせさせた本人はしれっとした表情で、部屋の中を見回す。

「冗談だ。それで、二人はどこにいる？　この子の検査を頼みたい」

「アタシならここだよ。隊長はあいにく不在さね」

隣室の扉から出てきたのは、六十代くらいのおばあさんだった。薄い桃色と白髪の交じった髪をお団子にして、団服の上から白衣を着ている。厳しい眼差しが、パンクさんを見た瞬間に修羅になった。

「ディーカル！　ここで酒を飲むなって何度も言ってるだろ!?」

「固いこと言うなよ、ババァ」

「ババァたぁなんだいっ、このバカ弟子が！　治療が終わったならさっさと出て行きな。まったく、怪我ばかりしてくるんじゃないよ!!」

「わーかった、わかった。オレァ、飲み直してくるわ。カイ、今度飲みに行こうぜぇ、そん時にでも詳しい話を聞かせろよ」

「おう。またな」

ベッドに投げていたシャツと酒瓶を手に、パンクさんが出て行く。その足取りはしっかりしていた。あれだけ勢いよく飲んでいたのに、酔った様子がないってすごいよねぇ。酒豪って呼ばれる人なのかも。

「さて、話を聞こうじゃないか。その子供はどうしたんだい？」

おばあさんの赤みがかった茶色の瞳が鋭く光る。桃子は自分が問いただされたわけではないのに、思わず喉をゴクリと鳴らす。私、どうなっちゃうの？

「大神官がルバーンの森の古代遺跡を使って、軍神を召喚しようとした。この子はそれに巻き込まれてこちらに来てしまった迷人（メイト）だ。本来の年齢は十六だが、見た通り身体が幼女に変化している。異常がないか、お前に検査してほしい」

おばあさんの眼力にも動じず、バル様は淡々と簡潔な説明をした。なんとなく落ち着かなくて身じろぎすると、宥めるように背中をポンポンと優しく叩かれる。

「……団長、言ってもいいかい？」

「ああ」

「連中は馬鹿なのかい!?　人の身で軍神を召喚なんて正気の沙汰じゃないよ！」

「その場を押さえた時に、オレも同じことを言った」

「ターニャ先生、この件とモモのことはまだ内密に頼むよ。団長から陛下に報告する必要があるんでね」

「だが、医療部隊隊長のブラインとだけは情報を共有しておいてくれ。ターニャが不在時に、モモのことで頼る可能性がある。知っておいてもらった方がいいだろう」

「了解したよ。アタシは隊長以外の誰にも言わない。こんなことが明るみに出ればこの国だけの問題じゃなくなるからね」

「そうだな。これが表沙汰になれば、こぞって同じことをする国が出てくる。迷人（メイト）の中には世界を動かした者も実在するだけに、それ目当てに召喚を行うようになるだろう」

「まったく、面倒くさいことをしでかしてくれたもんですよ。仮に、軍神の召喚が成功しても戦局は悪い意味で大きく変わっていたはずですし、同盟を結んでいる国との関係が危ぶまれることになるでしょう」

「神に仕える身でありながら、欲深いことさね。ルーガ騎士団の存在意義は他国の人間と戦うことじゃないよ。害獣からこの国を守るために作られたんだからね」

「今回の件は陛下に厳しく罰してもらう」

バル様が淡々と言葉を返すと、おばあさんは頭が痛そうにこめかみを手で押さえる。そのまま椅子に座り込んで深くため息を吐き出した。そうして、バル様の胸元にしがみついている桃子を見る。

さっきの迫力を思い出して、思わずビクついてしまう。ヘタレですみません。

「あんた、災難だったね？　安心おし、アタシがしっかり検査してあげるよ」

優しい顔で力強い言葉をいただく。おお、いい人なの！　桃子はすっかり安心して、バル様の腕を手でトントンと叩いた。

「バル様、下ろしてくれる？　検査してもらうのに抱っこのままは失礼だよ」

「……わかった」

優しい手つきで下ろされる。バル様、小さな子の扱いにだいぶ慣れてきたみたい。本当に子供を産んでも大丈夫だよ、きっと！　……冗談だから、もの言いたげに見つめないで。やっぱり、心が読めるんじゃないよね？

「違う」

「読まれた!?」

「予測しただけだ」

優れた頭脳はこんな時にも回転が速いようだ。それとも、私が単純なのかなぁ？　よくよく考えてみたら、お菓子食べたいとか、抱っこしてほしいとか、眠いよぅ、なんてことしか考えてない。んん？　欲求に素直な赤ん坊と変わらない？　……気づかなかったことにしよう。

桃子は服のシワを伸ばすと精一杯の丁寧さを心がけて頭を下げた。

「水元桃子です。モモって呼んでください。ターニャ先生、よろしくお願いします！」

「ああ、よろしく。アタシの孫と同じくらいの年齢だね。じゃあ、さっそく調べようか。まずは血液を採るから、ベッドに座って腕を出しな」

ターニャ先生は医療用具を用意しながら、部屋の隅にあるベッドの一つを指差した。

「どうやって血を採るの？」

ひっじょーに嫌な予感がした。頭文字に【ち】がつくことをされそうな。そんな、まさか異世界に来てまであれはないよねっ？

「注射針で採血さね。――団長かカイ、どっちでもいいからその子が逃げないように押さえといておくれ！」

ガクブル震える桃子に、厳しい視線が向けられた。痛いのはいやだぁぁぁっ。桃子の中の五歳児が絶叫した。本能的に背後の扉に向かって走り出す。しかし、カイに後ろから捕まえられてしまった。

「はい、捕縛完了。モモ、ターニャ先生は注射が上手いよ。一瞬だからね」

「バ、バル様――っ」

泣きそうになりながらバル様の名前を呼ぶ。もともと注射が苦手だったこともあり、十六歳の桃子なら我慢出来ていたのに、五歳児の精神は耐えられなかったようだ。カイの腕の中で足をばたつかせて、必死にバル様を求める。感情が制御出来ない。

「………」

「これ以外に方法はないよ」

無言でターニャ先生を見たバル様が、ばっさり切られた。半泣きの桃子を見つめて、重々しく首を横に振る。うん、わかってたよ！

「……頑張れ。――ターニャ、言い忘れていたが、モモは時折五歳児の精神に引っ張られている」

「見ればわかるさね。それでも今回は我慢してもらうよ。大丈夫さ、アタシはプロだよ。一瞬で終わらせてやるからね」

「モモ、オレと一緒に座ろうな」

ベッドに腰かけたカイの膝に桃子が座る。お腹に腕が回されて、右腕を摑まれたまま前に差し出された。

部屋の明かりを受けて、注射針がきらりと光る。

「ふぎゃあああ――――っ」

腕にプスッと注射されて、桃子は絶叫した。

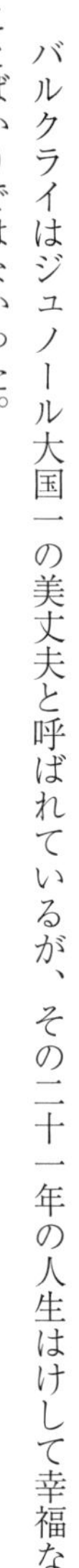

バルクライはジュノール大国一の美丈夫と呼ばれているが、その二十一年の人生はけして幸福なことばかりではなかった。

庶民の出でありながら側室となった母には後ろ盾がなく、苦労の末にバルクライを産んだ。しかし、身体が弱い人だったらしく、その後すぐに亡くなっている。そのため、母親の顔は絵画でしか見たことがない。

実の母の温もりさえ知らないバルクライの幼い心は、いつも乾いていた。

父であるラルンダ王は、その時すでに王妃との間に第一王子をもうけており、バルクライの存在は権力争いの火種になる可能性を秘めていた。周囲の貴族達は幼いバルクライを傀儡として使おうと、虎視眈々とその機会を狙っていたのである。

それに誰よりも早く気づいたのが、王妃ナイルであった。彼女は苛烈な性格ながらも陰湿とは縁遠く、破滅の可能性を秘めるバルクライを保護し、我が子、ジュノラスと分け隔てなく厳しく育ててくれた。

しかし、それもバルクライの心を温めるものではなかった。実の子でもないのに育ててもらったことに恩を感じているのは事実だ。けして疎んでいるのではない。なにかを望んでいたわけでもない。ただ、心を動かすものがなにもなかったのだ。

それに不満はなかった。この先も国を守るためだけに生きていき、そして死ぬのだろうと思っていた。――古代遺跡で、小さなモモと目を合わせるまでは。

「うぅ〜っ、ひっく、ターニャせんせ、あり、ありがとうごじゃ、ました」

「おかしいね、そんなに痛かったかい？」

「いたくはなかったけど、ごわがっだ……」

「針が怖かったんだよな。よしよし、頑張ったね。さすがお姫様だ。ほら、高い高〜い」

一通りの検査が終わって、泣きながらお礼を言うモモを、カイが褒めて抱き上げる。

五歳児の精神に引っ張られているのだろう。大きな黒い瞳から涙を零すモモを見ていると、バルクライの胸は不可解に疼いた。

ターニャが手元の測定器の数字を見ながら、説明する。これはセージの量や身体の状態を数値で表したもので、ルーガ騎士団の団員達も健康診断時によく使われていた。

「身体の状態は一般の幼児と変わりないみたいだよ。内臓、筋力、骨、共に問題なし。ただ、セージだけは普通よりも少ないようだね」

「せーじ？」

「セージは魔法を行使するのに必要な力だ」

「魔法！　ねぇねぇバル様、私にも魔法は使えるの？」

モモの目が輝く。目元が赤くなっているのが気になり、指でなぞればくすぐったそうに身を捩る。

嬉しそうな様子に、バルクライの胸の疼きも消えた。不思議な感覚だ。誰かを見ていてこのように感じたことは一度もない。モモから目が離せなくなる。

「子供には難しい。――ターニャ、モモのセージが少ないのは問題か？」

「生活していく分には問題ないさね。ただセージが少ないってことは精霊に助力を願う声が小さく、魔法の効きが悪いってことだ。――大きな怪我には気をつけるんだよ？　光魔法の効きが悪いんじゃ、大怪我した時に困るからね。それから、がっかりさせるようだけど、このセージの量では魔法の使用は厳しいよ」

魔法を使えないと言われて、モモの眉が悲しそうに下がる。可哀想だが仕方がないことだ。バルクライのセージは桁外れに多いため、分けてやることが可能ならそうしてやりたいが……。

「そっかぁ。ちょっと残念。私も精霊さんとお話ししてみたかったよ」

「精霊と話し？　そりゃあ、アタシ達でも出来ないよ」

「え？　そうなの？」

「お姫様、精霊ってのは自然界を漂う力そのものを指すんだよ。道端で星の輝きを見つけたら、それが精霊だ。どこにでもあり、いつの間にか消えていく存在。呼びかけに応えてもらえれば、魔法は完成する。――団長、見本を見せてあげてくださいよ」

「必要か？」

「とーっても必要！」

カイの腕に収まっているモモに聞くと、小さな両手を握りしめて力説された。それほど必要か。

バルクライは右手を上げると、小さく詠唱した。

「火の精霊よ、助力を」

右手に赤く小さな光が集まっていく。それがお互いにぶつかって弾けると、手の平の上に炎が生まれる。

「すごいっ!!　バル様は魔法使いなんだねぇ」

「正確には違うが、このように一定のセージを持つ者はそれぞれ適性の魔法を使える。ただ、あまり利用することはないが」

「どうして？　せっかくの魔法なのに」

「ははっ、オレ達ルーガ騎士団が相手にしているのは害獣である魔物だからね。セージを多く持つ者は少ないし、魔法より剣で斬る方が早いのさ。魔法使いは別に専門機関があって、光魔法……別名治癒魔法とも呼ばれてるものなんだけど、これを使える人間は大半が神官なんだよ。ただし、光魔法で怪我を治すのは大怪我の時に限る。頻繁に使うとなぜか効果が薄くなるんだ」

「それって薬と一緒だねぇ。耐性が出来るから効き難くなるんでしょ？」

この発言には驚いた。当然のように言っているが、その考え方はこの世界には存在しないものだ。

バルクライは炎を霧散させて消すと、モモに尋ねる。

「モモ、たいせいとはなんだ？」

「え？　えっと、強くなるってことだね。私の世界にもいろんな薬があるんだけど、同じ薬を毎日のように飲んでいるとその薬の効きが悪くなるんだって。薬より身体が強くなっちゃうんだね」

なるほど、たいせいとは耐えうる力か。つまり、これを弱めることが出来れば、立て続けに大きな怪我を負っても魔法の効きを心配する必要がなくなるということだ。

「ターニャ」

「いいことを聞かせてもらったね。これは開発部の連中に研究してもらう価値がありそうだよ」

「だが、モモのことは隠せ」

「わかってるよ、団長。その辺のさじ加減は任せておくれ」

モモにとっての常識は、この世界では得難いものだ。しかしそれと同時に危険なものでもある。この世界の常識にとらわれない考え方は希少価値が高く、その分だけ狙われることになるだろう。だからこそ、守らなければならない。それでなくとも、今のモモは素直な幼女なのだ。

「モモ、お前が異世界から来たことはオレの許可なく周囲に話してはいけない。いろいろな場所から狙われることになる」

「えっ？　狙われちゃうの？」

「今モモが言ったことは誰も考えつかなかったことなんだよ。モモの世界では常識だったとしても、この世界ではそうじゃない。そのことを理解してね」

カイがモモの額に額を押し付けて念押しする。……いつまでそうしている気だ？

「わかってますから、無言の威圧はやめてください団長」

「なんのことだ？」

「無意識ですか……。はい、モモを抱えていてくださいね」

モモを差し出されて受け取る。腕の中に柔らかな温もりを感じて、不思議と気分が良くなった。

大きな目が見上げてくる。丸い頬は指で突きたくなるほど柔らかそうだ。モモが大きな口を引き上げて嬉しそうに笑う。自然と腕に力が入った。

「バ、バル様、苦しい！」

「……すまない。加減を間違えた」

「優しくぎゅってしてね？」

よく笑う。だが、けして不快ではない。モモという不思議な存在を、バルクライは側に置いておこうと決めた。

「送っていきたいが、オレはこれから仕事だ。お前はカイと一緒に屋敷へ戻ってくれ」

バル様は騎士団の門まで桃子を連れてくると、カイの馬に乗せながらそう言った。ルーガ騎士団師団長という肩書のあるバル様も、キルマ同様に忙しいのだろう。

その時間を割いて桃子のために動いてくれたのだ。ありがとう、バル様。帰ってきたら肩揉むよ？　おばあちゃんに好評だったテクニックを見せてあげるね！

「うん、わかったよ。早く帰ってきてね？」

「努力しよう。モモのことは、これからオレが預かることになる。近々、騎士団全体に正式に紹介して、顔を繋げる機会を設けよう。なにかあった時に助けてもらえるようにな。それから、しばらくはその身体とここの生活に慣れることを第一に考えればいい」

「ありがとう、バル様」

「ああ。――カイはオレの護衛を外れて、モモに付け。騎士団に顔が繋がったら、お前を副師団長補佐に戻す」

「それなら、あなたの護衛は誰が付くんです？」

「いくら兄上の仰せとはいえ、これ以上の護衛は必要ない。子供の頃ならばいざ知らず、今は師団長だ。そんなオレに対して本当に護衛が必要だと思うか？」

「まぁ、あなたの相手が出来るのは、隊長クラスでも限られますし、実力はおありですよね。正直、オレより強い人を護衛するのも変だとは思いますよ？　けれどジュノラス様は納得しますかね？　あなたはただの騎士団師団長ではない。この国の王子でもあられる」

「王位継承権を放棄しても構わないんだが、一度陛下に申し出たら兄上に却下された」

「ははっ、兄弟仲が良いのはいいことですよ。顔を見れば罵る妹もいますからね」

「……そうだな」

カイが苦く笑うと、バル様は思案するように頷いた。特定の人を指したような言い方だったけど、誰のことなんだろ？　私もいつかその人に会うのかなぁ。その時は、お話ししてみよう。聞き上手の桃子さんに、お任せだよ！

「モモ、いい子にな」

そんな言葉をバル様にもらって、桃子とカイは馬上の人となったのである。

行きよりものんびりした速度で馬が進んでいると、前方で悲鳴が上がった。商店が並んだ道の先で女の人がガラの悪そうな男の人達に絡まれている。周囲には野次馬が出来、女の人を庇うように罵り声が聞こえてきた。

「やれやれ、せっかく気分よく走っていたのに……モモ、悪いけどちょっとここで待っててくれるかな？　治安維持もルーガ騎士団のお仕事なんでね」

「うん。女の人を助けてあげて」

カイは道端で馬を下りると、手綱を近くの木の枝に括りつけた。そして、桃子を馬に乗せたまま、騒ぎが起きて罵声が飛んでいる先に走っていく。大丈夫かなぁ？　ちょっと心配になって、少しでも様子が見えないかなと、桃子は馬の上で身体を伸ばす。

「う～ん、やっぱり見えないや。立ったら見えるかな……ひぁ!?」

身体を左右に動かして角度を変えていると、突然後ろから腰に手が回って引っ張られた。視界がくるりと回り、厚い肩に担がれたかと思えば、相手が走り出す。人攫い!?

視界がガタガタと揺れて、気持ち悪い。桃子は必死に手足を振りまわして暴れながら、大きく息を吸う。

「だ、誰か……っ、むぐぅ!!」

助けを呼ぼうとしたけれど、それを察した相手が肩に桃子の口を押しつける。これなんていじめ!?　本日二度目の呼吸困難！　ピンチですっ！　誰か助けて!!

路地裏のお店が少ない通りを、男だろう人攫いが駆け抜けていく。どこに連れていかれるんだろう……？　怖くて、涙が出そうになる。

「チビスケ、目ぇ閉じろ！」

聞いたことのある声に、桃子はとっさにぎゅっと目を閉じる。すると、ガッシャーンッとガラスが割れる音がして、頭に水が降ってきた。

「ぐはぁっ」

桃子を抱えていた男が重い音を立ててドスンッと仰向けに倒れる。投げ出された桃子は筋肉質な腕に抱きとめられた。耳元でため息がして、こそばゆくなる。その人の心臓がドクドクと動いているのを頬に感じた。それに安心したら、途端に鼻がツーンとしてくる。あれ？　私お酒臭くない？

「……悪いな、咄嗟に酒瓶を投げたから、かかっちまったみたいだ。大丈夫かぁ、チビスケ？」

頭から顔まで滴ってきた雫を、かさついた指が荒い仕草で拭っていく。目を開けば、水色の瞳が飛び込んでくる。騎士団本部で会ったパンクさんが桃子の顔を覗き込んでいたのだ。その右足には、外套を被った人攫いが踏みつけられていた。

「うん。助けてくれてありがとう！」

「おー、どういたしまして、だ。それで、お前なんでこんなとこに一人でいんだよ？　団長かカイは一緒じゃねぇのかぁ？」

「あのね、カイと一緒にバル様のお屋敷に帰ろうとしてたら、途中で騒ぎが起きたの。カイはそれを収めに行ったんだよ。だけど、私がお馬さんの上で待っていたら、その人にいきなり抱えられち

ゃって」

「このクソに攫われかけてたわけだな？　ったく、人の貴重な休日に仕事を増やすんじゃねぇぞ。せっかくの酒も無駄にしちまったしよぉ」

「ぐおっ、や、やめ……」

「あ？　ガキを攫う雑魚の言葉は理解出来ねぇなぁ」

「ぐふぅっ」

パンクさんは毒づきながら、足元の人攫いの背をグリグリとねじるように踏みつけた。最後に大きく足を踏み下ろすと、気絶したのか動かなくなる。震える手で、パンクさんの服を握らせてもらう。今の私ってお酒臭いよねぇ、ごめんよ。だけど、まだ怖いの。

「モモ！」

その時、後ろから声がした。パンクさんが桃子を抱えたまま振り返ると、カイが必死の形相で駆けてくる。

「よぉーう、今日はよく会うな」

「ディー、なんでモモを抱えてるんだ!?　足元の男は？　この状況はどうなってる!?」

消えた桃子を必死に捜していたようだ。カイは息を荒げて呼吸を整える間もなく、パンクさんに詰め寄ってくる。必然的にモモにも近づくため、その額に汗が浮いているのが見えた。

不可抗力とはいえ、迷惑をかけちゃったね。あの、夕飯のおかずを一個あげるから許してくれないかなぁ？　もともと私のじゃないけど。バル様のお家のだけど。

「チビスケが人攫いに遭ってたぜぇ。オレがたまたま通りかかったからよかったものの、ガキから目を離すなよ」

「ああ、オレが悪かった。ディーのおかげで助かったよ。この礼は必ずするからな」

「酒で頼むわ。そんじゃあ、オレはこのクソを巡回中の団員に渡してくるから、お前はとっととチビスケを風呂に突っ込んでやれぇ」

パンクさんが桃子をカイに渡す。こういう時、簡単に移れるのが子供のよさだね！　コンパクト桃子と呼ぶがいいさ！

「は？　……って、酒臭っ!?」

「悪い。クソに酒瓶投げたら、チビスケも濡れちまってよぉ」

「チビスケやなくて、モモらよ？」

「舌回ってねぇぞ、モモ。オレはディーカルだ。ディーでいいぜぇ」

「ひゃいっ！　よおしく！」

「モ、モモ？　顔が赤くなってる。大丈夫か？」

「らいじょ～びゅ！」

ちょっと気分がふわふわするだけで、問題ないよ！　右手を上げて笑顔で頷いたのに、ディーは面白そうに笑い、カイは顔を青くした。

「こいつはまったく大丈夫じゃねぇなぁ」

「オレ団長に殺されるんじゃないかな……」

カイの嘆く声が遠ざかっていく。視界がクルクルと回っている。あはは、メリーゴーランドみたいで楽しいなぁ！　桃子は湯船に浸かっているような気分で目を閉じた。

第三章

モモ、お風呂で切なさを味わう
～なにげない夢も時には意味がある～

なにか温かいものが頬に悪戯している。

両頬を挟まれて、うりうりと揉まれた。少し雑だけど悪意のない仕草はどこか優しい。仕方なさそうなため息を誰かが溢して、温かなものが離れていく。それが惜しくて、桃子はなにかを追いかけて手を伸ばす。

すると、手袋らしきものをつけた指を捕まえた。もう少し撫でてほしいなぁ……眠りと覚醒の狭間でゆらゆらしながら、桃子はお願いする。けれど、その声が正しく言葉になっていたのかはわからなかった。

目が覚めたら、壁も床も白一色の上品な造りの広いお風呂場で三人のメイドさんに抱えられながら、まるっと洗われていた桃子です。いつの間に寝てしまったのかさっぱりわからないけど、お酒の匂いを落としてくれていたみたい。

「お目覚めですね？　僭越ながら、お休みの間に私共でお身体を洗わせていただいたのですが、ベタベタしていたり気持ちの悪いところはございませんか？」

レリーナさんに寄りかかっていた身体を離して、しっかりと自分の足で立つ。その足はやっぱり短いけど！　上から下まで泡だらけになっていた。まるで羊のように、もっこもこである。

「うん！　綺麗にしてくれてありがとう。これだけ洗ってもらったら、匂いも消えたかなぁ？」

「うふふ、ご心配なさらずとも大丈夫ですわ」

ふわふわのタオルに石鹸を擦りつけ、よく泡立てたもので優しく洗ってくれる。くすぐったい。せめてお湯くらいは自分で流そうと、桶に手を伸ばしたらさりげなく制された。

「自分で出来るから大丈夫だよ？」

「あら、うふふ。モモ様にはこの桶は少し重うございますよ。お湯がたくさん入っていますもの」

「そうですとも。これが私達の仕事ですから、お気になさらず」

「さぁさぁ、目をつぶってくださいまし」

「えーっと、じゃあ、お願いします！」

三人のメイドさんはとても楽しそうだ。柔らかな笑顔を向けられて、いいのかなぁと思いながら桃子は目を強くつむった。頭からゆっくりとお湯が降ってくる。二度ほどお湯をかけられると、泡がすっかり流れた。羊の皮を脱いだ桃子はすっぽんぽんである。

「風邪を引くといけませんから、ゆっくりとお湯に浸かってくださいね」

泳げそうなほど広いお風呂は、大人が十人くらいは入れそうだ。これ、私だけ使うのは申し訳なさすぎるよねぇ。あっ、そうだ！

「レリーナさん達も一緒に入っちゃダメなの？」

メイド服も濡れちゃってるし、一石二鳥でいい考えだと思うんだけど、どうかなぁ？　メイドさん達の頬がバラ色に染まる。美人さんが揃っているので、大変目に優しい光景です。

「まぁっ！　過分なお気遣いをいただきまして、ありがとうございます。ですが、私共は使用人でございますから、主の客人であられるモモ様とお風呂を共に入るわけにはまいりません」

「お気持ちだけで充分ですよ。ご理解くださいませね？」

やっぱりそうだよね。五歳児には丁寧すぎる対応も、バル様が使用人さん達にそう言い渡していたからだろう。残念だけど、困らせるのも悪い。桃子はしょんぼりしながら頷いて、お風呂の縁に手をかけた。けれど、身体が持ち上がらない。

「うぐぐぐっ」

「うふふふ、私が抱っこさせていただいてもよろしゅうございますか？」

「はぁはぁ……お願いしましゅ」

噛んじゃったの。恥ずかしくなりながら、ちらっとレリーナさん達を見上げると、蕩けそうな笑みを向けられた。幼児が噛んだら微笑ましいよね。わかるけど、それが自分じゃ恥ずかしいだけだよぅ。そんなに優しい目で見ないで！

レリーナさんの柔らかな腕に抱っこしてもらいながら、お風呂に着水する。小さな桃子のことを考慮してくれたのだろう、お湯はだいぶ少な目だった。桃子が座っても胸元くらいだ。肩にぱしゃりぱしゃりとお湯をかけてもらう。はぁ～、極楽極楽。

「気持ちいいですか？」

「うん！　すごく幸せ」

「それはようございました。お風呂が終わりましたら、お約束通りにお菓子とお飲み物をご用意いたしますね」

「飲み物と言えば、フィルアさんもお仕事中？」

その場にいないフィルアさんのことを思い出す。もし忙しそうなら、特製ブレンド紅茶はまた今度お願いしようかな。そう思っていると、三人が上品にクスクスと笑い出した。

「フィルアでしたら、先程紅茶の葉をばらまきまして、ロンさんに叱られて片付けています。特製ブレンド紅茶をお出しするために用意していたのですが、そそっかしい子なので手を滑らせまして」

「なんと空中を飛んだ紅茶の缶が、ロンさんの頭の上で開いてしまいましたの！」

「見事に紅茶の葉まみれでしたわ。そのまま困ったようにフィルアをお叱りになるので、周りの使用人達は笑いを堪えるのが大変でしたのよ」

「やっちゃったねぇ。でも用意しようとしてくれた気持ちは嬉しいの。まだ片付けているなら、私もお手伝いするよ？」

「他のメイドが一緒に片付けていますから、ご心配いりませんよ。ですが、もしよろしければお飲物にフィルアの紅茶をお出ししましょうか？」

「いいの？　フィルアさんがいいなら、もちろん淹れてもらいたいよ」

「ありがとうございます。あれだけ張り切っていましたし、きっと本人もその方が喜びますから」

「美味しい紅茶をお持ちいたしますね」

「それと、カイ様がとても心配しておられましたので、ぜひお顔を見せてさしあげてください」

それは悪いことしちゃった。異世界一日目にしては内容が濃すぎたから、自分で思っていたより疲れていたのかも。五歳児精神に引っ張られて、はしゃいだり泣いたりしていたからねぇ。

桃子が三十数えると、レリーナさんの手によりお湯からすくい上げられた。これからお風呂はずっとこうなのかなぁ？　ぷっくりしたお腹を見下ろして、桃子はちょっぴり切なくなった。

ほっこりした身体と濡れた髪を大きく柔らかなタオルで拭いてもらうと、新しい服に着替える。上は白の半袖ブラウスで、丸襟の花の刺繍と胸元のクロスタイが可愛い。下はサスペンダー付きのベージュのハーフパンツだ。

用意してくれたのは、レリーナさんだろうか。スカートの時と同じくらいに穿き心地がいい。これなら全力で走り回れそうだ。

レリーナさんのなめらかな手に引かれて、テラスに出ると、カイが三人掛け出来そうな幅の広い編み椅子から立ち上がった。

こちらもお湯を浴びたのか、髪の赤色は深みが増して、その笑みには眩しいほどの色気が漂っている。ただし、夜の街にいそうなホストさん風なことに変わりなし！

「おおぅ」

心の感嘆がつい口からもれた。この素直なお口め！　自分の口を両手で押さえてみても手遅れである。

しかし、カイは特に突っ込むこともなく、桃子を手招きした。なーに、イケメンさん？　私お金持ってないけどいいかなぁ？

トコトコと近づくと、カイがしゃがんでぐっと顔を寄せてくる。なになに、どうしたの？　真剣な目は、桃子の顔だけでなく全身を見分しているようだった。

「気持ち悪いとか目がかすむとか、変なとこはないかな？」

「うん、お風呂でさっぱりしたもん。もう平気だよ」

「……ああ～っ、よかった！　ごめんね、モモ。オレが任されていたのに、側を離れたせいで怖い思いをさせちゃったよな」

カイにぎゅっと抱きしめられる。心底安心したようにその声は甘く掠れていた。色気八割増し！でも、今回のことは不可抗力じゃないのかな。

桃子は短い両手を広い背中にそえて、ポンポンと叩いてあげる。

「困っている人を助けようとしたのは、正しいことじゃないの？　ルーガ騎士団は、街の人を助けるのもお仕事だってカイも言っていたでしょ？」

「いいや、オレはバルクライ様にモモの護衛を任されていたんだ。護衛対象の側を離れていいのはもう一人護衛がいる場合に限る。今回のことは明らかにオレの失態だよ」

　項垂れたのか、首筋に息がかかる。くすぐったくて身を捩りたくなるけど、そんな場合じゃないし、桃子は頭をひねって考えた。どう言えばちゃんと伝わるかなぁ。

「それじゃあ、私の失敗でもあるね！　あの時、私がカイにくっついて一緒に行けばよかったんだよ。そうしたら、カイも私のことを守りながら街の人も助けられたでしょ？」

「……は？」

　カイがゆっくりと身体を離して、桃子をポカンとした顔で見つめてくる。隙だらけだ。今なら奇襲もかけられるぞ！　目を輝かせた五歳児が顔を出しそうになるのを押し留める。めっ！　今真剣な話をしてるの。

「あっ、そうだ！　今度同じようなことがあったら、おんぶしてもらうのは？　そうしたら一緒に行けるよ！」

　名案な気がして、にこにこして見上げると、カイが横を向いて口元を押さえた。そして、イケメンらしからぬ様子で、ブハッと吹き出す。ええー？

「なんで笑うかなぁ？」

「はははは っ、……そりゃ……くはっ、笑うって……っ。モモは、可愛すぎて参るね」

「そんな爆笑しながら可愛いって言われても、信じないもん！」

　子供らしく頬を膨らませて文句を言っておく。イケメンホストはナンバーワンからナンバースリーに格下げじゃ！　以後、接客には気をつけたまえよ。

「頬を膨らませても余計に可愛いだけだよ。お姫様、これで許してね」

あやすように抱きかかえられて、編み椅子に腰を下ろしたカイの膝の上に座らされる。

丸いテーブルには、クッキーが載ったお皿と淹れたばかりの大小の紅茶のカップがあった。はっと周囲を見れば、室内に続くテラスの扉近くで、美しく微笑むレリーナさんと静かに佇むロンさん、それにフィルアさんが手を振っている。仕事が早いねぇ。

名前を呼ばれて顔を戻すと、口元にクッキーを差し出される。なるほど餌づけだね！　私は十六歳。こんなことでは誤魔化され……美味しい。ほんのり生クリームの香りがしていて、上品な甘みがクセになる。もっとちょうだいとねだって口を開けると、再び笑われた。

「ご機嫌は直ったかな？」

「もう一個くれたら直るかも！」

「ははっ、どうぞ」

再び口元に運ばれてきたクッキーをサクサクと食べる。ほんのり温かいクッキーは歯触りもよく、甘すぎず、バターがたくさん使われていた。

美味しいものは人を幸せにするよねぇ。あまりにも美味しくて食べすぎちゃいそう。自分で手を伸ばしても、取る前にカイの指に攫われる。これ、バル様もしてくれたけど、楽しいの？

小さなカップは桃子の為に用意してくれたのか、軽くて持ちやすかった。この気遣いには感動しちゃうの。執事さんとメイドさんってすごいよ。有能すぎて、びっくり！

その後も桃子は、カイの膝の上でおやつの時間を堪能したのであった。

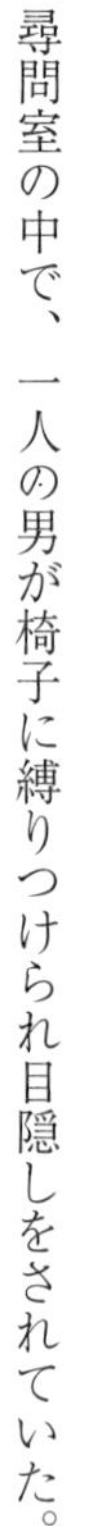

尋問室の中で、一人の男が椅子に縛りつけられ目隠しをされていた。

コツコツと足音が行ったり来たりを繰り返す。男の喉元が恐怖に慄くように、唾を飲み込んで大きく動いた。

正面で足音が止まると、苛立ったようにタタンッと床を靴で打ちつける音が響く。

「それほど難しい質問はしていないはずですよ？　もう一度聞きましょう。あなたはどうしてあの子供を攫ったのですか？」

柔らかな声が部屋に落ちる。目隠しされた男は、相手がどんな顔をしているのかを見ることが出来ない。だからこそ、恐ろしいのだ。声で相手を想像することしか出来ず、機嫌を損ねれば、なにをされるのかもわからない。

「オ、オレはただ一人でいるとこを見つけたから……」

「それで、たまたま攫ったと？」

「何度もそう言ってる！　未遂なんだから、重罪にはならないはずだろ!?」

「未遂だろうがなんだろうが、子供を攫ったのですから罪には問われますよ。……同じ質問をするのにも飽きてしまいましたね。少し雑談でもしましょうか」

「なにを………」

「私はあるモノがとても好きなのですよ。だからね、いつもこの手でそれを行います。手順も特別に教えて差し上げましょう」

訥々とした語り口が楽しそうなものに変わっていく。

「――まずは、中を傷つけないように、表面の薄皮をゆっくりと剥いでいくのですよ。それから余分な部分を抉り取る。この時に、いらないもの以外を傷つけるといけないので、慎重に抉ってあげるのです。最後に、私好みにそれを切り分けます。私は六等分に切るのがちょうどいいと思うのですけど、あなたは何等分がお好みですか？」

尋問者が熱の籠った口調で聞くと、男はガタガタ震えながら首を振った。

「やめ、やめてくれ！」

「おや、どうしました？　あなたのお好み通りにして差し上げると、言っているのですよ？」

「言う！　全部話すから、やめてくれぇっ！」

男は尋問者の言葉に陥落すると、悲鳴交じりに懇願した。

「えげつねぇな」

人攫いが引き継ぎの尋問役に引きずられていく。それを冷めた目で眺めていたキルマージは、後ろから声をかけられ視線を移す。そこには、あくどく笑うディーカルがいた。

この部屋には最初から三人の人間がいたのである。ディーカルはだるそうに壁に寄りかかって見ていただけだが、さすがルーガ騎士団の四番隊隊長なだけあり、気配を殺すのに長けていた。目を使えない相手には、感じとることが出来なかったのだろう。

「なんのことですか？　私はただ、好物の話をしただけですよ」

　相手が勝手に勘違いしたのだ。キルマージは果物の中でもとりわけ、赤くて甘いリンズが好物である。だから、丁寧におすすめの切り方を説明してあげただけだ。ああ、そうです。今日はバルクライ様のお屋敷に泊まる予定ですし、いいリンズがあったらお土産にしましょうかね？

「あの男、自分が六等分されるとでも思ったんだろうよぉ」

「よほど悪いことをしてきたのでしょうね。それよりも、モモの件はあなたのおかげで助かりました。団長からあなたにお礼を伝えてほしいと伝言を預かっています」

「団長にそんなこと言われるとはなぁ。ケツが痒くなるぜ。それにしても、なんか変だよなぁ？　あいつ、やけにチビスケに執着してねぇか？」

「ディーカル、団長に対して失礼ですよ」

「ここにも堅い奴がいたぜ。ルーガ騎士団に身分は存在しない。ここは完全なる実力主義の世界だろぉ。場所は弁えているんだから、このくらい許せよ」

「私は別にバルクライ様がこの国の王子であられるから、敬意を払えと言っているのではありませんよ。団長に対して最低限の礼儀を持てという話です」

「それはオレだって持ってるわ。団長が身分でなれるほど甘いもんじゃねぇのは、周知の事実だからな。でもよぉ、あんたも知っての通り、あいつが新人の頃は部隊が一緒だったから、つき合いも長いだろ？　昔を知ってるから、今の団長に軽口を叩きたくなるのさ。それで、あのチビスケと団長はどんな関係なんだ？」

悪童のようにディーカルの目が期待に光る。面白がる気満々なようだ。これがモモなら思わず頭を撫でてあげたくなるほど可愛いでしょうに……。大の男がしても、少しも可愛くありませんね。

キルマージは悪童ディーカルに、バルクライに言われたことを伝える。

「あなたにはモモを助けてもらいましたし、団長からの許可もあるのでお伝えしておきます。今から話すことは全て内密にしてくださいね？　……モモは異世界から神殿の召喚魔法によってこちらに来てしまった迷人(メイト)です。その場に団長と私とカイが居合わせました」

「召喚で来た迷人(メイト)だと!?　おい、まさか、犯人が黒髪黒目の子供を攫えと指示されたって言うのは――」

「ええ。おそらくは裏で神殿が糸を引いているのでしょう。この分だと、カイも嵌められた可能性が高い」

　騒ぎが起きた直後にモモは攫われている。つまり、わざと騒ぎを起こしたと考える方が自然なのだ。あまりにもタイミングが合いすぎている。

「神殿絡みじゃ、こっちとしても手を出しかねるか。攫うように指示した奴も、騒ぎを起こした連中もとっくに逃げてんぜぇ。裏の人間は逃げ足が速いからな」

「悔しいですが、そう見て間違いないでしょうね」

　キルマージは重いため息をついた。この世界に否応なしに連れてこられたモモは、原因の神殿に狙われている。口封じのためか、あるいはなにかに利用しようと考えてのことなのか。

「馬鹿な人達です……バルクライ様を本気で怒らせたのですから」

「はっ？　あの団長が？」

「信じられないでしょう？　道理に外れたことに対して静かな怒りを露わにすることはありましたが、声を荒らげたり、感情を表に出すことはほとんどない方ですからね。この報告が来た時のバルクライ様は、目で人を殺せそうでしたよ」

眉間にくっきりとシワをよせ、こめかみに青筋が浮かんだ顔は、まさに獰猛な魔物だ。神殿は怒らせてはいけない人の逆鱗に触れたのである。

「うははははっ、それオレも見たかった！」

「私は頭が痛いですよ。普段冷静で寛容な方だからこそ、激怒した時にどんな決断をなさるのかが心配なのです」

場合によっては、副師団長である自分が止めなくてはいけないのだ。協力要請についても検討しておかなければ。モモ、私の疲れを癒してくださいね。夕食は私が食べさせてあげますから！

それさえあればもう少し頑張れる。キルマージは幼女の笑顔を思い出して、仕事を乗り切るために心の中でそう願った。

玄関ホールの方で扉が開く音がした。バル様達が帰って来たんだね！　桃子はカイの膝から下りて、バル様とキルマの元に向かおうとした。しかし、お腹に回された腕がなかなかほどけない。

「こらこら、危ないだろ。ちゃんと連れていってあげるから大人しくしてな」

「私を甘やかしちゃダメだよ！　癖がついたら困るもん」

私の中の五歳児が、どこに行くにも抱っこじゃなきゃ動かない！　って主張し出したらどうするの？　中身は十六歳だから、ある意味苦行になっちゃうよ。

恐ろしいのは、不思議そうに瞬くカイである。色気が抜けた素の表情だ。女の人がほいほい引っかかりそうなの。本人にそんな自覚があるはずもなく、全ては桃子の一方的な想像である。

「カイは格好いいのに時々可愛いねぇ。きっと、そのギャップに女の人はやられるんだ……」

「モモの感性はだいぶ変わってるな。オレが可愛いって？　オレにはお姫様、君が誰より可愛く見えてるよ」

耳元にとびっきり甘く囁かれて、桃子は背筋を震わせた。うひゃあああっ、狡いよ、その声は兵器なの！　五歳児をたぶらかさないで！

「ほわわわわっ、バル様～っ！」

困った時はバル様を呼ぶべし！　これ、桃子のマニュアルに書いてあります。召喚者の声に応えるように、リビングに続く扉が外側から開かれた。

「どうした？　……カイ、なにをしている？」

「そんな不審な目で見ないでくださいよ。ちょっと、ふざけていただけです。お二人ともお帰りなさい。お疲れ様です」

カイの腕が外れて、ようやく桃子の足が床につく。久しぶりの感触な気がする。今のうちに床を踏みしめておこう。感情の赴くままに床をふみふみしていたら、三人の顔が緩む。疲れてる？　今こそ私の肩もみテクニックが光る時？　今

カイが立ち上がったので、三人の巨人とちびっこ桃子になる。三人共羨ましいほど足が長くて背も高いので、桃子の今の身長だと抱きつく先は三人の足だ。なんとなくしがみつきたい衝動がこみ上げてくる。はっ、これあれだ！　五歳児の精神！　うーっ、足踏みで、が、我慢……っ。

「私が仕事をしている間に、あなたはこんな愛らしいモモの姿を見ていたのですか。ずいぶんと楽しい護衛時間を過ごしていたようですね？」

「悪いね。モモに構うのも任務の内なんだ。――団長、改めてお詫びします。申し訳ありませんでした。モモが攫われたのはオレの責任です」

カイが表情を改めて、バル様に深々と頭を下げた。自分の不甲斐無さを恥じるように、きつく目を閉じたのが見えてしまう。胸が痛い。桃子はカイの隣に行くと、同じようにバル様に頭を下げる。

「バル様、ごめんなさい。私ももっと気をつけていればよかったの。この世界に来て、バル様達がとっても優しいから油断してたんだ。知らない世界のことだから、ちゃんと知らなきゃいけなかったのに」

攫われた桃子にも非があることを、バル様達にわかってほしかったのだ。五歳児の抵抗なんてたかが知れているかもしれない。だけど、守ってもらったのに、カイだけに頭を下げさせるのは、やっぱり違うもん。この世界の常識としては間違っているのかもしれないけど、ここは譲りたくなかった。

バル様がため息をついた。ヒヤッとする。やっぱり怒ってる……？

「二人共頭を上げろ。オレから言うことは一つしかない。これより先もモモの護衛はカイが当たれ」

「……罰則は必要だと思いますよ？」

「無駄なことをする気はない。そんなものがなくとも、お前は十分に理解しているだろう？」

全然怒ってなかったみたい。静かな黒い瞳には、カイへの信頼が見える。よかった！

「あなたは仕事面ではとても真面目ですからね。必要以上に自分を責めるのは目に見えていましたよ。けれど、今回の件はけしてあなただけの責任ではありません」

「どういうことだ？　実際、オレはモモの側から離れちまったんだぞ？」

「それが神殿の策だった可能性があるのですよ。あなたが騒ぎの輪に入らなければ、もっと強引な手で迫り、最悪モモに危害を加えられていたかもしれません。その状況下で、護衛対象を一人で守れというのは酷な話ですよ。今回はこの子が無事だったことを素直に喜んでおきましょう」

腰を落としたキルマに優しく抱きしめられて、頬に頬をつけてスリスリされた。

スキンシップ過多だけど、それだけ心配かけちゃったってことだね。うん？　なんか果物のいい匂いがする。近くでキルマを見るとお肌の白さが際立っていた。羨ましいほどの美顔だねぇ。化粧品のＣＭモデルも出来そう。

「キルマ……」

「もう少しモモと触れ合わせてください。私は今日疲れているのです！」

ギュッギュッと抱きしめられて、やっぱり抱き上げられる。キルマは三人の中で一番細く見えるのに、その身体はやはり男の人で力持ちだ。片腕で抱っこされて食堂に移動していく。心なしか、肩越しに見えるバル様の眉間にうっすらとシワがあった。

「バル様も後で抱っこしてくれる？」

「……ああ、わかった」

そう声をかけると、眉間のシワがふっと消えた。バル様は通常らしい無表情に戻ってくれたし、キルマはにこにこして上機嫌、カイもわだかまりが消えた様子で笑っている。

三人共、今日はお疲れ様でした！　お腹すいたし、みんなでご飯を食べようね！

うーん、すごく濃い一日だったなぁ。バル様に与えてもらった客室で、桃子はベッドによじ登りながら、不思議で刺激的な時間を振り返っていた。

異世界に飛ばされてバル様達に出会い、幼女になって異世界のお医者さんの検査を受け、あげくに誘拐されかけた。思い返せば、普通はまず経験しないだろう数々の出来事である。そして、時折訪れるサービスシーンは、眼福でした！　それにしても……眠い。

異世界に来て一番驚いたのは、魔法や精霊の存在だろう。明日になればもっと詳しく知ることが出来る。それを考えるだけでワクワクしてきた。興奮したら眠れなくなるよねぇ。煩悩よ、去れ！

自分に活を入れてみる。桃子さんはやれば出来る子です。

「お部屋の明かりはレリーナさんが消してくれたし、早く寝ないと」

電気の代わりに魔法石を使って部屋を明るくするらしい。天井に魔法陣が描かれており、壁の石に手を翳すとそこから柔らかな光が生まれて、天井の魔法陣に飛んでいくのだ。面白い仕組みだよねぇ。見ているだけで楽しくなっちゃった！

ちなみにトイレにも洗面所にもそれがあり、壁の一部に設置された魔法石に手を翳すことで魔法陣から水が出る仕様になっているようだった。桃子もトイレで初めてセージを使ったが、感動した。だって初めての魔法だよ？　使ったのがトイレってことに残念さがあったけれども。

セージの量が少ない桃子にとって幸いだったのは、魔法石のおかげで普通に生活出来そうなことである。実際に使用しても、特に体の不調は感じなかった。

『だが、多用は厳禁だ。幼児化の原因もわかっていないのだから、今は出来るだけ周りを頼れ』

バル様の言である。周囲に心配をかけている状況は申し訳ないけれど、桃子は正直嬉しかった。誰かに心配されることなんて、ずいぶんとなかったから。それが普通と思って生きてきたのにね。この世界で今日出会った人達のほとんどが見ず知らずの桃子に優しくしてくれた。

「幸せだなぁ。だけど、ちょっと怖いね……」

優しさを向けられることに慣れてしまうのが、少しだけ恐ろしい。いつか、両親と同じように周囲から背を向けられたら、それを仕方ないと諦められるだろうか。同じように平気な振りをして生きられるだろうか。桃子にはそれがわからなかった。

……って、なんかシリアスしちゃった。桃子はうつ伏せになってぐりぐりと額をベッドに擦りつける。なんか恥ずかしい。誰も見てないよね？

そろりと頭を動かしてドアの方に視線を向けると、しっかりと閉まっていた。ほっ。安心したけど、余計眠れなくなっちゃったよぅ。部屋の中がシーンとして暗いのも、寂しくてちょっとだけ怖い。家ではいつも一人で寝ていたのに、おかしいなぁ。

ベッドの上で縦横無尽に転がってみる。上に参ります。下に参ります。斜めに参ります。……ダメだぁ、ちっとも眠れない！

ガバッと起き上がってベッドから飛び降りると、桃子は必死に背伸びをしてドアノブに手を伸ばす。飛び跳ねてしがみつくように回すと、ドアが開いた。やったぁっ、自由だ！

ドアの隙間からそろっと覗いてみれば、廊下は薄暗い。……勇気を出すの。桃子はベッドからシーツを拝借すると、頭からかぶって装備した。頑丈さはないけれど、心は守れそうな気がする。

そして静かに廊下へと出ていく。誰か起きてないかなぁ？　自分の足音さえ怖くて、早足になりながら人気(ひとけ)を求めてうろついてみる。うろうろうろうろ。人気、なし！　そうだよね、皆だっても う夢の中だよ。

三人から一緒に寝ようかと誘われたのを、断らなきゃよかった。十六歳だから平気だと胸を張った自分に、全然大丈夫じゃないよって訴えたい。

そびえ立つ階段の前に立ったものの、小さな桃子が上がるには段差が厳しい。十分気をつけないと転がり落ちそうだ。うーむ、これは挑戦してみるべきか、諦めて部屋に戻るべきか。

「モモ」

ビクゥッと身体が跳ねた。弾みで後ろに倒れそうになったら、誰かに抱き上げられる。あぶ、危なかったの！　思わず固い胸板にすがりつくと、頭を撫でられた。見上げれば、バル様がいる。気配もなかったから本当にびっくりしたよ。いつの間に近づいたの？

「階段には一人で近づくな。危ない」

「うん、もうしないよ」

「それがいい。どうして廊下に出ていたんだ？」

「……真っ暗なお部屋に一人だったから、ちょっと怖くなっちゃって……」

恥ずかしい告白だね。十六歳なのに夜を怖がっているなんて。だけど、嘘は言えないから正直に伝える。ごめんよ、そんなことを怖がってて。

「あのね、十六歳の時は怖くなんてなかったんだよ？　だけど、なんか今日は……」

五歳児の精神のせいだけではない。なぜか、桃子自身も怖かったのだ。原因に心当たりはないけれど、ほんとなんでだろう？

「それなら、オレの部屋に来るか？」

「えっ、いいの？」

「問題ない。そのましがみついていなさい」

バル様が足音も立てずに階段を上がり出した。周囲を気遣っているのだろう。静かにしないと、みんなが起きちゃうもんねぇ。一番奥の部屋がバル様の自室だったようだ。扉の色は重厚な黒。他の部屋は茶色だったから、バル様の好みなのかもしれない。

バル様は片手でドアを開く。明かりのついた広い室内には必要最低限のものしか置かれていなかった。桃子の部屋と同じくらい大きなベッドと、仕事用の執務机と椅子。それから本棚。これだけだ。クローゼットさえもない。

「お洋服はどこにあるの？」

「服？　衣装部屋だが」

「なるほど。専用部屋があるんだね」

「寝間着に着替えるから、少し待っていてくれ」

シーツに包まれた桃子はベッドに下ろされる。ふっかふかの広いベッドはこちらも天蓋付きだ。豪華だから、それだけでお姫様気分になれちゃうの。

バル様は洗面所らしき場所に消えると、すぐに着替えて戻ってきた。黒い上下の手触りがよさそうな寝間着である。桃子は淡いピンクのネグリジェを身に着けていたので、お互いの色が際立つ。

ベッドがギシリと軋む。その音に、桃子はドキッとした。バル様の両手が伸びて、優しく抱きしめられる。鼓動がドクンドクンと耳を打つ。それはすごく安心する音だった。

「明かりはつけておくか？」

「……ううん。バル様がいてくれるから大丈夫」

「そうか。では、消すぞ」

バル様が右手を上げると、明かりがふつりと消えた。少しすると目が慣れて、美しい横顔がぽんやりと浮かんで見える。物静かな黒い目がわずかに細められた。

「なにも憂う必要はない。モモの眠りはオレが守ろう」

穏やかな低い美声が、バル様の身体を通して響いてくる。温もりに包まれてほっと力が抜ければ、瞼がゆるりと重くなっていく。強い眠気に引っ張られて、桃子の意識は夢も見ないほど深い場所へと沈んでいった。

第四章

モモ、驚きの朝を迎える
～誰にでも予想外なことは起こるよねぇ～

ぱちっと目が覚めて、桃子は目の前の眼福におののいた。バル様の彫刻のように整ったお顔がすぐ側にあったのだ。今日も美形さんだね。一日一善ならぬ、一日一眼福。うん、いい朝！

朝の光が窓から差し込み、室内はもうずいぶんと明るい。なんだか気分もすっきり晴れている。昨日の夜、バル様に救助されてよかったよ。一人では眠れない夜を過ごして、泣いていたかもしれない。そんな風に思って、桃子は大きく伸びをした。

「こえぎゃびせぇーのこうきゃ……！（これが美声の効果……！）」

んん？　変だなぁ、舌が回らない。その時、桃子は自分の異変に気づいた。視線が昨日より明らかに低い。そして見下ろした自分の手がもちもち加減を増している。

「ま、ましゃきゃっ。バリュしゃま！　おっき、おっきちぇ!!（ま、まさかっ。バル様！　起き、起きて!!）」

慌ててバル様の鎖骨をパシパシと叩く。腕が短い！　絶対に短くなってるよ！　緊急事態です。私、五歳児より小さくなってるんだけど、誰かどういうことか説明して!?

リビングで、おそらく一歳児くらいだろうと三人に判断された桃子は、ソファに座って項垂れていた。鏡で見せてもらったが、やはり幼児化が進行していたのである。手足がむちっとして、お腹もぽこっと出ていた。どこから見ても赤ちゃんに片足突っ込んでいる。これって、どんな罰？　眼福言っていたから、それが原因なの？

なによりも衝撃を受けたのは、上手に話せないことだった。もう話さないもんっ、とばかりに口を引き結べば、カイが頭を撫でて慰めてくれる。

「その姿も変わらず可愛いよ？　だから、元気出そうな」

「きゃわいくなきゅちぇいいみゅん……（可愛くなくていいもん……）」

うにゃあああああっ！　口が回らなくて、いたたまれない。ソファに座るのも苦労するわ、安定感がないわで、歩けるけどガニ股になるし、良いことなしなの。精神が十六歳だと一歳児は出来ることが少なすぎて辛い。

お腹が減ってスースーするのに、今の桃子には固形物は危険かもしれないということで、食べられるものがなかった。幼児用に軟らかく煮込んだ物を作ってくれているようだけど、もう切ないよう。

「……これはターニャ達の手には余るな。仕方ない、モモをミラの元に連れていく。彼女ならセージの流れを見てとれるだろう。――レリーナ、準備を頼む」

「かしこまりました。赤ちゃん用の正装でよろしいでしょうか？」

「そうしてくれ。――モモ、お前がそうなった原因にはおそらく神が関わっている。それに詳しい者なら、その身に起きていることもわかるはずだ。元に戻る方法を見つけよう」

「ほーちょ？　（ほんと？）」

「ああ。その姿ではいつ怪我をするかわからないからな。それに神が関わっているのは、神殿の召喚が原因だと推測出来る」

「かみぃしゃま？　（神様？）」

「この世界の創造神とされているのは【名前のない神】だ。その他にも数多の神々が存在する。例を挙げてみるか。たとえば、モモが召喚された理由である【軍神ガデス】や【賭けの女神】は非常に有名だ。軍神は戦いを司り、賭けの女神は運に関係するからな。他にも【悪戯の神】や【復讐の神】などが存在し、その数は日々変化していくのだと言われている」

「ごくまれにそんな神々が人に加護を与えることがあるのです。後で会うミラも美の女神に加護を与えられた存在です。それとは逆に、昨日会ったディーは、本人が言うには賭けの女神に呪われているそうですよ」

「それはオレも聞いたことがあるなぁ。子供のとき、夢に出て来た女神の誘いをすげなく断って呪われたってやつだろ？　まったく、女性を大事にしないからだぜ。本人は気にもしていないけど、実際にあいつは賭け事が異常なほど弱いから、本当のことかもしれないね」

神様に対する考え方は日本でいう八百万の神と似たような感じらしいけど、人との関わり方が面白い。もしかしたら、元の世界と似たような神様もいるかもしれないね。

そんな面白そうな神様に呪われちゃってるかもしれないディーの顔を思い出す。けれど、酒瓶をあおっている姿しか浮かばない。呪われているわりには暗い印象は一切ないの。むしろ、それがどうしたって豪快に笑い飛ばす様子が想像出来る。

「デーは、そえでだいじょびゅなにょ？　（ディーはそれで大丈夫なの？）」

「まぁ、賭け事に弱くて些細な怪我をよくするってだけだからね。呪われたってのも酒がまわった時に与太話として聞いただけだよ」

すごいよ酒豪。さすがなの酒豪。賭け事に弱いのなら、ババ抜きで私といい勝負が出来るかも？桃子は恐ろしいほどババ抜きが弱い。周囲には顔に丸出しと言われていたほどである。トランプがあれば勝負してみたいよねぇ。負けた時の切なさは、あえて考えないでおく。

「モモ、大変残念ですが、私は騎士団に行かねばなりません。今はさらに小さくなっているのですから、けしてバルクライ様とカイから離れることのないように。それと、バルクライ様はミラを苦手としています。もし嫌なことを言われても、気にすることはないですからね」

念を押すように言われて、桃子は不安になってきた。バル様が苦手な相手で、なおかつ私に嫌なことを言いそうなミラって、どんな人？　頭の中に意地悪な顔をした美女が浮かんできた。ううぅ、こあい。幼児の本音が涙となって出てくる。

「モモ、泣くな」

滲んできた涙をバル様の親指で拭われる。こみ上げる恐怖心が一歳児の精神に引きずられているせいだとわかっていても、心の天秤が不安に傾いていく。桃子は腰をかがめたバル様のお腹に抱きついて、ぐりぐりと頭を擦りつける。一歳児はすごく甘えたくなって困っちゃうの。

「そんなことを言ったらモモが不安がるだろ？　心配しすぎだ。いくらミラ嬢でもこんな小さな子を苛めたりはしないさ」

「いいえ、念には念を入れておかなければいけません。カイはしっかり見ているのですよ。いざとなったらどんな手段を使ってでも守りなさい」

「オレが抱いていくから心配するな。ミラに手出しはさせない」

バル様の一声は、桃子の心に力を与えてくれるようだった。

ぶかぶかになってしまった五歳児用の寝間着を脱ぎ捨てると、シルクの手触りの小さなドレスがさらにちんまりした身体に当てがわれた。

「モモ様、私心臓が壊れそうです」

レリーナさんが可愛く染まった頬を手で押さえている。うん、似合うってこと？　でもね、悲しいの。えっ、なぜって？　だって成長するどころか退化してるんだもん！　昨日食べたものはどこにいったんだろうねぇ。食事は成長を促すものじゃなかったの。桃子の疑問は尽きない。そして、悲しみも尽きない。

「ありぃきゃちょ（ありがとう）」

口を開けばこれだよぅ！　だから、なるべく口を開かないように無言でいたいのだ。代わりに目で訴える。お願い、バル様の元まで運んでください。なんかこう、以心伝心の如く、伝われーっ。熱心に見つめ合う二人が完成した。テレパシーは双子の特権だよねぇ。ちっとも伝わってないもよう！

仕方ない。桃子はなるべく正しく発音出来るように、ゆっくりと口を開いた。

「だっ、きょ！（だっこ！）」

はいっ、ダメだったのー。桃子は滑舌を放棄した。レリーナさんがうやうやしく抱き上げてくれる。その熱視線に顔が焦げそう。

「抱きしめても、よろしいでしょうか？」

「……ひゃい（……はい）」

美人さんのお願いは断れないよね。桃子はこっくりと頷いた。けれど頭が重くてふらふら揺れる。酔っちゃう前に、レリーナさんにふんわり抱きしめられて、大きな胸で頭を支えられる。素晴らしいお胸ですね。いいなー、私も二十歳までは希望を持ちたいの。牛乳を飲んだら少しはおっきくなるかなぁ。それなら頑張って毎日飲むのに。

「ありがとうございます。それでは、戻りましょうね」

そんなことを考えていると、満足してくれたのか、レリーナさんは桃子の背中をしっかりと手で支えて歩き出す。ダイレクトに揺れが伝わってくる。ダメ、また眠くなっちゃうよ。パンをミルクで煮たものをいただいて、桃子はお腹が膨れているのだ。

眠気を堪えて目を強くつむっていると、扉を開閉する気配がして、振動が止んだ。目を開ければ、桃子の身体はバル様の腕に移される。

「バルクライ様、モモ様のお支度が整いました。こちらでよろしゅうございますか?」

「十分だ。これなら貴族の赤子と遜色ない」

赤ちゃん用の白いドレスは、二の腕に当たる部分が絞られ、少し広い胸元にはお花の装飾がされていた。ドレスの長さは、くるぶしが見えるくらいで下にいくほど僅かに膨らんでいる。

胸元のお花には小さな光り物がついていた。聞かなくてもわかるよ。これ本物の金だよね。それも、桃子には不相応すぎるほどお高いやつだ。いや、うん、着なさいと言われたら着るけど。全身が震えても着るけど。

「モモ、緊張しなくていい。オレが話す」

バル様、合っているけど違うの。ミラさんのことも心配なんだけど、この光り物がね。光り物が……。これはメッキ。これはメッキ。これはメッキ。口裂け女を撃退するおまじないのように唱えておく。だけど困ったことに、全然落ち着かない。

バル様の腕に収まったまま、玄関ホールを抜けて外に出ると、馬車が待っていた。今回はこれで移動するようだ。

ロンさんが馬車の小ぶりな扉を開いてくれて、バル様が身体を屈めながら桃子と一緒に入っていく。中には十分にくつろげるだけのスペースがあった。桃子がバル様の膝の上に座ると、カイが向かい側に腰を下ろす。

「ちょっと待った～っ。可愛い赤ちゃん姿のモモ様を私も一目見たいですって!」

扉が閉まる前にそんな声が滑り込んできた。目を向ければ、フィルアさんがメイド服の裾を持ち上げて勢いよく外に飛び出してくる。すごいダッシュ力だ。

バル様が桃子を持ち上げてくれる。ここにいるよー？　と両手をグーにしてぎこちなく上下したら、満面の笑みを浮かべたフィルアさんが見えて、黄色い悲鳴が二つ上がった。たぶん一人はレリーナさんだねぇ。恥ずかしいけど、喜んでくれたならよかったよ。

ロンさんが渋い声で注意する。

「それでは、グロバフ様のお屋敷に出発いたします。少し揺れますので、バルクライ様はモモ様から手をお離しにならぬようお願いいたします」

「ああ」

「バルクライ様がいるから大丈夫でしょうが……カイ、モモのことをよく見ておいてくださいね」

「了解、副団長」

桃子は行ってきますのかわりに、バル様の膝の上からキルマ達に目を向けた。ロンさんがにこりと微笑んで、綺麗な一礼をする。

「では、短い旅をお楽しみください」

扉が静かに閉じると、ぴしりと音がして、ガラガラと馬車が進み始めた。

そのお屋敷は、外観こそ白いが、それ以外は言葉を失うほどド派手であった。二階のバルコニーには金ぴかの柵がついており、玄関の扉も真っ赤。そんな迫力満点なお屋敷の執事さんは桃子達を見て、すぐに室内に案内してくれる。

その先で出迎えてくれたのは、貴族の男の人だ。これまた派手な赤い服を身に着けているが、不思議なほどそれがよく似合う。

年は三十四、五くらいだろうか。少し暗い金髪で、目も同色のようだ。やっぱり派手なの。その目が一瞬バル様の腕にお邪魔している桃子を驚いたように見て、にっかりと笑顔になった。

「これはこれは！　お子様とご一緒とは真に喜ばしい!!　ようこそお越しくださいました。バルクライ様、カイ殿。申し訳ない、私はあなた様がご結婚なさったとは聞き及ばず、祝いの品が準備出来ておりません。至急ご用意させていただき、後ほどお届けを」

「いや、気遣いは無用だ。この子はオレの子ではない。ミラに至急尋ねたいことがあって来たんだ」

「ご連絡をいただければ、こちらからお伺いしましたよ。バルクライ様のためならば、このダレジャ、どこにでも行きましょう！」

一回で覚えられる名前がきた！　桃子が内心そう叫んでいると、バル様の顔に苦笑らしきものが浮かぶ。そこに嫌悪の色はなく、ただダレジャさんに対して面映ゆそうな様子があった。この人は裏表のない熱血系の性格みたいだね。

「健勝のようだな。オレは十分助けられている。オレよりも陛下と兄上の力になって差し上げてくれ。それで、ミラは在宅か？」

「はい、すぐにここに呼びましょう。お二人とも、どうぞお座りください。——ミラを賓客室に連れて来てくれ」

「かしこまりました、旦那様」

側に控えていた執事さんが静かに頷いて出て行く。賓客室のソファを勧められて、バル様とカイが同時に腰を下ろす。貴族らしい貫禄があるのに、偉ぶらない様子は好感を覚える。このおじさん良い人そう！

すぐに廊下の方からパタパタと走る音が聞こえてきた。あれ？　音が軽い？

桃子が不思議に思っていると、両開きのドアが突撃されたようにバーンと開いた。そして女の子が飛び込んでくる。

ダレジャさんとそっくりな金髪と同色の目を持つ幼い顔立ちの少女だ。年は桃子の世界でいうと八歳か九歳くらいで、豪華な赤いドレスを身に着けていた。長い髪を赤いリボンで縛り、背中に流している。おお、本物のお姫様だ！　初めて見るお姫様に密かにテンションが上がる。

「バルクライ様！」

少女は嬉しそうに笑顔を見せて、バル様に走り寄ってくる。しかし、バル様の腕の中に桃子がいるのを見つけるとその表情が凍りつく。

「酷いわ、バルクライ様……ミラに会いに来てくれたと聞いて走ってきたのに、そんな子供を膝に乗せてるなんて！　わたくしというものがありながら、どこの女と結婚したんですの！」

「結婚はしていない」

「やめなさい！　バルクライ様はお前の結婚相手にはなれないと何度も説明したはずだぞ。殿下を困らせるんじゃない」

「お父様、わたくしはバルクライ様じゃなければイヤ！　バルクライ様より格好いい男性なんていないもの」

「いい加減にしなさいっ！　後でお母様に叱ってもらうぞ」

「イーヤ！　絶対にバルクライ様と結婚するわ！」

あまりにも頑固な娘にダレジャさんは頭が痛そうな顔で、太いため息をついた。それから申し訳なさそうにバル様に頭を下げる。

「お見苦しいところをお見せして申し訳ない。どうか、子供の戯言とお聞き流しください」

「父親も大変だな」

「面目次第もございません」

「まだ幼いですからね。淑女としての気品を身に着ければ、社交界の男どもが群がるほど美しい女性になりますよ」

「だといいのだが……」

カイのフォローにもダレジャさんは困り顔だ。ミラのおてんば具合にずいぶんと手を焼いているのだろう。この年齢の我儘なら、可愛いものだと思うけどなぁ。

桃子自身は幼少期から両親に我儘を言えるような状況にはなかったので、素直に甘えを見せてい

るミラを少し羨ましく思った。

一歳児が寂しがったのか、親指をしゃぶりたくなる。それを我慢して、お腹に回ったバル様の手に触ってみた。じんわりと温もりが伝わってきて、萎れていた心が少しだけ上向く。

「モモ？」

「にゃーでみょにゃいにょ（なんでもないの）」

「バルクライ様っ！　そんな赤ちゃんよりもわたくしの話を聞いてくださいませ！」

怒ったミラがバル様に訴えるように近づいてくる。それをカイが阻んだ。

「お嬢様、興奮しすぎですよ。彼女は赤ん坊です。あなたの方がお姉さんだ。幼い子供には優しくしてあげなければ、泣いてしまいますよ？」

「わたくしはただ……っ」

「バルクライ様にお会いしたかったんですよね？　ですが、バルクライ様は普段は師団長を務めているお方なので、とても忙しい。賢いお嬢様なら、それをわかっておいでのはずだ。今回は、お嬢様に大事な用事があって来たんです」

「ええ……」

「お嬢様の協力が必要です。あなたなら、バルクライ様の力になってくれますよね？」

「それは、もちろんよ！」

「それじゃあ、お嬢様はお父上の隣に座ってください。オレ達と一緒にバルクライ様の話を聞きましょう」

あれだけ興奮していたミラを、カイはあっという間に落ち着かせてしまった。子供の扱いがとても上手い。ううん、この場合は女の子の扱いが上手い、の方が正しいのかな？　やっぱりホスト属性なだけあるね！

ミラは恥ずかしそうにソファに座ると、バル様と向き合う。

「騒いでごめんなさい。それで、どのようなお話ですの？」

「この子をよく見てほしい。どこかおかしな部分はないか？」

バル様に両手で抱えられて、ミラの前に差し出される。大きな金色の目が桃子の中を見通すように細められた。

「……セージが二種類混ざっているようですわ。片方はこの子のものでしょうけど……量がとても少なくて、今もすごい速さで減り続けています。こんなのは見たことがありません！　この子はなんなんですの!?」

「お前の目は正しい。この現象には神が関わっているようだ。詳しくは言えないが、五歳ほどの年齢が、今朝はこの通りに変わってしまった。本人も意識が幼児と混じっているようで、難儀している」

「まぁ！　あなた、ここ数日の間に不思議な夢は見なかった？」

ローテーブル越しに顔を覗き込まれて、桃子はううんと首をひねる。夢……夢といえば、お風呂で目が覚める前になにかを見たような気もする。だけど、内容をまったく覚えてないの。

「わきゃっにゃい（わかんない）」

「え?」

拙い言葉で伝えれば、きょとんとされてしまう。その顔、可愛い！　でもやっぱりそうなるよねぇ。こんなの伝わる方がすごいもん。

「わからないそうだ」

バル様が平然と訳してくれた。伝わってるのーっ!?　桃子はその理解力に目をまん丸くする。今の言葉なんて宇宙語みたいなものなのに、すごい。よくわかったねぇ。

「このくらいなら問題ない」

さらりと答える姿が格好よかった。ときめいていいですか？　って聞きたくなっちゃう。バル様はモテそうだね。カイもキルマもディーもモテそうだけど、四人の中で一番異性に好かれそうなのはバル様だと思うの。なにしろ、ミラのような年齢の少女に、結婚してほしいとまで言われるほど好意を持たれているもんねぇ。

でも、他の人とバル様が結婚したら……考えたらなぜか心臓が痛くなった。レモンでも絞ったみたいに、胸のどこかがギリギリする。……もし、そうなったら、お膝に乗っけてくれることも撫でてくれることもなくなるのかな？　表情が暗くなったな。それは、ちょっと悲しいの。

「どうした、モモ？　表情が暗くなったな。なにを考えていた？」

「にゃーしぉ（ないしょ）」

「そうか。では気が向いたら教えてくれ」

そのまま会話をする二人に、ダレジャさんが感心したように頷く。

「バルクライ様はこの子の言葉がおわかりになるのですか？」

「ああ。モモの顔を見ていればなんとなくわかる」

「おおっ、そうですか。良い関係を築いておられるようですな。幼子であろうとあなた様のお心を宥める者であるのならば、その子供は貴重な存在でありましょう。けして、離してはなりませんよ」

「そのつもりだ」

感情のブレがない声に、桃子の中で期待と不安が生まれて、自分でも不思議なほど口が重くなってしまう。どういう意味なの？　って今までみたいに素直に聞けばいいのに、どうしても言葉が出てこなかった。

そんな自分を誤魔化すようにバル様のお腹に顔を隠す。そうしてから、はっと気づく。こんなことしたら、余計にミラに嫌われちゃうよぅ……っ!?

必死になって身体を戻そうともぞついていたら、窘めるように後頭部を撫でられた。

「落ち着け」

バル様、なでなでしないで。これ、落ち着いちゃダメだと思うの。だけど表情を見られているわけでも言葉にしているわけでもないので、いくらバル様が翻訳レベルマックスでも、伝わらなかった。

「……では、美の女神アデーナ様にお聞きしましょうか？　加護者のわたくしの声ならば、あるいは応えてくださるかもしれません」

「頼めるか？」

「ええ！　コホンッ――では、美の女神アデーナ様、ミラ・グロバフの声をお聞きになったなら、我が家にお越しくださいませ」

やっとの思いで正面に顔を戻したら、なんか話が進んでいたみたい？　ミラが目を閉じて両手を握り合わせると、祈るように頭を下げていた。

その瞬間、天井が紫色の閃光を放って空間が歪む。すると、そこからとんでもない美女が現れた。メロンのようなお胸にくびれた腰、長いまつげとぷるんとした唇。髪は美しい金色で、目はエメラルドのような緑。ギリシャの神様が着ていそうな白いドレスは、胸の谷間を強調するように前がざっくりと開いている。両耳には燃えるように赤い宝石のイヤリングがきらりと光っていた。

「あら、他にも人間がいるじゃない。こんなところに呼び出すなんて、どうしたのかしら？」

「アデーナ様、お呼び立てして申し訳ありません。実は、この赤ちゃんのことでお聞きしたいことがあるのです」

「あたくし達から見れば、生きとし生きる人間すべては頑是ない子供と変わらないわよ。でも、その子供……いや～んっ！　ガデスのセージを感じるわぁ」

美の女神様、略して美神(びがみ)様は嬉々としてバル様の腕から桃子を奪い取り、その魅惑のお胸にぎゅうぎゅうと押しつける。ち、力加減をお願いします！　ぎゅうぎゅうから解放されると、まじまじと美貌が近づいてくる。

「もしかして、ガデスの加護を与えられているのかしら？　すこーし、見せてもらうわよ？　どれどれ～？」

あ、あのぉ、それ以上近づくと、ちゅうしちゃうよ？　緑の瞳がパチパチと瞬き、美神様は、見ている者を虜にするような美しい微笑みを浮かべる。

「加護が与えられているわけじゃなさそうねぇ。だけど、一度はガデスからの接触があったはずよ。あるいは接触しようとして失敗したのかも」

「神も失敗するのですか？」

「あなたはたしか、この国の王子だったわね？　うふふ、あたくし好みの美しさね。ええ、そうよ。寿命が長いことと出来ることが多いだけで、その辺は人間と変わりないわ。けれど神は人間よりも自分勝手で気まぐれなもの。興味を失えば二度目は存在しない。――ミラ、あなたこの子に手を上げようとしたわね？」

「え……っ」

ミラが青ざめた顔で息を呑む。それは肯定を意味していた。ダレジャさんの顔色が変わる。つまり、カイはそれに気づいたから、ミラを止めてくれたってこと？

「暴力をともなう嫉妬は美しくない感情よ。あたくしは美の女神。美しいものを愛する神よ。悪感情に従うことのないように、自分をもっと磨きなさい。あなたがこの子に手を上げていたら、あたくしは見限っていたでしょうね」

「ご、ごめんなさい……っ、に、二度とそんなことをしようなんて考えません！」

「それがいいわね。――ダレジャ、この子を正しき道に導きなさい。それが出来ない時は、あたくしはいつでもミラに与えた加護を取り消すわ。このことを肝に銘じなさい」

「はい、心得ました」

ダレジャさんが神妙な面持ちで頷いた。加護にどんな特典があるのかはわからないけど、神様ってシビアなんだねぇ。それほどまでに価値があることなんだろうけど。ミラは息苦しくならないのかな？

桃子は少し心配になって、ミラに目を向ける。しかし、少女はキラキラした眼差しで女神を見つめていた。あっ、これ大丈夫な反応なの。一瞬で解決しました。

「女神、この子のことで質問があります。モモのセージが異常な速さで減っているようなのですが、解決方法をご存じありませんか？」

「そうねぇ。たぶん中途半端に繋がっちゃっているからセージを向こうに吸い取られているのよ。これを直すのはガデスでないと無理ね」

「そーにゃああ……（そんなぁ……）」

「あら、可愛い」

女神が微笑むが、桃子は眼福と喜べない。ずっと、このままなの？　そんなのいやだぁぁぁっ!!　一歳児の心と一緒に桃子は叫んだ。

「ひっ、ふぇっ、うあああああんっ!!」

激しい不安が爆発する。顔をぐちゃぐちゃにして泣き喚く一歳児化した桃子を、バル様がそっとゆすりながら、宥めてくれた。

「モモ、諦めるのはまだ早い。——ならば、あなたにかの神をお呼びしていただくことは出来ませんか？」

「呼んであげたい気持ちはあるのよ？　だけどあの神は、あたくしの声には応えてくれないと思うわ。それでも？」

「はい、一縷の望みがあるのならば」

「そう……では、呼んでみましょう。——軍神ガデス！　あたくしの声が聞こえているなら、今すぐここに来てちょうだい！」

　女神様が天井に向かって呼びかけてくれた。少しの沈黙が部屋に落ちる。しかし、なにも起こらない。……やっぱりこのまま一歳児確定なんだぁ！　いやだよぅ。お世話されすぎて、心まで本物の一歳児になっちゃいそうだもん！

「なんの反応もないってことは、あたくしの声を拒絶したのね。酷いわ！　あの神ったら、戦い戦いでつれないんだもの。——でも、さすがにこのままじゃその子が可哀想ね。セージが減っていくなら、あなたが与えてあげたらどうかしら？」

「それが出来たら疾(と)うにしている」

「ちょっと、バルクライ様!?」

　バル様の憮然とした口調に、カイが慌てる。その態度はバチが当たらない？　そう心配しながら、桃子は嗚咽が止まらない。とんとんと背中を叩かれてしゃっくりをもらす。

　しかし、美神は逆に嬉しそうに頬を染めた。

「ああんっ。その表情、ガデスにそっくりね。ちょっとときめいたわぁ。うふふ、いいことを教えてあげちゃう。あのね、神のセージを受け入れちゃったんですもの。彼女はそういう体質なのよ」

「それは、モモはオレ達からのセージも受けとれるってことですか？」

「ええ、その通りよ。キスを介して送れば、簡単にセージを渡せるわ」

バル様達とちゅうするの!?　初恋もまだなのに、それは難易度が高すぎるよぅ！　それに恥ずかしいもん。美形さんやホストさんが、赤ちゃんの口にちゅうなんて、犯罪臭がする時点でアウトです！

桃子は言葉にならない声で泣きながら抗議した。

「ふぎゃあああんっ!!」

「モモが拒否している。他の方法は？」

「あら、いいじゃないの。キスくらい。仕方ないわねぇ、その子に触れた状態でセージを動かしてみなさい」

「こう、か？」

バル様に触られている部分から熱気のようなものを感じた。手でつかめないものなのに、身体がぽかぽかしてくる。途端に、意識がはっきりしていく。

「バルクライ様、なにやら様子が……？」

ダレジャさんが止めようとした時には遅かった。服がビリィッと破れて、再び全裸五歳児、桃子の登場である！

「戻った――っ!!」

桃子は歓喜の叫び声を上げた。これでようやくしっかり話せる。それが嬉しすぎて、五人の目に晒されているのをつかの間忘れていた。……いやん。

「……大丈夫か？」

「うぅぅ、目が回ってるの。気持ち悪いよぅ」

バルクライが声を落とすと、外套に埋もれたモモがソファの上で横になったまま唸る。

あれだけ喜んでいたのに、幼い顔から血の気が引くのは一瞬で、急に倒れかかってきたのだ。幸いにも、今は口を動かせるくらいには回復しているらしい。

着替えはダレジャに頼んだが、用意にはしばらくかかるだろう。バルクライにもよく尽くしてくれる男だけに、必要以上に上等な物を用意しようとするはずだ。……奥方が適当なところで止めてくれるといいが。

先ほどは動揺した。突然、モモの眉が下がり涙目で口元を押さえたのである。大量のセージを与えたのが良くなかったらしい。

「あなた、大盤振る舞いしすぎよ。そんなに多くのセージを与えちゃ身体に悪いわ。その子にセージを与えるのは、一日一回程度でいいの。撫でたり抱っこしたりする時にちょっとずつ与えるようになさい。毎日与えていれば、少しずつ身体が慣れていくはずよ」

「神様、私はもっと大きくはなれますか？」

「あら、神様なんて総称美しくないわ。あたくしは自分の名前を気に入っているの。気軽にアデーナと呼んでちょうだい？」

「はい、アデーナ様！」

「素直なのはいいことよ。成長については一定の量を上回るセージを与えられれば可能でしょうけど、年齢を上げたいとなると今の状態では難しいと思うわ。底に穴の空いた桶にいくら水を注いだところでもれちゃうでしょ？　それと同じよ。セージを渡さないままだと、今の年齢をキープ出来るのはせいぜい三日が限度でしょうねぇ」

女神の目が意味深にモモとバルクライを見ている。おそらく彼女の本来の年齢がもっと上であることに気づいているのだろう。バルクライはそれを聞いて、気がかりな点を指摘する。

「もし、このままモモにセージを渡せなければどうなる？」

「三日は赤ちゃんのままで、その後はたぶん死んじゃうわね」

「私、死んじゃうの!?」

「そうねぇ」

「いや、オレ達が死なせないから！　――そうですよね、団長」

「ああ、モモを生かす方法を必ず見つける」

カイの言う通りだ。バルクライは横になったモモを見下ろす。みすみす死なせはしない。この幼女が呼吸を止め、瞼を閉じたまま二度と開かない……それを想像するだけで、ごわごわした布で心臓を撫でられたような気分になる。とても不愉快な感覚だ。

微笑む女神にわずかな苛立ちを覚える。神からすればたかが子供一人の生死だ。問題とさえ捉えないのだろう。さすがに不敬なため口は慎むが、どうもこの女神とは合わないようだ。

「心強い味方がいるようだし、そうそう死ぬことはないでしょ。んっふふ、あなたの丸い目はとても澄んでいるのね。黒って地味な色だと思っていたけど、こうして見ると素敵ねぇ」

モモの両頬が女神の手に囚われる。その手触りが気に入ったのか、揉まれている。すり減らないか？

「まぁ！　不思議な感触だわ。弾力があるのに柔らかいし、気持ちいい手触りね。ちょっとこれ、癖になりそうよ！」

興奮している女神にバルクライはなんとなく苛立った。モモにいつまでも触れているのも気になる。

女神と目が合う。すると、彼女はモモの頰から手を離して、バルクライに甘く微笑みかけてきた。

「バルクライったら、そんなに怖い目をしないでちょうだい。あたくしはモモを害するつもりはないわ。それとも女神のあたくしに嫉妬するほど、愛が深いのかしらねぇ？」

「あ、あ、愛!?　バルクライ様、違いますわよね!?」

「お嬢様、落ち着いて。――団長も早く否定してくださいよ！」

大人しく座っていたミラがいきり立ち、顔色を変えてバルクライに詰め寄ってくる。それをカイが宥めにかかった。

　言われた言葉を考えてみるが、特にこれというものは浮かばない。モモになにかを感じているのは間違いないが、それが愛かと問われると、よくわからないのだ。元は十六歳といえども、今は五歳児で、時々一歳児だ。普通の男はそういう相手にも愛情を抱くものなのか？　その場合、愛は愛でも親子愛に似たものや親愛になるのでは？

　今理解しているのは、幼女の百面相が見飽きないということと、自分以外の誰かがモモに触れるのがなんとなく気になる。それだけだ。だから、この場合の答えは、おそらく――。

「………違う」

「その間はなんですのぉ!?」

「ちょっ、団長、なんでそこで正直に!?」

　ミラの激しい突っ込みを一瞥すると、怯まれた。ただ見ただけなんだが。彼女のことは苦手であっても、嫌っているわけではない。押しの強さと我儘は目についていたが、女神に叱られて少しは懲りたようだ。

　女神が慈愛に満ちた目で自分が加護を与えている子供を見下ろす。

「ミラ、愛の前には年齢なんて些細なことなのよ？」

　モモがどう思ったのかが気になる。視線を向けると、幼女がはにかんだ。柔らかな頬が照れて赤くなっている。なんとなく抱きしめたくなったので、外套ごと抱き上げてみた。この重さに慣れてきたので、腕にいると気持ちが落ち着く。

「違うと言った」

「団長、モモを抱っこしながら言っても説得力ないですよ……」

「うふふっ、あたくしはそろそろ戻るわ。神が一所に留まるのはよくないもの」

女神はふわりと空中に浮かぶ。その姿に神々しい輝きが天井から差し込む。その美貌に星が飛ぶのをミラがうっとりと憧れるように見つめている。モモは目を丸くして素直に驚いているようだ。目が乾くぞ？

「お応えくださり、ありがとうございました」

「アデーナ様、ありがとうございました！」

「団長の無礼を寛大なお心でお許しくださり、感謝します」

確かに助かった部分はある。バルクライも女神を見上げて礼を述べておく。

「……助かった」

「あたくしの助けが欲しい時は、ミラを通してなら応じるわよ。ただし、あたくしの手が空いている時だけね？」

美の女神は言いたいことだけ言うと現れた時と同じように紫の閃光を放って、一瞬でその場から消える。最後まで自由気ままな神だな。

美の女神が去ると、カイの肩からもようやく力が抜けた。

「バルクライ様、勘弁してくださいよ。神に喧嘩売るつもりですか？」

「そんなつもりはなかったが」

「まったく、変なとこで素直なんですから……」

呆れたようにため息をつかれる。なぜだ？　ただ、あの女神とはあまり頻繁には会いたくない。

「あの、バルクライ様はモモのような子供がお好きなんですの？」

「嫌いではない」

どちらかと言えば好感を持っている。素直で健気な子だと思う。望まずしてこの世界に来てしまったというのに、モモは一言もバルクライ達を責めなかった。それどころか、逞しくも幼女の身体で職を探そうとまでしたのだ。しかし、そんな彼女は自分が感じている寂しさに気づいていない。

それはおそらく、モモから聞いた幼少期が関係しているのだろう。両親は自分を心配しないと当たり前のように言ったことからも、どんな状況で育ってきたのかは十分に察せられる。

我慢と諦めを知っている彼女は、無意識に不安や寂しさという人間にとって負の感情を押し殺してしまっているのだ。バルクライはそんなモモの寂しさを埋めてやりたかった。

「で、では、わたくしのことは……」

「嫌いではない」

「そ、そうですのっ！」

嬉しそうなミラから目を逸らす。見下ろしたモモも、なにが楽しいのか、機嫌がよさそうに笑っている。その表情を見れば心が凪ぐ。自分の内面に明らかな変化が生じている。

もしあの時、ミラが嫉妬にかられてモモを叩いていたら、オレはどう動いたのだろう？

バルクライは初めてその先の自分の行動を予測出来なかった。

　赤ちゃんから五歳児に戻れた桃子は、ダレジャさんからピンクのふりっふりドレスをお借りして、メイドさんの手を借りながら着替えることになった。

　ミラが幼児の頃に着ていたものらしく、フリルの使い具合が半端ない。幼い頃からこんなド派手なものを着こなすとは、さすが本物のお姫様は違うね！

　なんとかドレスに袖を通すと、玄関ホールで待つバル様達の前でお披露目してみた。幼児の愛嬌で服装とのバランスはカバー出来たらしく、意外と普通に受け入れられちゃった。

「可愛くなったね、モモ。――団長もそう思いませんか？　こういう服も取り入れるのはどうです？　女の子にはおしゃれも必要ですよ」

「そうだな。今度の休日に洋服店を呼ぶか」

「バル様、もうたくさんあるから十分だよ？」

　着られるものがあるだけでありがたいのに、そんな贅沢は申し訳ないよ。それに、ふりっふりはちょっとご遠慮したいです。もしもし？　あの、本気で思案しないで、バル様！　ズボンの端を軽く引っ張って注意を向けてもらう。

「本当にいらないよ？」

「……いずれ必要になる」

逆に説得された。うぐぐっ、バル様がこう言うってことはたぶんそうなんだろうけど、なんだろうこの敗北感は！　私の心臓の為にも、あんまりお高いのはやめてね？　目でお願いしておく。

そんな桃子達のやりとりを見ながら、ダレジャさんが満足そうに頷いた。

「ぴったりですな。ミラのお下がりで申し訳ない」

「いや、助かった。まさかここで元に戻るとは思っていなかったからな」

「ダレジャさんもミラもありがとう」

「わたくしのドレスなんですからね、大事に着なさいよ」

ミラはお姫様属性でツンデレなの？　不機嫌そうな顔をしているのに、頬が赤くて可愛い。わたくしってしゃべり方もちょっとぎこちなさがあるし、たぶんアデーナ様の真似をしているんだよね？　悪いことを指摘されたら素直に謝れるから、この子は基本的にいい子だよ。うん、仲良くなりたいなぁ。

「汚さないように気をつけるよ」

「ふ、ふんっ、それなら差し上げてもよろしくてよ」

笑顔で頷いたら、そんなことを言ってきた。ミラが横目でちらちらと桃子を見ている。予想外の好反応だ。これはお友達の申し込みをしてもいい感じ？

「いいのかい？　ミラのお気に入りのドレスだろう？」

「わたくしにはもう小さいもの」

「ミラは優しいねぇ」

「モモよりもわたくしの方がお姉様だもの。でも、勘違いしないでちょうだい！　バルクライ様のことは話が別よ。わたくし達は恋のらいばるですもの！　せいせいどうどう勝負しましょう」

「こら、ミラ！」

人差し指を桃子に向けて宣戦布告らしきものをする彼女を、ダレジャさんが窘める。いいお父さんだね。

「バルクライ様は好きだけど、ミラも好きだよ？」

「えっ？」

ミラが素直に驚いている。子供の恋って可愛いけど、本人は真剣なんだよね。バルクライ様はとっても格好いいし、優しいから好きになるのもわかるよ。

「モモ、それならオレは？」

「カイもキルマもレリーナさんもフィルアさんもロンさんもターニャさんもディーもダレジャさんもミラも、好き！」

ちゃっかり聞いてくるカイに、なんだか嬉しくなって伝えてみる。優しい人達に出会えたことは幸運だ。それがどれだけ恵まれたことか、桃子は知っている。だから出会った人を大事にしたいのだ。その中にはもちろん、ミラも含まれている。

真っ赤な顔で黙り込むミラに、桃子は小さな手を差し出す。

「お友達になってくれる？」

ミラが無言になる。心臓がドキドキしてきた。心の中の五歳児も大注目している。バル様が意図的に私の年齢を隠している様子だったから、まだ本当のことは言えないけど、この年下の可愛い子と友達になってみたいという気持ちは本物だ。返事はイエスかノーのどっちかな？

「………仕方ないから、なってあげてもいいですわ」

きゅっと手を握られた。やった！　異世界で初めて友達が出来たの！　セージを受け取ったわけでもないのに、嬉しさで身体がぽかぽかしてくる。

「よかったな、ミラ。可愛いお友達だ。――モモ殿は深い事情をお持ちのご様子。もし、なにか私に出来ることがございましたら、遠慮なく言ってください。娘の友の為ならば私も力になりましょう」

「はいっ、ありがとうございます！」

交流を深めたところでバル様に抱き上げられた。お待たせしてごめんね。

「ミラ、モモの件での助力には感謝している。こちらの問題が解決するまでは接触は許可出来ないが、それが片付いたらこの子から手紙を送らせる。その時は、オレの屋敷にも遊びにくるといい」

「い、いいんですの？」

「モモと遊ぶ分には構わない。ただし、オレの屋敷では結婚を迫るのはなしだ」

「……わかりましたわ。バルクライ様のお屋敷ではいたしません」

「ならば、招待しよう。――それからダレジャ、近々城からの召集がかかるはずだ。準備をしておけ」

「はっ、承知しました」

「世話になったな。――戻るぞ、カイ」

「はい、団長」

「またねぇ。ミラとダレジャさん」

バル様の肩越しに二人に手を振ると、ダレジャさんからは笑顔が返り、ミラは小さく手を振り返してくれた。桃子の仲間に年下のお姫様が加わったもよう。

第五章

モモ、先生を頼む
～教えてくれる人が好きだと勉強も楽しくなるもの～


桃子はバル様のお屋敷に戻ると、護衛役として残ってくれたカイと一緒にソファでお茶を飲みながら、くつろいでいた。短い足をドレスの下でプラプラ揺らして、のんびりと考える。

バル様は騎士団のお務めがあるため、一度お屋敷に戻るとすぐに仕事に向かってしまった。一歳児化した桃子のことで朝からバタバタしていたから、予定が狂ったのかもしれない。ごめんよ。帰ってきたら、たくさん労わるからね！

『モモは退屈かもしれないが、しばらく外出は控えてくれ。屋敷内ではどの部屋に入っても構わないし、庭先までなら出てもいい。ただ、オレが帰るまでは護衛のカイから離れないように』

ずいぶんと過保護だなぁなんて思っていたら、昨日攫われそうになったのでそれを警戒してのことだったようだ。

詳しいことは教えてはもらえなかったけど、三日後にはバル様と一緒にお城に行くとも言われている。

お城って、あの青いお城だよねぇ？　バル様は第二王子だから、王様と王妃様はお父さんとお母さんということになる。どんな人達なんだろう？　一国の王といえば、厳しいイメージがある。それならせめて、この世界の礼儀作法を誰かに教えてもらった方がいいかな？　なんにも知らないもんねぇ。

紅茶を飲むカイに、桃子は思いきって相談してみることにした。

「今度お城へご挨拶に行くんだけど、ちょっと不安でね。この世界ではなにか特別な礼儀作法ってあるのかな？　バル様のお父さん達に失礼なことをしないように気をつけたいの。言葉遣いは、ですます調で大丈夫そう？」

「そんなに心配しなくても問題はないよ。王様も王妃様も怖い人ではないからね。まぁ、ちょっと強烈な方々ではあるけど。バルクライ様に合わせて動いて、紹介されたら自分で名乗ればいい。ついでに少しこの国のことも勉強してみる？」

「うん、お願いしたいの」

「そういうことでしたら、私もお手伝いいたしましょうか？」

部屋の隅に控えていたレリーナさんがそう申し出てくれた。カイが面白そうな顔で視線を向けてくる。

「モモ、どうする？　オレはどっちでもいいよ」

「レリーナさん、ありがとう。お願いします」

「決まりだな。じゃあ、レリーナも座ってくれ」

「ええ、それでは失礼いたしますね」

レリーナさんが向かい側のソファに座る。快く協力の姿勢を見せてくれる二人に、桃子は背筋を伸ばした。知識は増やしても損にはならないもんね！

カイがざっくりとジュノール大国のことを説明してくれる。

ジュノール大国は、主に四つの力によって大国へと発展してきた。一つ目は、優れた王による統治。二つ目が、ルーガ騎士団の守護。三つ目となるのは、神殿の神官達が使う癒しの力。そして最後が、魔科開発部の技術力。この四つは、それぞれ大きな権力を持っている。

ここで初めて耳にした魔科開発部っていうところは、生活に密接した道具や魔法に関する研究を行っている場所なんだって。一度見てみたいよねぇ！　魔法という言葉に反応して、心の中の五歳児も身を乗り出して目をキラつかせている。

「細かいことは省いて簡単にまとめると、国王を頂点に考えるなら、ルーガ騎士団と魔科開発部の立ち位置はその下なんだ。ここまでは理解出来たかな？」

「うん、大丈夫だよ」

「じゃあ重要な話に進むよ。ジュノール大国の中で一つだけ異質なのが、神殿なんだ。国の中にありながら神殿だけは独立した組織として存在している。ある意味、国王の力が弱まる場所だね。大きな怪我は、神殿に行けば神官が光魔法で治してくれるけど、高額だから庶民の中で利用する者はあまりいないんだ」

「神様に仕えているのに、ケチなんだねぇ……」

「ははっ、昔はもっと良心的だったんだけど、今の大神官になってから変えられちゃってね。国からも問題視されてる。だから庶民は民間の医者を頼る者が多いんだ」

「それだけが全てではございませんよ。神殿の力は大きいのです。ルーガ騎士団の大規模な害獣討伐時には必ず同行しますからね」

「その時はタダ？」

「ふふっ、ええ、もちろんでございます」

思わず聞いたら、レリーナさんに笑われちゃった。私が男の人だったら、お嫁さんにしたいよ！クールな印象が崩れると可愛くなるもんね。

「ルーガ騎士団には、街や村の治安維持から魔物の討伐まで幅広いお仕事があるのですが、有事の際には国王軍と共に敵対国にも武力を行使します」

「幸いなことに、ここ百年ほどは周辺国との争いには発展していないよ。停戦条約を結んだ国や、同盟国もある。この国は背後を険しい山に守られていて、王都にはルーガ騎士団の本拠地があるから守りは強い。国境付近や中型の害獣が多く出没する地域には、支部を拠点とした駐屯部隊もいるんだ。だから、他国と戦うことはそうそうないだろうね」

「貴族についても少し触れておきましょう。今朝方お会いになったグロバフ様は公爵という地位にいらっしゃいます。そして三家門しかない大貴族のお一人でもございます」

「財力の差による貴族の立場の違いは大きいよ。オレも身分的には男爵で貴族の端くれだけど、うちの場合は本当に名ばかりの貧乏貴族だからね。生活レベルは庶民と変わりなかったんだ。ついでに言うと、キルマも庶民の出だしね」

「そうなの!?」

美しいキルマの顔を思い出す。貴族然としていたので、てっきりそうだとばかり思っていた。

「あの顔だから勘違いしている奴は多いけど、実際はゴリッゴリの叩き上げ。副師団長ともなれば、状況次第で厳しい判断も必要になるんだ。そういう意味でも、キルマが適任だと思うよ」

さすが幼馴染。付き合いの長さは伊達じゃないねぇ。相手のことがよくわかっているのが伝わってくる。それにしてもあんなに美しい顔立ちなのに、叩き上げなんだ。今までのキルマの様子からは想像が出来ないけれど、厳しい判断ってどんなことをしてきたんだろう？

興味津々な気持ちが顔に出ていたのか、カイが引きつった顔で首を横に振る。

「詳しく知るのはやめておこうな？　本人に聞くのもダメだぞ。あいつ、モモには綺麗な自分しか見せたくないみたいだから」

そんなこと言われたらますます気になっちゃうよ！　でもカイの顔をもう一回見たら、やっぱり首を横に振られた。そんなに？　……わかった、もう聞かないの。

十六歳の意識がそう決めても、知りたいよぅと心の中で五歳児が囁いている。それには、手で耳をおおって聞こえない振りをしておく。誰だって知られたくないことはあるもんね。そうして気分を変えるように、思いついたことを質問してみる。

「庶民の生活ってどんな感じ？　学校とかある？　魔物の討伐は庶民の人達もするの？」

「順番に説明させていただきますね。まず、庶民の生活ですが、この街では豊かな暮らしをする者が多いです。王都ですからね、必然的に財のある人間が多いのでしょう。治安はいい方ですが、裏で一部悪さをする輩がいるようです。それも滅多に表沙汰にはなりません」

「そういう奴らを取り締まるのも、オレ達の仕事なんだよ。学校については、ルーガ騎士団に入団するための学園ならあるね。入学は十五歳から可能で、基本は三年間の寮生活。ただ、優秀な人は飛び級も出来る。年齢や身分に関係なく、入団は完全なるテスト制で、かなり厳しいから毎回脱落者が続出してるよ。学力、体力、精神力、人間性、そういうものから総合的に判断されるんだ」

「その学園に入れたら絶対ルーガ騎士団の団員さんになれるの？」

「いいや、最初の一年で三分の一は落とされるよ。その後さらにふるいにかけられるから、卒業時には人数が半分以下になっている、なんてこともあるんだ」

「うわぁ、厳しい。それを乗り越えてルーガ騎士団に入ったんだから、カイ達はすごい努力をしたんだろうねぇ」

私をあれだけ軽々と抱っこ出来るわけだよ。それだけの激戦の中を勝ち残ってきたということは、きっと厳しい訓練をしたに違いない。

汗をキラキラ滴らせて剣を振るう、年若いバル様達の姿を想像する。すんごく格好いいの。生で眼福したかったよ。うん？　でも、よく考えたら今も訓練はしてるよね？　それなら、生で見られる機会もあるかも？

「そこに目を向けてくれるとは思わなかったな。……これはバルクライ様が過保護になるわけだ」

「どうしたの、カイ？」

「ああ、いや、なんでもないよ。モモ、外に出ることがあっても絶対に知らない人にはついて行かないようにね？」

「そんなことしないよ!?　子供じゃないからね」

「わかりますわ。モモ様はとても素直でいらっしゃるから」

「そうかなぁ？　普通だと思うよ？」

困ったなぁ、過大評価されちゃってる。本当は十六歳だからね。普通の五歳児よりも分別があるのは当たり前なの。時々、引きずられちゃうけど。なんちゃって幼女で、ほんとすみません。

「いいのですよ。たとえあなた様が何者であろうと、真っ直ぐな心根の愛らしい方なのは事実なのですから」
レ、レリーナさん、まさか私が違う世界の人間だって気づいてる……!?　桃子は戦慄して幸せそうに微笑む美人さんを見つめた。しかし、レリーナさんは熱い眼差しを向けてくるばかりである。
あのー？

「モモ、レリーナのことは気にしなくていいよ。本能でわかってるだけだからね」

「野生の勘……っ！」

なんか、すごい能力を持ってた！　このメイドさん、本当は何者なの？　実はもう一つの顔があったりする？　暗殺者として育てられてバル様を殺しに来たのが返り討ちに遭い、その美貌に一目ぼれしてメイドさんになることにしたとか？　そんな裏の設定があったりするの？

「ものすごい想像してそうだね。モモ、違うから、ほらお菓子を食べようか？」

口元にクッキーを寄せられたので遠慮なくパクついた。だって美味しいんだもん。食欲の前にはちょっとの恥ずかしさなんて紙の如し！　簡単に釣れちゃう子なので、キャッチしたらリリースしてね？

紅茶をこくこく飲んで、満足した。運動しないと太りそう。丸っこい体形がまんまるになるのはいやだなぁ。よしっ、後で庭を駆けまわってカロリーを消費しよう！　そう決めた途端に五歳児がワクワクし出す。待てだよー、まだ走り出しちゃいけないの。

「よし、落ち着いたね。次は害獣である魔物の討伐について説明しようか。全ての討伐を騎士団で行うのは無理があるから、弱い害獣なんかは街の仲介所を通して仕事として頼むんだよ。庶民の戦える者が依頼としてそれを受けるって形だね。仕事の種類も幅広い。それこそ子供のお使いくらい簡単なものから、護衛任務のように武力が条件のものまで多岐にわたる」

思っていたより、自由度が高い。そこなら、私でも受けられるお仕事があるかもしれないね。もろもろのことが綺麗さっぱり解決したらお仕事も探したいし、ちょうどいいかも。

「まぁ、モモにはあんまり関係ないか」

「え？」

「オレ達がいるんだから、そんなことする必要ないだろ？　モモを一人で働きに出したりしたら、心配で仕事が手につかなくなるよ」

「そうでございますね。モモ様のお仕事は皆様にご心配をおかけせず、元気に健やかにお育ちになることとです」

にっこりと微笑まれて、桃子はがっくりした。働くためには保護者様達のお許しが必要みたい。

……いや、諦めない。絶対に働くの。それで、カイ達がびっくりするようなお礼をするもんっ、いつか！

ぼんやりしたまま目を開くと、桃子は再びベッドの上にいた。カイとレリーナさんにこの世界についての簡単な説明を受けた後、お昼を食べていたことまでは覚えている。おそらく途中で満足して寝ちゃったんだろうねぇ。せっかく作ってくれたのに、残してごめんよ、料理人さん。

しかも、お子様ドレスから服が変わっている。今着ているのは、リボンのついたブラウスに、犬耳つきのカーディガンと、青緑色のショートパンツだ。たぶん、レリーナさんが着替えさせてくれたんじゃないかな？　これで自由度が増したぞ！

実はバル様のお屋敷に帰ってきてすぐにでも脱ぎたかったのだけど、メイドさん達に思いのほか好評で、脱ぎそびれていたのである。うっとりした目で、癒されますわぁ、なんて言われたら、嬉しくなっちゃうよねぇ。

桃子は窓に目を向けた。差し込む光はまだ明るく、それほど時間は経っていないようである。時計があればいいんだけど、この世界では見たことがない。時々、外から鐘の音が聞こえていたから、この国ではそれで時刻を周囲に教えているのかも。

桃子は周囲を見回して、部屋の中に誰もいないことを確認した。今なら誰もいないねぇ……これはチャンスなの！　そう思ったら、桃子の中で五歳児がさっそくうずうずし出した。

「これはもう、冒険するしかないよ！」

ベッドから飛び降りて、シタタタタッとドアまで走ってドアノブに飛ぶようにしがみつく。そうしてドアを薄く開いて廊下の確認だ。前よし！　首を廊下に出して左右の確認！　ＯＫ、誰もいないの！　後は決まってる。自由に向かって飛び出すのである！

桃子は足音を立てないようにそぅっと廊下を進んで行く。しめしめ、誰も気づいていないな。気分は盗賊だ。ぐっはっはっはっ、あたしゃ盗賊ピーチ！　金目のもんはねぇだかぁ？　……あれ？　なんかナマハゲが混じっちゃった？

まぁ、いいや。気を取り直して、盗賊、じゃなくて、忍者のように進んで、誰の目もないので禁止されていた階段にも挑戦する。

明るいから段差も怖くない。一人じゃダメと言っていたバル様に、心の中でごめんねと謝って、好奇心のおもむくままに短い足を伸ばして一段一段確実に上がっていく。全身を使って上るのが楽しい。ちょっと疲れたらしゃがんで休憩して、再び挑戦。

そうして時間はかかったものの一番上までたどり着いた。一人でも上れたぞ！　達成感が気持ちいい。でも振り返ると怖くなりそうなので、そのまま見たことのない部屋に向かってダッシュする。

「あ……っ」

途中でフィルアさんがこっちに向かってきていることに気づく。かさ張る布を両手で抱えているため、桃子にはまだ気づいていない様子だ。ど、どうしよう？　焦って足踏みする。どこか、隠れる場所、隠れる場所。

一番近くのドアノブに飛びついて、中に飛び込んだ。ドアの前を足音が通り過ぎていく。よかった。バレなかったみたい。

ほっとしたら心に余裕が出来て、部屋に興味が向く。室内を観察してみれば、そこにはたくさんの本棚が並んでおり、どの段にも綺麗に本が並べられていた。量からしても、ちょっとした図書室のようである。

一番下に並ぶ本の背表紙をしゃがんで覗いてみると、文字がまったく読めない。まるで暗号みたいなの。一文字くらい解読したい。じーっと見つめていると、なんとその文字が浮き上がって日本語に変換されていった。

すごいっ、これも異世界パワー？　桃子は驚きながらも、背表紙の文字を目で追う。これには【ジュノール大国の歴史】と書かれているようだ。その隣には【ルーガ騎士団の成り立ち】という本が置かれており、さらに視線を右にずらせば【神々の誕生と死】という仰々しい題名に行きあたる。どれも分厚く読み切るのが難しそうな本だ。バル様は小説には興味ないのかなぁ？

この部屋にあるものは、本棚の他に棚とソファとテーブル、それからランプだけのようだ。棚の中にはワインらしき瓶が並べられている。

バル様にとってこの部屋はリラックスルームのようなものなのだろう。今度、私でも読めそうな本を教えてもらいたいの。桃子はそう思いながら、もう一度ドアノブに飛びついて慎重に廊下へと出た。他の部屋の探検に向かおう！

桃子は次々と部屋を開けていく。貸してもらっている部屋と同じような造りの広い客室が三室、大きなクローゼットのついた衣装室、そしてその中に異質な雰囲気を放つ部屋が一つあった。

そこは他の部屋と比べても天井がとても高く、広さも三倍くらいはありそうなのに、なにもなかったのである。椅子もなければテーブルもない。ツルツルの床があるだけのがらんとした様子に、ドキリとした。五歳児の精神がおびえたのか、急に怖くなってしまう。桃子は慌ててその部屋から逃げ出すと、安全地帯のバル様の部屋に足を向けることにした。

廊下に人気がないことを確認して、階段の前を走り抜けていく。一番奥の黒いドアがバル様の部屋だ。わかりやすくていいよねぇ。桃子はドアの前でピタッと足を止めると、うろうろと迷う。

バル様はどの部屋に入ってもいいって言ってくれたけど、ここは私室だし、本当に入ってもいいのかな？　そんな風に悩んでいると背後から足音が聞こえて来た。うぎゃっ、見つかっちゃう！

桃子は思わずドアノブに飛びついて、部屋の中に入ってしまった。きちんとベッドメイクがされた部屋は相変わらずシンプルである。けれど、バル様の部屋というだけでなんとなく安心しちゃうの。

部屋の奥にはバルコニーにつながる窓がある。桃子は外に出てみることにした。暖かな空気が呼吸と共に肺を満たすのを感じながら手すりにしがみつくと、隙間からお城とルーガ騎士団の建物が遠くに見えた。今頃、あそこでお仕事をしているんだよねぇ。そう思ったら、バル様にぎゅってしてほしくなった。

暖かかったはずなのに、ふいに寒さを感じた桃子は踵を返す。そうして室内に戻ると、ちょっと躊躇いながらも靴を脱ぎ捨ててバル様のベッドによじ登り、シーツに潜り込んだ。お日様の匂いのするシーツに頭まですっぽり隠れて、身体を丸くする。

「バル様……早く帰ってこないかなぁ……」

そんな言葉が口からぽろりと落ちる。どうしてそう思うのかわからないまま、桃子は時間が早く過ぎることを小さく願っていた。

動き出した小さな気配に、カイはリビングのソファから立ち上がった。

「カイ様？」

「モモが起きたみたいだ。一人には出来ないから行ってくるよ」

レリーナにウインクすると、冷静に頷かれた。もっと気楽に接してくれていいと言っても、彼女はお客様ですからと使用人の態度を崩さない。相変わらず落ち着いているな。

自分で言うのもなんだが、カイは女性に冷たくされたことがほとんどなかった。優しい顔立ちに、柔らかな物腰は受けがいい。その自覚があるため、わざと装っている部分も少なからずあるのだ。

カイの実家は貴族でありながら屋敷の維持が困難なほど貧乏だった。その原因は愚か者の祖父にある。

祖父は生前ギャンブルにはまり、家族の知らないところで散財の限りを尽くしていたのだ。祖母が生きていればすぐに気づいただろうが、すでに亡くなっていたために発覚が遅れてしまった。結局のところ、家督を継ぐ家族に残されていたのは借用書の束だけだったのである。

両親はすぐに倹約へと家庭の舵を切った。父は狭い土地をよく治め、母は手に職を持ち、貴族でありながらも懸命に働いた。

なりふり構わず働いたことで、周囲の貴族の目は冷たくなったが、家族を大事にする両親と優しい姉のおかげで、カイは貧乏ながらも伸び伸びと育つことが出来た。

なによりも五歳年上の姉の存在は、カイにとって大きかった。仕事が忙しい両親に代わって面倒をよくみてくれたのだ。

姉は母親似の美しく優しい人で、十歳から家のために針仕事を始めた。店に商品を納めに行く時は、いつもカイに小さなお菓子を買ってきてくれたものだ。そんな姉をカイは本当に慕っていた。

しかし、カイが十二歳の頃、姉に結婚話が持ち上がる。家族で努力したかいがあり、ちょうど借金の返済にも目処がついた頃だった。

本来ならばめでたい話である。家族で祝福してやりたかった。しかし、婚姻を申し込んできた相手には大きな問題があったのだ。

その男はカイの家より階級が上の貴族で、たまたま通りかかった店で姉に一目惚れしたのだという。外見こそ紳士然としていたが、カイはその目に他人を見下す傲慢な濁りを見た。

両親も同じように感じたのだろうか。ひそかに人伝てに素性を調べたようで、男が既婚者であることを突き止めた。男は姉を妾として迎えようとしていたのだ。いずれは妻の座につかせると言われても、それが必ず守られるとは限らない。両親は、遠く見知らぬ土地に一人ではやれないと理由をつけ、その結婚に強く反対したのである。

けれど、姉は男に心底惚れてしまい、どんなに諭しても納得しなかった。それどころか、恋心はますます燃え上がり、逆に泣いて請われてしまう。男からの説得もあり、家族はどうしても反対しきれなかったのだ。結局、姉はその男の元に行ってしまった。……あの時、止められなかったことを、オレは今でも後悔している。

カイは過去の苦い気持ちを振りきるように、今に意識を戻した。リビングから出ると、モモが小さな足で廊下を走っていく。

「可愛いな……」

そんな呟きがつい口から出る。モモはカイが後ろをつけていることに、まるで気づいていないようで、楽しそうに進んでいる。

今度は階段の前で立ち止まった。そしてなにを思ったのか上り始める。見ていて心配になる上り方だ。小さな足をいっぱいに伸ばして、手すりの下を掴んで全身を使って一生懸命上っている。

陰で見守りながら、カイはいつでも受け止められるように身構えていた。さすがにモモもずっとつきっきりじゃあ息が詰まるよな。このくらいの自由は許してやりたい。その分、カイが陰から護衛すればいいのだ。

汗なんてかいていないだろうに、途中で休憩して額を拭う仕草をしている。もう頭を撫でてやりたくなるほど可愛い。モモ一人くらい養えるんだから、オレの家の子になればいいのに。本気でそう思う。バルクライ様が許さないだろうけど。

階段を上り切ったモモが拳を上に突き上げる。満面の笑みを浮かべてポーズを決めているのが絵に残したいくらいに微笑ましい。

「今度はどこに行く気かな？」

カイが気配を殺して小さな背中をひっそりと追うと、モモが突然慌てたように足踏みして、近くの部屋に飛び込んでいった。フィルアの足音に気づいたんだな。カイは彼女と擦れ違いざまに片手を上げて、モモの様子を外からうかがう。

しばらくは動き回る気配がしていた。それほど時間を置かずに、モモが部屋から出てくる。次の目的地に向かうようだ。

それから、モモは楽しそうに次々とドアを開いては、中に入っていく。外に出ることが出来ないため、屋敷の中を探検しているのだろう。カイはモモの死角となる壁に寄りかかりながら、様子を眺めることにした。

よほど平和な世界で過ごしていたのか。それを抜きにしても、モモは純粋にここを安全な場所だと信じているのかもしれない。信頼してもらえるのはいいことだろうが、素直すぎる性格は悪い大人に騙されそうだ。……バルクライ様に報告だな。

そうやって、あちらこちらを笑顔で移動していたモモは、やがて黒いドアの部屋にたどり着く。しかし、動きがない。それがバルクライの部屋だから、入室を躊躇っている様子だ。

「本人の許可はあるのに律儀だね。ここは背中を押してあげよう」

カイはわざと足音を立てた。すると、モモが慌てながらバルクライの部屋に入っていく。予想通りの行動に、思わず、よし！　と拳を握る。後はモモが出てきたところを捕まえればいい。

バルクライの部屋の前で待機していると、モモの気配が一所に留まって動かなくなる。好奇心旺盛な子だから、変なところに入り込んで出られなくなっているのか？　カイは心配になり、壁から背中を離すと、バルクライの部屋の前まで移動する。

耳を澄ましても、モモの声はしない。ここまで動きがないのは不自然だ。カイは静かにドアを開く。護衛を命じられている限り、その命令はいかなる状況でも最優先される。たとえ上官の部屋であろうと、必要なら躊躇ってはいけないのである。

念のために足音を消して進むと、広いベッドの中に小さなふくらみがあった。すっぽり覆うシーツの中を覗けば、モモが丸くなって親指を吸っていた。柔らかな頬をくすぐっても起きる様子がない。ぐっすり眠っているようだが、その顔は少し寂しげだった。

「オレにも甘えてくれるといいんだけどね……バルクライ様に一番懐いているってのが、悔しいな」

カイは苦笑を浮かべて、モモの頭を撫でた。何度も撫でていると親指を吸う力が抜けて、表情が穏やかになる。

どうやら寂しがり屋の幼女を甘やかすことが、護衛としてのカイの一番の仕事のようだ。

冷え冷えとした空気に晒されている。玄関ホールに仁王立ちするバル様が原因である。それはけして寒さが理由ではない。外套も脱がずに仁王立ちするバル様が原因である。

「モモ、昨日言ったはずだ。お前のように小さな子供が階段を一人で上るのは危ないと。落ちたらどうする。怪我だけですまないこともあるんだぞ」

淡々と諭すように怒られている。これもつい探検に行くぞーっとばかりに、盛り上がってしまったがために起きた事態であった。

こんなに怒られるなんて思わなかったよぅ。まさか、後ろからカイがずっとついて来ていたなんて知らなかったの。気配を悟らせないのがルーガ騎士団の入団条件だったりする？　あっ、バル様の目が厳しくなったような……。

「……ごめんなさい」

本当は十六歳だよ？　カイがいたから安全だったと思うの、とは口が裂けても言えない。ひたすら低姿勢で謝る。あの、夕飯は抜きですか？　お仕置きされちゃう？

ひもじさを想像するだけで目が潤む。目の前に立つバル様の顔色をちらっちらっとうかがう。

「………………」

「ごめんなさい、バル様。もうしないから許してほしいの……」

「モモ、もうひと押しだぞ！」

「そこで抱きつくのが効果的ですよ。可愛い仕草にグラついていますからね」

いや、うん、聞こえてるからね!?　カイもキルマも心配してくれるのはありがたいけど、その声援はバル様にも届いてるから！　だって、目を細めてるもん！

「カイ、キルマ」

バル様が低い声で二人を呼ぶ。うわーん、美声が怖いよぅ。凄まれたわけでもないのに、すんごくお腹に響く。顔に出てないのに、不機嫌なのがヒシヒシと伝わってくる。

「バルクライ様、モモも反省しているようですし、そろそろ許してやったらどうです？」

「そうですよ。せっかくお出迎えをしてくれたのに、叱るばかりでは可哀想です。――モモもお腹が空いたでしょう？」

キルマに抱っこされると、背中にビシビシと視線が刺さってくる。これ、バル様だよね？　ひぃいっ、まだお怒りですか!?

「そんな目で見ないでくださいよ。はい、どうぞ」

後ろ向きのまま差し出されるけど、怖くて俯いちゃう。丁寧な仕草で抱き寄せられる。耳元でボソッと声がした。

「……すまない。これはオレの我儘でもある」

「バル様……？」

「お前が怪我をするのは見たくない。モモが十六歳なのは知っているが、身体はそうではないだろう？　もう少し、今の自分の身体が弱いことを自覚してくれ」

耳元で囁かれた。低い美声が脳内をグワンと満たす。はうぅぅっ、いい声！　って、そうじゃなくて、えっと、心配してくれたんだよね？

「……うん、気をつける。ごめんね？」

「わかってくれたのならいい」

よかった。バル様、もう怒ってないみたい。安心したら、正直なお腹が空腹を訴えるようにグウッと鳴った。カイに噴き出すように笑われる。恥ずかしいなぁ。でも、人間の生理現象には、誰も逆らえないものだよ。

「皆さん、どうしてまだ玄関ホールにいるんです？　せっかくのご飯が冷めちゃいますよ～」

「お食事のご用意が出来ております。テーブルにお運びしてもよろしゅうございますか？」

フィルアさんとレリーナさんが食堂の方からやってくる。桃子達が入ってこないので、様子を見に来たようだ。

「頼む。――モモはオレの膝でいいか？」

「うん。お願いしたいの」

「では、そうしよう。――ロン」

「はい、こちらに。皆様の外套をお預かりいたします」

せっかく許してもらったんだから、甘えておこう。レリーナさん達が一礼して下がっていくと、バル様がロンさんに外套を預けて、食堂に向かって歩き出す。

桃子がバル様の肩越しに見ていると、カイとキルマもロンさんに外套を渡している。目が合うと、ロンさんが微笑んでくれた。ダンディスマイルいただきました！　スマートで格好いいねぇ。やっぱり修行して執事さんになったのかな？

ロンさんはいつも忙しそうなので、桃子は遠慮してあまり声をかけたことがない。でも、いつもさりげない心配りをしてくれるのだ。執事としての能力がすごく高いのだと思う。

お屋敷の人達も、桃子に対して不思議に思う部分もあるはずなのに、いつも優しく和やかに接してくれる。だって普通の五歳児なら、こんなに上手におしゃべりは出来ないし、会話の理解力ももっと低いはずだからね。

それなのに、このお屋敷の人達に怪訝な顔をされたことは一度もない。それだけ寛容なのか、または主の客人だから口をつぐんでくれているのか、それはわからないけど、バル様のお屋敷は、今まで感じたことがないほど居心地のいい場所だった。

バル様が食卓に桃子ごと着席すると、いい匂いがしてくる。テーブルに湯気の立つビーフシチューらしきものが置かれた。そういえば、白いシチューは日本にしかないって聞いたことがあるなぁ。

桃子の分は、器が一回り小さくて具材も細かい。手間のかけられた料理に嬉しくなる。

五歳児用にわざわざ作るなんて面倒だよね。料理人さん、本当にありがとう！　手を合わせていただきますの挨拶をいつもよりしっかりしておく。

その間にも、表面の皮がぱりっと焼けたパイの包みが出てくるし、白いソースがかかった鮮やかな野菜も並べられた。

「モモ」

名前を呼ばれたので、桃子は顔を上げた。すると、バル様がシチューをよそって差し出してくれる。お子様スプーンを大きな手が持つと、とっても小さく見えて面白い。

美形さんからのあーんに照れていると、キルマとカイに優しく微笑まれた。

「育ちざかりですからね。お腹いっぱい食べるのですよ」

「パンはどう？　オレが取ってあげようか？」

まるっきり五歳児扱いだけど、ほんとに忘れてない？　何度でも言うよ、私は十六歳です。

第六章

モモ、緊急事態に慌てる
～ピンチは忘れなくてもやってきた～

この世界にやってきて計五日が過ぎた今日この頃、いよいよお城に行く日がやってまいりました！　今日までは、バル様がお仕事の時間帯はお屋敷でいい子にしてカイと過ごし、夜は恥ずかしながら五歳児精神に喚かれて添い寝をお願いしていた。疲れてるのに、ごめんよ。

それで、昨日はお城用の正装を用意するために、バル様が洋服店を呼びつけたのである。これには、桃子もびっくりした。

洋服店の店主はおっとりした三十代の女性で、メジャーを片手に桃子のサイズを細かく測ってくれた。そうして、持参した煌びやかな幼児用ドレスを部屋いっぱいに広げたのである。

あまりの多さに桃子があたふたしていると、レリーナさん達メイド組のお姉さんが嬉々としてドレス選びに参戦した。そこからは、モデルさんばりに着せ替えショーをやることになり、着れたらなんでもいい派の桃子にとっては大変なお仕事になったのである。

なんでもいいよぅ。全部綺麗だよぅ。もったいないよぅ。最後はこの三つを繰り返していた気がする。お姫様って大変なんだねぇ。綺麗な裏には多大なる努力があることを知ってしまったの。

私が犬だったら、間違いなく舌を出して床に伸びてたよ。うへぇ、誰か水を、水をくださいって

これは桃子が軍神召喚に巻き込まれるものとは、全く違う世界線の物語――

「この屋敷で不思議な現象が起きている、だと？」

バルクライが思わずそう問い返したのは、執事長ロンからとある報告を受けたからだった。その内容は珍妙の一言に尽きたのである。

一月前より、使用人達の間で失くし物をすると、翌日の朝に寝ている本人の胸元にそれが置かれていたり、洗おうとしていた洗濯物が知らないうちに畳まれている、ということが起こっていたらしい。

しかし、犯人は不器用なうかつ者らしく、失くし物の靴下は片方だけ、洗濯物は洗う前のものが不器用にシワのよった状態で畳まれていた、というありさまだったそうだ。

事件と呼ぶにはあまりにもささやかな出来事なので、バルクライに伝えるのをためらっていた、と、ロンは説明する。

「最近では、小さな子供を見たという使用人まで現れています。動揺が広がる前に正体を掴むべきかと。

しかし、我々が存じ上げない神々が関わっておられるのやもしれません。そこでどう対処すべきか、バルクライ様にご判断いただきたくお話しいたしました」

「ふむ……神であれば隠れる必要はないだろう。だが、屋敷の中にいる使用人の目をかいくぐれるのであれば、普通の子供というわけでもなさそうだ。ここは一つ、仕掛けてみるか」

その夜、バルクライはさっそく行動に出た。


夜も更けて、屋敷の中に使用人達の寝息が聞こえる頃、バルクライはベッドで目を閉じながらその時を待っていた。

「……聞こえたよ～探してあげるの～失くし物～……」

小さく幼い歌声がどこからともなく聞こえてくると、頭の近くを小動物が歩く気配がした。その気配はバルクライの額に触れると、小さな声で呟く。

「このキラキラした人間の失くし物、な～んだ？……ちっちゃい棒！　ふぎぁっ!?」

その瞬間、バルクライは目を開いて目の前の小動物を素早く、しかし出来るだけ力を入れずに捕まえた。

バルクライの右手に握られたのは、驚くほど小さな子供であった。着ているのは見たことのない異国の衣装。薄い桃色を基調とした服には緑や黄色の花がいくつも縫われており、袖の部分は大振りで、腹部に太めの布が巻かれている。

「お前は何者だ？」

「ひゃああ……っ。ご、ごめんなさい～っ。あの、私は桃の木の精霊で、害のない桃子で、それでえっと!?」

バルクライが冷静に会話を求めると、その小さな子供は黒い瞳を見開いて混乱したようにじたばたと暴れた。

「モモ？　それが名前か。どうして屋敷の者達に接触している。なにが目的だ？」

「わ、わたし、悪い精霊じゃないよぅ！」

モモと名乗った子供はそう叫んでパチンッと消えてしまう。その代わりのように、どこからか隠したはずの万年筆がベッドに落ちてくる。

自分の手を見下ろせば、手の中に小さな女の子の温もりがまだ残っていた。相手は間違いなく生きているなにかだ。

「脅えさせるつもりはなかったんだが……」

バルクライは万年筆を拾い上げる。大きな目を潤ませたモモの小さな姿は、小さな衝撃と共に強烈な印象を残していた。興味をそそられる。しかし、話をするには、彼女のあの警戒心を解かなくてはいけないようだ。


それから、バルクライは使用人達から聞き取り調査を開始した。彼女の出現場所をしぼるためである。その結果、メイドのレリーナから有力な情報がもたらされた。

「私も例の小さな子を見た覚えがございます。庭に実ったリンガにしがみついていらっしゃいました。お腹が空いていたのかもしれませんね」

レリーナは恍惚とした面持ちで頬を染めている。あまり見ない反応に少しばかり驚きながらも、バルクライは話を続けた。

「彼女と話をする必要がある。その木はどのあたりのものだ？」

「テラスから出て一番近くの木です。……ところで、バルクライ様はあの方を見つけてどうなさるのですか？」

「腹が空いているのなら食事に誘うつもりだ。詳しく事情を知りたい」

「でしたら、その時は私に給仕役をさせてくださいませ。あの小さな方と親しくなりたいのです」

レリーナの言葉に、バルクライは気づく。なるほど、自分もモモと親しくなりたいのだと。

十分な情報を手に入れて、バルクライは目撃情報のある木に向かうことにした。

目的のリンガの木はすぐに見つかった。必要な分だけ収穫しているのだろう。熟れかけた実がいくつもあるようだ。

目で探していくと、下から五本目の太い枝のリンガが動いたのを目撃する。よく見れば、赤く熟した実に小さな両手が添えられていた。やがてそれがくるりと動いて、しがみつくモモの姿があらわになる。

その時、高い声で鳴きながら白い鳥が飛んできた。モモがしがみついたリンガに黄色いくちばしが開きながら迫っていく。バルクライは咄嗟に木に駆け寄った。モモの表情が驚いたものに変化する。

「あ……っ」

「手を離せ！」

バルクライは両手を上に差し出した。モモが覚悟を決めたように目を固く閉じて、リンガから両手を放す。上から落ちて来た小さな身体が、手の平にポスリッと転がった。

「怪我はないか？」

「う、うん、大丈夫なの」

バルクライが安否を確認すると、モモは戸惑った様子を見せた。しかし、この間のように怖がってはいない。

「リンガが欲しければ言うといい。いくらでも用意しよう」

「……お兄さん、怒ってないの？」

「ああ、昨日は怖がらせてすまなかった。オレはバルクライという。教えてくれ、モモ。なぜ、屋敷の者達に接触した？」

「バルさんのお庭の木から一個リンガをもらったから！　あのね、妖精はもらったらお返しするきまりなの。だから、私もお返しにお手伝いしたんだよ」

モモは頬を赤くして少し興奮気味に答えてくれる。バルクライの胸になにか感じたことのない感情が一瞬湧きあがり、じわりと胸に熱が生まれた。

「……そうか。それは感謝せねばな。では、オレから礼としてリンガの菓子を用意しよう」

「お菓子！　わたし食べたことないの。すんごく嬉しいよぅ」


バルクライはその後、無邪気なモモに絆されて、この小さな精霊が屋敷に住み着くことを許可することになるのだった。

しかし、精霊にはまだまだ秘密があるらしく、その時々で驚かされることとなるのは、まだ見ぬ未来の話である。

了

感じで。ピクピク痙攣しながら訴えていたと思う。はっ！　それってつまり死にかけていたってこと？　きっとそうだ！

　今考えても過酷な状況だったとしみじみと振り返る。そんな困難を乗り越えて迎えた本日、桃子は髪を整えられて、目の覚めるような青色のお子様用ドレスを着ていた。手触りはなめらかで、これも大変お高い匂いがする。背中が見えるデザインで胸元にはきゅっと絞りが入っていた。

　ワンピースのようなドレスにはふくらみがなく、上からすっぽり着られるのがいい。ただ、翡翠の首飾りがものすごく重い。実際は繊細な作りで重さはほとんどないんだけど、お値段が気になって重いの。……気にしちゃダメだよ！　と桃子は自分に言い聞かせる。

　バル様も素敵な正装姿だ。白いシャツと身体にぴったり合うような黒の上着を身に着けている。袖と襟に施された金糸の刺繍がお洒落だ。前髪を軽く上げて後ろに流しているので、涼し気な目元がいつもよりよく見える。ごつくはないけど運動をする人の引き締まった体形だから、すごく似合う。思わず見惚れてしまった。

「……なんだ？」

「バル様、すっごく格好いいよ！」

「…………そうか」

　返事に間があったのは照れたから？　表情は変わりないけど、そうだったら可愛いなぁ。にこにこしていると、キルマとカイが桃子のことを褒めてくれる。

「モモのドレスもお似合いですよ。頬が美味しそうに色づいていますね」

「翻りたくなっちゃうな。さぁ、時間だね。オレ達は護衛で外につくから、モモはバルクライ様と馬車に乗るんだよ？」

「は〜い」

五歳児らしく、いい子の返事をした時、慌てた様子でロンさんとルーガ騎士団の団服を着た男の人が飛び込んできた。

「緊急事態でございます！」

「だ、団長、大変です！　国王陛下が毒を盛られて重体との知らせです！」

「なんだと？」

バル様の目が鋭く尖る。圧迫感をじわりと感じて、全身に寒気が走った。胸が冷えていく。国王陛下はバル様のお父さんだよ！　大変な事態に桃子は強い不安を覚えて、バル様を見上げる。

「ジュノラス様からの伝令で、至急登城せよとのこと！」

「……わかった。キルマとカイは騎士団に戻り、内部の動揺を抑えろ。民衆まで話が広がらないように至急手を打て！」

「「了解しました！」」

「団長、モモはどうしますか？」

「私のことなら心配しないで。バル様が帰ってくるまで部屋にこもればいいよね？」

こんな大変な時に、私が足を引っ張るわけにはいかないもん。隠れていれば大丈夫なはず。バル様を見上げて自分の意思を伝えると、黒曜石のような目が一瞬迷うように伏せられる。思案するような間を置いて、目と目が合う。

「……そうしてくれ。オレ達が帰ってくるまで、部屋から出てはいけない。なにかあれば、レリーナ達に言うんだ。いいな？」

「うん！　みんな、気をつけてね」

「ああ。――行くぞ！」

「はいっ」

「はっ」

バル様達がお屋敷を飛び出していく。桃子は仮の自室に向かいながらバル様達と国王様が無事であることを一生懸命に願う。神様、神様、お願いします。バル様達を助けてください！

そんな桃子を心配したのか、レリーナさんとフィルアさんが側に来てくれる。

「モモ様、顔色がお悪うございますね。心配しなくてもきっと大丈夫です。あの方達はルーガ騎士団の実力者なのですから」

「不安なんかすぐに吹き飛ばしてくれますって」

「うん……」

そう励ましてくれる二人も少し緊張した面持ちだ。きっと、心の中にある不安を押し殺してるんだね。

まさか、こんなことが身近に起こるなんて思ってもみなかった。毒殺という恐ろしいことが現実にある世界なんだと、改めて異世界の認識を強くする。桃子は震える手をぎゅっと強く握りしめた。

バル様達が見えない敵に立ち向かっていったんだから、私も怖がってばかりじゃいられない。

強い気持ちで廊下を進むと、レリーナさんがドアを開けてくれた。

「落ち着くために紅茶をご用意いたしましょう」

「紅茶のことなら私にお任せを！　すぐですから〜」

フィルアさんが廊下に飛び出していく。行動力は抜群だけど、また紅茶の葉っぱをまいちゃわないか心配なの。それに、今回はお願いしたいことがあったんだけど。

「レリーナさん達も一緒に飲まない？　……やっぱりダメかな？」

「……でしたら、今回はご相伴に与らせていただきましょうか。バルクライ様にはご内密にお願いしますね」

「約束するよ！」

「それでは、フィルアに三人分用意するように伝えてまいります。少々お待ちくださいませ」

レリーナさんが悪戯な目で微笑んで部屋を出ていく。これでフィルアさんのうっかりも防げそうだねぇ。桃子は少しだけ元気を分けてもらった気分になった。ベッドに腰かけて大人しく待っていると、コンコンとドアをノックされた。もう二人が戻って来たのかな？

「どうぞ〜」

桃子が返事をすると、しずしずとメイドさんが入ってきた。でも、なんだか違和感がある。五日でだいたい使用人さんの顔を覚えたのに、この美人さんは見たことがないような……？　そう思った時には、メイドさんに口を押さえられて無理やり抱き上げられていた。固い胸板が背中に当たる。

このメイドさん、男の人だ！

「むーっ、うむーっ！」

「静かにしろ。お前が騒げば、この屋敷の者を殺すことになる」

「む……」

冷酷な声が囁く。それはダメ！　優しくしてくれた人達に怪我をさせたくない。けれど、かといってこのまま黙って攫われるわけにもいかなかった。バル様に部屋で待つって約束したもん。

桃子は思い切って男の手をガリッと噛んだ。口の中にじわりと血の味が滲む。うえぇっ、気持ち悪い。でも、ガジガジ噛みます。このっ、このっ。

「無駄だ。たとえ指を食いちぎられようと離さない」

痛みで手を離してもらうつもりだったのに、上手くいかなかった。男はなにも感じていないのか、平然としている。くすんだ緑の目が、桃子を無感動に見下ろしていた。もしかして、人攫いを専門にしてる人？　指も鍛えてる？

「うむぐぐぐっ」

「反抗的な態度はお前のためにならないぞ。大人しくしていろ」

人攫いは桃子を抱えたまま、軽やかな身のこなしで窓から外に出ると一気に走り出した。

庭にいたメイドさんと目が合い、悲鳴が上がる。

「きゃあっ、モモ様!?　――ロンさん、外に曲者が！」

「待てっ!!」

「モモ様を放しなさい！」

「この人攫い――っ！」

ロンさんとレリーナさんとフィルアさんの大声が足音と一緒に後ろから聞こえる。けれど、人攫いの方が上手だった。門の外に出ると、手綱を握っていた子供を突き飛ばし、桃子を抱えたまま馬に乗る。そして、手慣れた様子で手綱を打った。馬は大きく嘶いて、街中を走り出す。

「ロンさーん、レリーナさーん、フィルアさーん!!」

人攫いの身体が邪魔で、三人の姿が見えない。必死に声を上げても、布で口を押さえられてくらりと視界が揺れた。なにこれ!?　変な匂いで、意識、が……。

ダメだとわかっているのに、意識が濁っていく。桃子は必死に呼吸を止めようとした。けれど、その瞬間に少し息を吸ってしまい、目の前が真っ暗になった。

最初から、おかしいとは思っていたのだ。国王陛下の毒殺未遂を兄がルーガ騎士団に伝えるという行為が、まず不自然である。今日は城に行くことが決まっていたため、それを知る兄ならば、バルクライが屋敷にいることくらいは予想がつくはずだ。

それなのに、伝令を飛ばす先をルーガ騎士団にした時点で、何者かの意図を感じ取るには十分だった。だが、仮にも国王陛下の暗殺未遂ともなれば、立場上、バルクライには確認を取る必然性が生まれる。それが嘘でも真でも兄から登城の命が出ているのなら、従わざるを得ない。

狙ったようなタイミングは、作られたものだ。関与しているのは間違いなく神殿だろう。しかし、バルクライはそれほどモモのことを心配していなかった。彼女の本来の年齢が十六歳であり、普通の幼女ではないことと、屋敷の使用人の中に害獣討伐で稼いでいた腕の立つ者が数人いたからである。

だが、国王である父の様子を目にした瞬間に、直感的に嫌な予感を覚えた。

「予定の時刻よりずいぶんと早いな。どうしたのだ、バルクライ？」

執務の手を止めて尋ねる父に、バルクライは胸を焼く怒りにしばし口をつぐんだ。やはり、謀られていたか。その時、王の間の外がざわつき、兵士が入室を求めた。

「国王様、お話し中に申し訳ございません。バルクライ様のお屋敷のメイドが今すぐ主にお会いしたいと来ております」

「父上、緊急性を感じる。ここに通させてくれ」

「好きにせよ」

資料を一瞥し、問題ないと判断したのだろう、許可が出る。バルクライはすぐに兵士に命じた。

「メイドを連れて来い」

「はっ」

バルクライはすぐに扉を開かせて、レリーナを迎え入れた。レリーナは汗だくで息が荒い。尋常ではない様子だ。バルクライに近づくと目の前で崩れ落ちる。

「申し訳、ございませんっ。モモ様が何者かに攫われてしまいました！」

「予感はこれか。――聞いた通りだ、父上。神殿の者が噛んでいるのは明白だが、今は証拠がない。ルーガ騎士団を動かすわけにはいかないだろう」

「ならばどうする？」

試すように目を向ける父に、バルクライは頭を下げる。

「オレをルーガ騎士団師団長から外してくれ。あの子をこのまま死なせるわけにはいかない」

「幼い迷人一人のために立場を捨てると申すか？」

「オレにとっては貴重な一人だ。あの子の側ではよく眠れるからな」

「………」

「必要ならば、この場で王位継承権を返上する。それでも許されないのなら、この国を出てもいい」

「その必要はない！」

背後で扉が勢いよく開く音がした。顔を上げれば兄が立っている。強い目がバルクライを射抜き、破顔する。

「聞かせてもらったぞ。お前がそれほどまでに誰かを欲するとはな。そのモモという子はよほど特別と見える。――父上、騎士団を動かす許可を出してやったらどうだ？　このままでは本当に国を去りかねんぞ」

「ふむ……ではバルクライ、お前に一隊動かす許可を出してやる。自由に動いてみよ。その子供を保護した後は、今度こそ必ず連れてこい。王妃も楽しみにしている」

「感謝する」

バルクライは父に一礼すると、兄の側をすり抜ける瞬間に囁く。

「……助かった」

「兄だからな」

屈託のない顔で手を振る兄に背を向けて、廊下を足早に急ぐ。レリーナが慌てて国王と兄に礼を告げて、後を追いかけてくる。

「バルクライ様、私達はいかがいたしましょう？」

「お前は屋敷に戻り次第、メイド達の統率をとれ。モモが帰ってきた時のために迎え入れる準備をしておくんだ。ロンの指示で、もうフィルアも動いているのだろう？」

あの優秀な執事が、こういう時にフィルアを使わないはずがない。彼女はメイドとして働いてはいるが、本来の仕事はその顔の広さを利用した情報収集だ。案の定、すでに動いていると返ってくる。

「人攫いの痕跡を追いつつ、モモ様の情報がどの程度街に広がっているのかを調べております」

「六日以内に見つけなければ、モモの命にかかわる」

昨日の夜、寝る前にセージを与えたきりなのだ。このままでは三日後に一歳児に戻り、六日後にセージ切れで死を迎えることになってしまう。神殿がそれより早く、モモになにかする可能性も十分考えられた。

「アレを使えば、あるいは……」

しかし、モモにはまだアレを与えた意味を教えていなかった。朝は慌ただしく時間がなかったために失念していたのだ。いや、逆にそれが見つけ出す手助けになるかもしれない。バルクライは頭の中で今後の指示を並べ立てることで、冷静さを保つ。だがその目には、冷酷で苛烈な怒りが宿っていた。

連れ去られる最中に、桃子は何度か目を覚ました。朦朧とした意識の中で映る光景は、その度に変わっていく。馬上にいたかと思えば、次にはどこかの部屋の中、そして今は敬虔な雰囲気漂う石の祭壇の前で、両腕を後ろに縛られたまま転がされていた。
せっかくのドレスも薄汚れてしまい、可哀想なありさまだ。これでどのくらいのお金が無駄に羽ばたいてしまったのかと、考えるだけで怖くなる。身体を起こそうとしても、薬の影響なのかまだ全身が重く痺れて動けない。縛られた腕が痛いのは、荒縄がちくちくと肌に刺さっているからだろう。
「いたいよぅ……」
口は塞がれていないので、純粋な五歳児を涙目でアピールしつつ側に立つ人攫いに訴えてみる。なんとかして逃げたいけど、今いる場所がわからない状態なので、まずこうなった理由や状況を知らないとね。

「悪いな。引き渡すまでが仕事だ。依頼人に解いてもらえ」

「いらいにん？」

首を傾げて、なにそれとばかりに探りを入れる。五歳児は漢字なんて知らないもん。ひらがなオンリーで話をしよう。そう、私は女優で、ここは舞台。女は度胸、幼女も度胸。……負けないぞ！

くすんだ緑の目に晒されていろんな意味で震えそうになる。演技だって、バレてる？　いやな意味でドキドキしてきた。

「すぐにわかる。……素直にしていればそれほど悪い待遇にはならないだろう。死にたくなければ、せいぜい媚びておくんだな」

それほど悪い待遇にはならないって、ちょっとは悪い待遇なんだね!?　私を攫ってまで欲しがった相手って、一人というか、一集団しか思いつかないんだけど。それか変態さんか。この場合、どっちの方がマシなの？　どっちもご遠慮したいよぅ！

心の中でそんな風に悩んでいたら、重い足音が聞こえてきた。首をひねると、部屋の中に外から光が差し、出入り口の扉が開いて恰幅のいい壮年の男の人が入ってくる。つるりと輝く頭にはひっじょーに見覚えがあった。

「おおっ、今度はきちんと連れて来てくれたのだな！」

「それがオレの仕事だ。支払いは一括にしろ」

「もちろんだとも！　――おいっ、この者に代金を渡せ」

「かしこまりました、大神官様」

うわぁ～んっ、やっぱりなの！　桃子は自分の予想が当たっていたことを嘆いた。バル様に一喝されて怯えていたのに、大神官のおじさんは従者らしき神官さんに偉そうにしている。権力を笠に着て、威張りん坊してるの？　そしたら私も威張りん坊されちゃう？　へへぇーってひれ伏す振りくらいなら出来るけど、なんのために五歳児化した私なんかを攫ったんだろう。ろくでもない予感しかしないよぅ。

人攫いは神官さんから袋を受け取っている。ジャラジャラ音がしているし、いっぱい貰ったの？　人を攫っておいてお金を得るなんてけしからんね！　私にも分け前を寄こすべきだよ！　だって私の代金だもの。

むぅっと五歳児の不満が顔を出してしまう。しかし、それが子供らしく見えたのか、おじさんが縄を解く指示を出す。神官さんに優しく立たせてもらうと、そっと背中を押される。なにをされるのかと警戒していたら、おじさんがわざとらしい困り顔を作って、桃子を見下ろしてきた。

「乱暴な真似をして申し訳ない。軍神よ、どうか我が神殿の為に力を貸してはいただけませぬか？」

「ぐんしんってなぁに？」

「なんとっ！　やはり覚えておられないのですか。召喚が中途半端になったばかりに、このようないたいけな子供の姿に変わってしまったのですな」

ええーっ!?　なにその都合が良すぎる解釈は!?　だいたい見ればわかるだろうけど、私は女の子だよ？　軍神って男の神様じゃないの？

「ぐんしん？　ちがうよ？　おんなのこだもん」

「そのような些細なこと問題ではありません。大神官たる私が召喚したのです。その召喚に応じてあなた様が出て来たのだから、軍神はあなた様で間違いないのですよ」

　にたりと笑うおじさんが恐ろしい。この人、わかってて言ってるんだ。私が軍神なんかじゃないってことも、女の子だってことも。なのに道理を曲げて、それが正しいことだと押し通そうとしてる。

　なんでこんなことするの？　桃子は必死に考える。私が軍神でなければならない理由がこの人にはあるんだ。バル様が国王様に報告するって言ってたし、そうされたら、たぶんこの人は立場が危うくなる。だから、大神官（じぶん）が軍神を召喚したという事実が必要なんだ！

「いいですね？　あなた様は軍神ガデスで間違いございません。しかしこちらの不手際で、あなた様はその姿になり、自分が軍神であることも忘れてしまったのですよ。これから、我が神殿で必要なことを思い出してもらいます。しっかり出来れば、あなた様の欲しいものを差し上げましょう」

　このおじさん、悪の大神官だ！　桃子を普通の幼児だと思って洗脳しようとしているのだ。十六歳でよかった！　こんなことをずっと言われ続けたら、あれ？　私軍神だっけ？　って、うっかり思っちゃっていたかもしれない。とんでもないところに来てしまった。バル様、お願いだから出来るだけ早く見つけて！

「さぁ、まずは禊をしましょう。それから食事をして今日はゆっくりお休みください。明日から忙しくなりますぞ」

不自然なまでに穏やかな微笑みを見せるおじさんに、桃子は五歳児の精神と一緒に泣きそうになるのを堪えて、必死になにもわかっていない子供の振りを続けた。

禊をするために首飾りとドレスを側仕えらしきお姉さん達に脱がされた桃子は、すっぽんぽんにされて冷たい水をかけられた。さ、寒いっ！　くしゃみをしたら嫌な顔をされる。ごめんなさい。でも、あの、もう少し丁寧にお願いしたいの。

目で訴えたらお姉さん達に鼻を鳴らされて、ごしごしと乱暴に身体を洗われる。いたた、痛いよぅ！　最後に再び水をバシャンとかけられた。歯が鳴るほど寒い！　ガタガタ震えていたら、頭から大きなバスタオルに覆われて、乱暴に拭われる。

「うぅぅっ」

「うるさいわね！　まったく、なんだってアタシ達がこんな召使いみたいなことを……」

「そうよねぇ。神殿には花嫁修業の名目で来ただけなのに、皿洗いからこんな子供のお風呂にまでこき使われるなんて聞いてないわよ。その癖、お給金も出ないらしいわ。ほんとやってらんない！」

「あんた達黙りなよ。ここじゃ、どこに耳があるかわかったもんじゃないんだからね。あのヒヒ爺の命令には黙って従っとけばいいの。わたしは後一月我慢すれば、出ていけるし」

「アタシは後二カ月も残ってるわよ。この子が持ってた宝石さぁ、売っちゃわない？　お世話代よ」

「いいわね、それ！」

「だめ！　あれは、バ、モモのだもん！」

思わずバル様から借りたものだと言いかけて、慌てて五歳児口調に戻す。あれを売られちゃったら困るよ。弁償出来る当てがないの！　バル様なら気にするなって言いそうだけど、高価な預かり物なのは事実だし、やっぱりまずいの。

しかし、そこで口を挟んだのがよくなかったらしい。すごい目で睨まれた。憎々しいと言いたげに、三人は顔を歪める。

「なにこの子。仕方なく洗ってあげたのに、すごく生意気」

「ほ～んと、ちょっと良いとこの子供だからって、ここじゃ関係ないんだからね？　黙ってればいいの。あんた告げ口したらどうなるかわかってるでしょうね？」

「ほら、アタシ達に生意気な口を利いて、ごめんなさいは？」

見下ろされると威圧感がすごい。謝らなければタコ殴りにされそうだ。荒んだ環境はこうも人を凶悪にするものなんだね。うぅっ、怪我したら逃げにくいし、ここは要望通りに頭を下げておこう。なんだか悔しい。

「…………ごめん、なさい」

「わかればいいのよ。ほら、拭いてあげるからさっさと服着て。大神官サマと食事だそうよ」

一緒なんて気が重いなぁ。洗脳の薬とか入ってないよね？　ゆっくり確かめて食べた方がいいかな。変な味がしたら、お腹いっぱいだからって誤魔化そう。

桃子は身体をゴシゴシと荒く拭われて、もたもたと服を着替える。お子様用に特注したのか、お揃いの神官服だ。ちょっと硬い生地なので、あまりお高くはなさそう。あのおじさん、光魔法の話を聞いた時にも思ったけど、やっぱりケチだ。

上から下まで繋がったゆったりした神官服に身を包むと、お姉さん達が部屋を出て行く。桃子はその後ろを追いかける。歩幅が違うせいで駆け足をしないと置いていかれてしまう。ふと、バル様達と一緒の時には、こんな風に慌てたことがないと思い当たる。それは桃子が遅れないように気をつけてくれていたということ。さりげない優しさに気づいて、胸が苦しくなる。

桃子が普通に暮らせていたのは、バル様達やお屋敷の人達が見てくれていたおかげだったのだ。五歳になったり一歳になったりで面倒ばかりかけちゃってるし、私、もしかしたらこのまま見捨てられちゃうかも……当たり前のように助けてほしいなんて思っちゃいけなかったんだ。でも、会いたいなぁ。みんなにもう一度会って、たくさんお礼を言いたいよ。

心の中で五歳児の桃子が泣いている。けれど、十六歳の桃子は泣かない。会いたい、じゃない。会うの！　絶対にもう一度、バル様達のとこに帰ってやるんだ！　弱気になりそうな自分を励まして、桃子は開かれた扉の先に足を踏み入れる。

「軍神様、お待ちしておりましたぞ。さぁさぁ、お好きなだけお食べください」

大神官のおじさんが中で待っていた。丸テーブルにはこれでもかと言わんばかりの量の食事が載っている。ぱっと見ただけでも、ソースのかかった肉や魚のこってり系が多い。おじさん、これカロリー取りすぎじゃない？　バル様達みたいに鍛えてるわけじゃなさそうだし、身体に悪そうだ。

桃子は促されるままに椅子によじ登って着席すると、大人用フォークをぎこちなく動かして肉に突き刺す。そして、端っこをちょこっとかじってみる。

「むぐ……っ」

途端に広がるジョリッとしたしょっぱさに悶絶する。ちょっと待って！　ザラザラするほど塩を使っているけど、これが神殿の普通なの？　バル様のお屋敷ではこんなに濃くなかったよ？　うわっ、おじさん、すごく美味しそうに食べてる!?　えっ、これ神殿の修行!?

「美味しいでしょう？　私の好みを気に入っていただけたようでようございました。ぬははっ、まだまだございますから、遠慮なくお食べください」

おじさん好みの味づけだったんだ。よかったのか悪かったのか、神殿でもこれは普通じゃなさそう。舌がビリビリして食べられないよぅ。食べなきゃ怒られるかもしれないし、食べたら身体に悪そうだし、どうしよう。う～ん。

桃子は考えた末に、お水をごくごく飲んで、添えられた野菜をひたすら食べることにした。なんにもかかっていない部分なら大丈夫だ。

「おや、肉はお嫌いでしたかな？」

「うん。お野菜が好きなの」

にこーっとおじさんにアピールする。本当は魚が好きです。でも、食べられないから、ひたすら野菜を食べる。無心で食べる。私は羊。羊の桃子。草ダイスキ。野菜ダイスキ。

「そうでしたか！　では明日から野菜を多めに用意させましょう」

五歳児だと甘く見ているおじさんはあっさりと騙されてくれた。よかった。これで味の濃い肉や魚をすすめられずにすむ。でも、野菜だけじゃお腹は膨れない。お水をたくさん飲んで我慢しなきゃ。

桃子は食事が終わるまで、苦労しながら野菜だけを食べ続けた。

「軍神様、今日はお疲れでしょう。廊下で侍女としてお付けした者達が待機しています。お部屋までは彼女達がご案内いたしますので、ゆっくりとお休みください」
おじさんは満足そうな顔で席から立ち上がると、桃子を扉の外へと促す。まるで逃げ出さないように見張っているようだ。桃子は視線の圧力と手にかかる重さに耐えかねて、置こうとしたフォークをお皿に落としてしまう。それを見て、おじさんが眉をひそめる。
「マナーもお教えした方がよろしいようですな。……まぁ、今日はいいでしょう。明日からは失った知識を取り戻すために専属の者をご用意いたしますから、少し忙しくなりますよ」
「うん……？」

「では、また明日の朝食で」

「おやすみなさい？」

桃子は首を傾げてよくわかっていない振りをすると、挨拶をして椅子から飛び降りた。内心はこのご飯の怨みは忘れないからね！　と固く決意していたりする。塩の塊を食べているのと変わらない食事はもはや荒行だ。今なら悟りを開けるかもしれない。……嘘です、俗世の煩悩にまみれて生きてるの。今一番の願いはバル様達との再会だもん。

でも、このおじさんも神様に仕えているわりには、百八では足りないくらい煩悩だらけな気がする。お姉さん達に給料も払わないで雑用させたり、子供を攫うように指示したり、これじゃあ悪者の親分だよ。叩けば埃が舞うほど出てきそう。

扉の脇に控えていた若い神官さんから気の毒そうに見られた。優しそうな顔立ちの眼鏡のお兄さんだ。視線を向けたら、無言で扉を開けてくれる。

「ありがとー……」

小さな声で伝えると、驚いたように目が揺れて、ぱっと視線を逸らされた。神官さんはなにかを耐えるように唇を引き結んでいる。

悪の親分みたいな大神官が支配する神殿に、良心的な人がいたことが嬉しかっただけなのに、なんでこんな反応をするんだろう？

神官さんを気にしながら扉から出ると、無言で待っていたお姉さん達が即座に踵を返す。桃子は慌てて後を追いかけていく。その間にも、目を動かして周囲から情報を拾う努力は忘れない。

神官服を着た男女が廊下を行き来しているので、神殿は女人禁制ではないようだ。そういえば、私が目を覚ました部屋の祭壇は、王都の神殿にしては小さかったよねぇ。ということは、あそこは簡易的な場所だったのかも。これも頭の中にメモしておこう！

問題なのは、今何階にいるのかわからないことだ。高層ビルほどの高さはないはずだから、多く見積もっても建物の最上階は五階くらいだろう。それなら、場所さえ選べば窓から逃げられる。

そう考えていると、お姉さん達が階段を上がっていく。桃子は落ちないように一段ずつ慎重に上がる。けれどそこで歩幅の差が出た。置いて行かれそうで焦っていたら、お姉さんの一人が気づいてくれた。

「……上りにくそうですね？　私がお運びしますわ」

人目を気にしたのか、丁寧な口調でそう言われて抱っこされる。でも目が笑っていなかったよぅ。もたもたするなって、また怒られちゃいそう……。せめてこれ以上は怒らせないように大人しくしていると、踊り場に差しかかり、折り返しでさらに上がっていく。そして一番上の階まできたら、廊下を進んで白い扉の前で下ろされた。

「あー、もう重かった！」

「お疲れ様。明日も早いんだし、さっさと寝ましょ」

「そうね。アタシは明日休みだからゆっくりしてるけど」

「ってことは、この子は私達が見なきゃいけないわけ!?　ほんと面倒！」

「適当にやっとけばいいでしょ。雑用させられるよりはいいわよ」

「そういうこと。――ほら、ぼさっとしてないで、あんたは中に入りなさい。鍵をかけなきゃいけないんだから」

「……うん」

せっつかれた桃子は仕方なく背伸びをすると、ドアノブを回して室内に入る。後ろで鍵を閉める音がして、足音が遠ざかっていく。試しにドアノブに飛びついて回してみたが、やっぱり開かない。見張りを付けないかわりに、閉じ込められたようだ。

窓から夕焼けが桃子を照らしている。その明かりを頼りに室内を見回してみたが、ベッドと机と椅子があるだけのようだ。

この神殿は全体的に真っ白な構造で、この部屋も白で統一されている。けれど、自由を奪われた身からすれば、この部屋はただ薄ら寒く、息の詰まる場所でしかなかった。

窓に近づいて外を眺めてみる。青いお城がわずかに見えた。ということは、神殿の位置は同じ街の中にあるということだ。それにちょっぴり安心した桃子は、そこで、うん？　と、もやついた疑問を抱く。なにか引っかかるの。

だって、朝攫われたのに、私が目を覚ましたのは夕方になってからだ。人攫いに嗅がされた薬が効いていたのかもしれないけど、それにしても時間が経過しすぎている。朧げな記憶を必死に思い出していく。やっぱり、すご～く移動した気がするよ。

「一度門を抜けて王都の外に出た後に、別人の振りをして戻ったとしたら、時間がこれだけ過ぎていても不思議じゃないよね。バル様達は外を探してくれてるのかも」

今度はこの部屋の位置について確かめてみる。窓から斜め下の階の明かりを数えていく。たぶん、この部屋は三階でいいと思う。窓ガラスは頑張れば割れそうだ。

室内で使えそうな物も探さなきゃ。桃子は窓から離れて、机の引き出しを開いた。ペンとノートが出てくる。これで明日勉強するのかな？　でも、自分のことさえ忘れた軍神ってことにしてるのに、一体なにを教えるつもりなんだろ？　……はぅっ、考えていたら怖くなってきちゃった。ダメダメ、考えない考えない。

桃子は首をブルブル振ると、気を取り直してさらに室内の捜索を続ける。今の私は刑事（デカ）だ！　犯人の証拠一つ見逃さない！　犯人はどこだ。ここかぁ!?　気分を盛り上げて警察ごっこをしながら、ベッドの下ものぞき込んでみたが、なにもない。いや、少し埃っぽかった。掃除した人が手を抜いているよ、これ。

ベッドは固く、シーツはやっぱりごわごわしている。この神殿は心が荒んでる人が多すぎるよぅ。それとも、ここの掃除もあのお姉さん達がやったのかな？　う、うーん、洗ってあるだけいいと思わなきゃね。そうだよ、埃まみれにならないだけラッキーなの。

桃子はブルリと震える。気温が下がってきたせいか、禊で水をかけられたせいか、寒くなってきた。髪もまだ湿っているから、風邪をひきそうだ。

桃子はベッドからシーツをはいで、それを身体に巻きつけた。そうやって寒さをしのぎながらズルズルと移動する。右側の扉を開くと、トイレと洗面所を見つけた。一室の中に設置されているようで、洗面所の上に戸棚を発見する。桃子はさっそく机に戻ると、そこまで椅子を押していく。

五歳児には大変な作業である。脚をガタガタと床にひっかけながら、なんとか洗面所まで運び込む。椅子によじ登って、洗面所の上につま先立ちすると、上の戸棚を開いてみた。手を伸ばしてごそごそ探れば、柔らかなものに指先が触れる。なんだろう？

ひっぱり出すと、タオルが何枚も出てくる。桃子はその内の数枚を掴んで、椅子はそのままに洗面所を後にした。

他に使えそうな物、使えそうな物。シーツだけじゃ心もとないなぁ。ベッドの上に敷かれていたシーツを合わせて、さらに洗面所から拝借したタオルを繋げば、二階までなら届くかもしれないけれど五歳児の桃子では、自分の身体を長時間支えることは難しいだろう。

でも、最後の手段はそれしかないかな。いざとなったら……うん！　そう決めてしまえば後は様子見だ。桃子はベッドの下にタオルを隠す。汚れてしまうけど、掃除の手を抜いているのだから、ここなら見つからないだろう。

逃げ出すにしてもタイミングが大事だもんね？　神殿から外に出てしまえばこっちのものだ。後は街の人に助けを求めればいい。それまでに捕まりさえしなければいけるはず。

「……それにしても、寒いなぁ」

桃子はベッドの上に敷かれていたシーツもはぎ取って、自分に巻きつけた。他に出来ることはなさそうなの。疲れちゃったし、お腹が空く前に寝ちゃおう。

桃子はそう決めると、ベッドによじ登ってシーツに埋もれるように丸くなった。バル様の腕の中を想像してそっと息をつけば、閉じた瞼からぽろりと一滴の涙が落ちた。

短い腕でごしごしと拭い、もう泣くまいと口をへの字にして我慢する。だって、それって負けてるみたいでイヤだ。どうせ泣くなら、バル様達ともう一回会えた時がいい。

遠くから聞こえる誰かの声に耳をすませて、意識して深く呼吸を繰り返す。大丈夫、頑張れるよ。だって、ずっと一人で頑張ってきたんだから、今度もきっと乗り越えられる。

桃子のひとりぼっちの戦いが始まった。

翌朝、桃子はシーツをはぎ取られて起こされた。今日も不機嫌そうなお姉さん二人が待ち構えており、寝不足の頭をグラグラさせながら朝の支度をする。
顔を洗って、歯ブラシの代わりに飴玉くらいの大きさの弾力のあるゼリーを口に放り込む。そうするとゼリーが口の中で弾けて液体になるのだ。それで口の中をすすぐと一気に汚れが落ちる。便利なの！　元の世界で商品にしたら絶対に売れると思うよ。
宣伝文句はこんな感じ？　『時間がない人におすすめ！　磨かず綺麗！　白さはＭＡＸ！』なんて書かれていたら、とりあえず一回は試してみたくなるよねぇ。
しょぼつく目を擦っていると、今度は禊に連れていかれた。階段を抱えられて下りたら、朝から冷たい水を浴びせられる。震えるほど寒い思いをした後は、神官服に再び着替えて、お姉さん達を追いかけるように廊下を辿っていく。

神官さんにぺこりと頭を下げながら扉を通れば、テーブルの上に美味しそうな料理が揃っていた。見かけだけは食欲をそそられるんだけどなぁ。大神官のおじさんが座るように促してくるので、桃子は椅子によじ登った。

朝からがっつりお肉を食べるおじさんに、ひもじさが薄れる。見ているだけでお腹いっぱいだ。もそもそと野菜だけを平らげていく。羊の桃子さん再臨である。美味しくないよぅ。草だよぅ。お魚～お魚が～欲しいの～。禁断症状が出て、野菜が嫌いになっちゃいそうなの。

どことなくお腹がスースーしているのを気にしていたら、ようやく今日の本題をおじさんに切り出された。

「この後は講堂に移動していただきますぞ。そこに指導役を呼んでいるので、その者の指示に従ってください」

「うん……？」

「軍神様は素直でいらっしゃる。嬉しゅうございますよ。そうですな、指導役の言うことをしっかりと覚えていただけたら、なにか差し上げましょう。食べ物でも服でも、なんでもいいですよ」

思わず魚と言いかけたが、おじさん好みの味付けじゃ食べられないし、物の方がいいだろうか……そうだ、あれにしておこう。

「あめがいいの」

「そんなものでよろしいのですかな？」

「うん。あめほしい」

拍子抜けしたような顔をされたが、野菜しか食べられない桃子には貴重な食料だ。素直にしていれば、変な薬は使われないようだし、たぶん大丈夫だろう。アメなら、少しは飢えを宥めてくれるはずだ。その前に飢えたくないけどね。

食事を終えたら、すぐにお姉さん達に連れ出されて二つ隣の部屋に押し込まれた。中には神官服を着た四十代くらいのおばさんが待っていた。眼鏡をかけており、厳しそうな雰囲気がある。間違えたらバシッと手を打たれそうなの。

「……お座りなさい」

桃子は言われた通りに席に座る。その部屋は、テレビで見た大学の教室と似ていて、横に繋がる机と備えつけの椅子があった。おばさんの後ろには黒板らしきものも設置されている。

おばさんはため息を飲み込むように呼吸をすると、桃子を真っすぐに見つめてきた。

「いいですか？　あなたには酷なことかもしれませんが、軍神としての振る舞い方を明後日までに覚えていただきます。そうしなければ、あなたも私も命がありませんから、厳しくいきますよ」

いきなり物騒な言葉が飛んできた!?　いつの間にか命がけの授業になってるみたいだけど、なんの予告もなかったよ！

「幼いあなたにどこまで伝わるかはわかりませんが、とにかく私が言うことを真似するのです。そうしないと大神官に怒られます。私も怒ります。いいですね？　怒られたくなければ、しっかり覚えるのですよ？」

おばさんの表情には焦りの色がある。この人が言っていることは全部本当のことなんだ。桃子はその一挙一動を凝視する。今こそ小さな頭をフル回転する時だね！

「まずは立って胸を張りなさい。そしてなるべく顔に表情を出さないこと。眉と口端を下げない！」

あうっ、ビシビシ指摘される。桃子は頑張って顔に力を込めた。表情を出さないようにグッと目にも力をこめる。ババ抜きが最弱な桃子が表情を消すのは至難の業だ。感情が顔に出そうになるたびに、バーンッと机を乱暴に叩かれる。

「何度言えばわかるのです!?　顔に出さない！　死にたくないなら表情を消しなさい!!」

死にたくないのはこのおばさんの方だろう。だんだんヒステリーになってきている。桃子は心を無にして、おばさんを見た。

「そうです！　その顔を維持しなさい！　そして、自分のことは余と言いなさい。さぁ、私に続いて！　余は軍神ガデスである。大神官ダマの召喚に応え、降臨した」

「よはぐんしんガデスである。だいしんかん、ダマのしょうかんにこたえ、こうりんした」

「絶対にこの言葉を忘れてはいけませんよ。さぁ、もう一度！」

おばさんが声を張り上げる。必死の指導を前に、桃子は悟った。これから否応なく演技力を磨かなければいけないらしい。五歳児の演技ならもうしてるんだけどなぁ。

ディーカルは酒をこよなく愛する男だ。周囲に下戸がいれば、お前は人生の八割を損してるぜぇ！　と豪語するほどの酒好きである。

しかしその立場といえば、ルーガ騎士団の四番隊隊長、つまり役付きなのだ。したがって、時には酒を我慢して、ものすごく我慢して、しぶしぶ、それはもうしっぶしぶ、休日出勤なるものをせねばならない時もある。これが役職持ちの辛いところだ。ちくしょうめ。

その日、よっしゃ飲むぞぉ！　と、上機嫌で騎士宿舎にある自室を出ようとしたのが昼飯前。ドアを開いた先には、自隊の副隊長が半眼で待ち構えていた。

「おはようございます、隊長」

「げっ、リキット!?　お前なんでいんだ？　オレは今日休みだぞ。や・す・み。だから思う存分酒を飲むんだ。前日の夜から前菜ならぬ、前酒を飲むくらい楽しみにしてたんだぜぇ。絶対に、誰にも、邪魔はさせねぇぞ」

「無理ですね。団長から呼び出しですから」

「は？」

ディーカルの頭の中に、ここ最近のあれやこれやの騒ぎが駆け巡っていく。主に酒関係で絡まれ、殴られかけ、ぶっ飛ばし、酒瓶を投げつけ、ぶっ倒し、等々である。いやいや、けどアレの一個はチビスケを助けるためにやったことで、お咎めはなしだったはずだ。

「あんた今度はなにをしたんです？　僕も一緒に呼び出されたんですよ。四番隊にも迷惑がかかるんで、いい加減に自分の立場と自重という言葉を覚えてくれませんかね。それが無理ってんなら、僕に四番隊を寄こせよ」

取ってつけたような敬語が抜けて、本性丸出しのリキットは相変わらず小生意気なガキだ。童顔だから十五、六に見えるが、これでオレとは二歳違いなのだから面白い。だがまぁ、オレの補佐ならこのくらい根性がある奴の方がちょうどいいかぁ。

ディーカルは内心の声は隠して、思くそ鼻を鳴らしてやった。

「はんっ。前から言ってんだろ？　欲しければ実力で奪えってなぁ」

「ええっ、その内奪ってやりますよ！　あんたの問題行動で後始末に追われたツケを全部払わせてやる。そうなったら、あんたには僕と立場を交換してもらうからな！」

ビシッと指を突きつけられて、ディーカルはにんまりと笑うと挑発を返す。冷静を装っていても実際は短気な奴だから、焚きつけるとすぐに熱くなる。訓練だけじゃ物足りなかったところだ。ちょうどいい、後でこいつ相手にひと暴れしてやるぜぇ。上機嫌になった所で、最初の話を思い出す。

「呼び出しってのは団長室に行けばいいのか？」

「えっ？　……あ、はい、そうです」

「これ、隊長からのありがた～いお言葉な。短気は判断を狂わせる。有事の際には、常に頭は冷やしておけぇ。オレがいない時は副隊長のお前が判断を下すんだ。誤れば、部下が危機に陥るぞ」

「……はい」

「無理なら言えよぉ。オレがいっくらでも挑発して鍛えてやるから」

「いるかっ、そんなもの！」

反省するようにうつむいていたリキットが、瞬時に顔を上げて怒鳴ってくる。ディーカルは笑いながら今度こそ自室を出た。これだから優秀な部下をからかうのはやめられない。

かくして、ディーカルはリキットと共にルーガ騎士団へと向かうことになったのである。

ひとまず私服から団服に着替え直すと、その足で団長室に直行した。神妙にドアをノックすれば、バルクライが常にない様子で二人を出迎える。

こいつどうしたんだ？　すげぇ殺気立ってんな。隣で殺気に当てられたリキットが動揺したように震える。さすがに、この空気は小生意気な副隊長にも応えたようだ。

バルクライの執務室は綺麗に整頓されており、執務机には手紙のようなものが置かれているだけで、書類は見あたらない。その手紙が今回の呼び出しに関係しているのだろうか。

「よ、四番隊隊長、並びに副隊長参りました」

「……楽にして構わない。少々困った事態になっている。お前達の力が必要だ。協力してもらえないか？」

妙な言い方をするものだ。団長からの命令とあらば、たとえ死ぬことになろうとディーカル達は黙って従う。それはルーガ騎士団に所属する者ならば、誰もが同じように判断することだった。

バルクライは有能な指揮官だ。だから、この男がそう指示をしたということは、それ以外に本当に道がないのだと想像出来る。そして、自分の命に従い死んだ者を、バルクライはけして忘れないと知っているからだ。綺麗すぎて近寄りがたい顔に似合わず、こいつは意外と情に厚い男だからなぁ。

「今回の件は団長の命令ではなく、あんた個人がオレ達四番隊に頼みがあるってことか？」

「そうだ」

「僕はっ、協力します！　団長のお力になれるのであれば、いくらでも！」

リキットが興奮に声を上ずらせているので、ディーカルは呆れながら同意した。

「うちの副隊長はだいぶ乗り気みたいだわ。いいぜぇ、オレも協力してやるよ」

キルマージは四番隊隊長の了承をすんなりと得られて、ほっとするのと同時にやはりという気持ちを抱いていた。

普段はザルで物事をすくうように大ざっぱな性格だが、この男は一本筋を通した信念を持っている。その中には、上官としてではなく友の頼みを聞くことも入っていたのだろう。……まったく、普段からもう少しこういう姿を見せていれば、リキットも素直に慕えるでしょうに。

なにかにつけディーカルを叱っては悪態をついてみせるものの、本当は四番隊のトップに立つ彼を尊敬しているのだ。それは見る者が見ればわかる。もっとも、慕われているはずの本人はさっぱりわかっていないようだが。

椅子を軋ませて、バルクライが背筋を伸ばす。その姿はいつも通りに見えるが、眉間にうっすらと浮かぶシワがモモに対する気持ちを如実に表していた。

「……すまない。まずこちらの事情を説明しよう。──キルマ」

「はい。──ディーカル、実はモモが攫われたのです」

「はぁ!?　モモって、あのチビスケだよな？」

「誰のことですか？」

事情が呑み込めていないリキットに、キルマージが端的に説明する。

「団長が保護した子供で、ディーカルには攫われかけていた所を一度助けていただいたのですよ。今は詳しく話すことが出来ませんが、国王陛下と対面する日に攫われてしまったのです。私達はまんまと分散させられて、その隙を狙われました。モモは少し特殊な子供でして、後四日以内に助けなければ命に関わるのです」

「もしかして、オレと同じなのか？」

「違いますよ……と言いたいところですが、あの子の場合は通常ではありえない変化が起こるのです。原因はまだはっきりしていません」

「そいつは残念だ。呪われ仲間（どうし）が増えたかと思ったのによぉ」

「アホですか。一人で勝手に呪われててくださいよ。それで、その子がどこに攫われたかは見当がついているんですか？」

「今日までオレの手の者を使って、街の中や外、周辺もくまなく捜したがなにも出てこなかった」

「攫われた当日、眠った子供を抱えた男が街の外に出るのを門番が目撃していました。男は年の離れた妹がはしゃぎすぎて眠っていると言ったようですが、黒髪黒目という特徴と三歳から五歳くらいの年齢が一致していますので、おそらくそれがモモだったのでしょう」

「じゃあ、外に出ちまってるのかぁ？　そうなると捜す範囲が広くなるぞ。時間がないなら、すぐにでも団員を召集しないとな」

「そう思っていたのですが、神殿に連れていかれたようです」

「根拠がおありですか？」

「先ほど、カイがこれを質屋で見つけてきた。あの日、オレがモモに持たせていたものだ」

バルクライが団服の懐から首飾りを取り出す。繊細な鎖の中心に大きな翡翠がついており、裏には名高い宝石商の印が彫られていた。装飾品にそれほど詳しくないキルマージにもわかる。これは見るからに値打ちものだ。

「あんた、あんなチビスケになんでこんなもん渡してんだぁ？　そこは子供らしく菓子とかにしとけよ……」

高価なものを幼女に渡しているバルクライに、ディーカルが頬をひきつらせた。その気持ちは非常に理解出来る。もし事情を知らないままだったら、キルマージもバルクライの正気を疑ったかもしれない。その上、幼女趣味の疑いをかけられても庇えなかっただろう。

バルクライが目を細める。頭の切れる人ですから、ディーカルの心情を察しているようですね。

「ただの装飾品ではない。これにはセージの力が宿っている。オレから離れた時に少しでもあの子の助けになるようにと、用意したものだ」

セージを常に放出し続けているというモモのために、バルクライはセージを大量に含んだ物を探したのだ。そして見つけたのが、この翡翠の宝石というわけである。

モモは知らなくてもいいことだが、これ一つでキルマージの半年分の給料が飛ぶ、というのがカイの談である。それを聞いて震えたのは自分だけの秘密だ。ルーガ騎士団で昇進しても、庶民の感覚は抜けないものなのですよ。

「そりゃすげぇ。宝石にセージが宿っているとなれば、目ん玉が飛び出るほど高そうだ」

「いけません！　聞いたら後悔しますよ！」

その時ばかりはディーカルの軽口を止めた。男三人が無言で震えるなんて無様な醜態は晒したくない。ええ、ルーガ騎士団副師団長の名誉にかけて！

キルマージの本気が伝わったのか、ディーカルは肩をすくめて口をつぐんでくれた。賢明な判断である。

バルクライが宝石を見ながら説明を続けた。

「最初は、モモを攫った人間がさらに遠くに逃げようと画策し、首飾りを質屋に入れたのだと考えていた。しかし、神殿内に潜伏中の団員から手紙が届いてな」

「えっ!?　神殿内にスパイを？　いつからです？」

「大神官が変わってしばらく経った頃だな。いい噂を聞かないのが気にかかった。しばらく見張らせて問題がなければ引こうと思っていたんだが」

その前に問題を起こしてくれたわけである。モモが召喚された際も、不穏な動きありとの連絡を受け、古代遺跡に馬を走らせたのだ。

バルクライは執務机に広げていた手紙を取り上げて、内容を要約する。

「この手紙によると、黒髪の子供を見かけたとある。大神官の手の者が始終張りついており、本人とは接触出来ていないらしい。……だが、これで証拠は揃った」

バルクライが椅子から立ち上がり、黒い瞳が苛烈に光る。押し殺しても隠しきれない殺気が閃いた。

「四番隊に命じる。決行は深夜。オレ達と共に神殿に向かい、大神官を拘束せよ。抵抗された場合は死なない程度の武力の行使を許可する」

「「はっ」」

その命令に、二人は揃って頭を下げた。

「よはぐんしんである！」
「そう、その態度、その顔です！　絶対に崩してはいけません。夜眠るまではそれで過ごしなさい。そうすれば、少しは慣れるでしょう」
「……うむ」

桃子は指導役のおばさんに精一杯重々しく頷いた。心の中ではバテた五歳児が床に転がっている。お昼休憩を挟んで、何時間こんな特訓をしていたことか。ようやくお許しが出たのだ。うへぇ、つかれたよー。

お昼はここで取れたので、劇物のような塩味を口にしなくてすんだことだけは幸いである。しかし、乾いたカチカチのパンは幼児の顎では食べるのに一苦労するものだった。そのせいであまり量を食べられなかったの。せっかく塩責めから自由になったと思ったのに！　ぐすん。

「では、今日はここまでとします。明日も朝食後はこの部屋に来なさい」

それだけ言い残しておばさんが退出する。その後ろ姿が扉の向こうに消えると、桃子はだらりと机にふせた。やっと一人になれたよぅ……バル様達は今頃どうしてるんだろう。

五歳児らしからぬため息がもれた。お腹がすごくスースーする。朝は気づかなかったけど、この感覚って、セージが抜けてるせいかな？　一歳児になった時もお腹が空いたのと合わさって勘違いしてたけど、このスースーがたぶん予兆なんだね。もうすぐ一歳児に戻りますよーっていう合図。

バル様からセージをもらってから二日目の夜が来る。明日の朝には一歳児に戻ってるかも。逃げるなら今夜だ。そのためにも、食欲はないけどなにか食べないと体力が持たないだろう。さっきから身体が重いんだよぅ。このままコロコロしてたい。机に懐いてぐりぐりと額を押しつける。うむ、硬い。……はっ、練習の成果がこんなとこで出てる!?

プルプルと頭を振って、軍神モードを追い出す。再会した時に、余は、なんて言い出したらバル様達もびっくりするだろうなぁ。これだけ長時間練習させられれば、咄嗟の時に出ちゃいそう。出汁のしみ込んだおでんのように、演技のしみ込んだ桃子。全然美味しそうじゃないや。

疲れてグダグダしていたら、コンコンと扉がノックされる。桃子は飛び上がるほど驚いた。

「し、心臓が痛い……ええっと、はぁ～い」

跳ね上がった心臓がバクバクいってる。桃子は五歳児らしく返事をした。すると、眼鏡の神官さんが入ってくる。んん？　どこかで見たことあるような、ないような。

困り顔になっていたのか、神官のお兄さんが気弱そうな顔でぎこちなく笑う。口角は上がっているのに、緊張をおびた表情をしている。またおじさんから無理難題が出たのかなぁ？　せめてまともなご飯をお願いしたいの。

「僕がここに来たことは、しーっだよ。内緒にして。これを君に渡したくて……」

神官のお兄さんは人差し指を口の前に立てて、扉を気にしながら小さなリンズを差し出してくれた。

桃子の掌に収まるサイズのリンズに、思わず喉が鳴る。キルマのお土産で食べた記憶がある。名前は一文字違っても、味はりんごと変わらなかった。桃子は神官のお兄さんの手から視線をはがせないまま、恐る恐る聞く。

「……いいの？　おにいさん、あのおじさんにおこられない？」

「バレなければ大丈夫。侍女の方には大神官様からの差し入れだと言ったからね。あの人達ならいちいち本人に確認はしないよ。なにしろ嫌っているから。人が来ない内に、さぁ」

「ありがとう、おにいさん」

桃子は感謝に震える手でリンズを受け取って、即座にかぶりついた。必死に喰らいつく。甘い！　美味しい！　ちゃんとした食べ物だぁ!!　羊から人間に戻れたよぅ。泣きそうになりながら食べる。

小さなリンズをたいらげると、少しお腹が落ち着いた。

神官のお兄さんは残された芯を紙に包んで手の中に隠し、桃子の前で片膝をついて心配そうに尋ねてきた。

「酷いことはされてない？　ごめん、僕にはこんなことしかしてあげられないんだ」

「ううん。おにいさんがリンズくれたから、モモのおなかならなくなったよ？」

「……そっか。ところで、君は神殿に無理やり連れてこられたの？」

桃子はこの神官のお兄さんを信用していいものかと迷う。けれど、眼鏡の奥の真剣な瞳には誠実さだけが浮かんでいる気がした。頭の中に選択肢が現れる。

この人を信じてみよう！　ｏｒ　私は騙されないぞ！　さぁ、どっちを選ぶ!?　前と後ろにふら揺れて、悩んだ末に桃子は選んだ。――よし、前でいこう！

「あのね、モモはバルさまのおやしきにいたの」

「バルさま？　それはまさか、ルーガ騎士団で団長をしておられるバルクライ様のこと、じゃないよね？」

「そうだよー」

こっくりと頷きを返すと、神官のお兄さんが呻き声を上げて絶句した。顔色が真っ青になっちゃ

ってるけど、大丈夫？

「……なんてことだ。大神官はあろうことか、バルクライ様のお子様を攫ったのか？」

「おにいさん、モモはバルさまのこどもじゃないよ。だけど、ほごしゃっていうのはバルさまがなってくれてるんだって」

「やはり大変な事態だよ。ああ、どうしよう！　君を連れて騎士団まで逃げられればいいんだけど……僕はあの人の行いに反対したから目をつけられているんだ。だから、僕が逃がすんじゃダメだ。逆に捕まりやすくなってしまう」

疑ってごめんね。すごくいい人だったの。初対面の幼児なのに、真剣に逃がそうとしてくれている。桃子はこの人ならば信用出来ると思い、今夜の計画を打ち明けることにした。

「おにいさん、モモきょうのよるににげようとおもってたの。おへやのシーツとタオルをつないでね、まどをわってそとにでるから、おにいさんはしらないふりをしてね？」

「君が一人で考えたの？　すごいな……」

お兄さん、ごめんよ。見かけは五歳児だけど中身は十六歳のなんちゃって幼女なの。騙しているみたいで申し訳ないです。そう思いながらも演技は続ける。バル様に迷惑がかからないように慎重に動かないと。

「うん！　だから、しんぱいしないでいいよ？」

「いや、それなら僕も協力出来るかもしれない。――こういうのはどうかな？」

神官のお兄さんが耳打ちした内容に、桃子は目を丸くした。

時刻は深夜。大きな決断を下す時がやってきた。ベッドでうとうとして体力を温存していた桃子は、廊下から足音が聞こえなくなったのを耳で確認して、ゆっくりと行動を開始する。

もうすでにお腹はぺこぺこで、心なしか寒気もしているけど、構ってはいられない。頑張って二枚のシーツを結びつけると、今度はベッドの下に隠しておいたタオルを繋げていく。グッ、グッ、と引っ張ってほどけないかを確かめる。うん、大丈夫かな？

即席ロープが完成したら、それを窓から一番近いベッドの脚にくくりつける。そして、仕上げだ。

「ふははははっ、余のために散るがいい」

聞こえないように、ちっちゃな声で軍神様の演技をしながら、机の中にあったノートを破いて部屋の床にバラまく。これで、即席ロープが多少は隠れるし、入って来た人が、驚いて一瞬でも止まってくれれば時間も稼げるだろう。

最後に、即席ロープを右手に持って、机の小さい引き出しを外す。その二つを持って、窓の下に寄せておいた椅子によじ登る。これで準備は完了。どうか、上手くいきますように！

祈りながら待っていると、それは起こった。どこかでパンパーンという大きな破裂音が鳴り響き、騒ぐ声が聞こえて来る。お兄さんの合図だ！　机の引き出しを精一杯振りかぶる。

「いっくぞぉーっ！」

桃子は窓に向かって机の引き出しを投げつけた。ガシャーンッと甲高い音を立てて窓が割れていく。残った破片を靴で踏みつけて、身を乗り出す。窓の下は真っ暗だ。うぅ、高いよぅ。怖くて、足が竦む。けれど、時間がない。桃子は涙を堪えて即席ロープを両手で握りしめると、窓枠を乗り越えて、真っ暗な壁をじりじりと伝い下りていく。

寒いし、自分の体重を支えるのが辛い。桃子は歯を食いしばって、必死の思いで下へ下へと進んでいく。二階に到達した頃、周りの部屋の明かりがぽつぽつと灯り始めた。騒ぎで起き出す人が増えたのだろう。

大変っ、急がなくちゃ！　焦りながら動いた瞬間、足が滑る。ザザザザッと身体が滑り落ちていく。背中が二階の窓に一瞬当たり、ガシャッと大きな音を立ててさらに下に滑る。視界がクルクル回って、手が摩擦で焼けつくようだ。

「うううぅ――っ」

激痛に耐えて、桃子は死にもの狂いで即席ロープを掴み直した。落下がなんとか止まる。代わりに手の平はジンジンと痛み、心臓が大きく脈打つ音が頭の中にまで聞こえていた。

「はぁ、はぁ、はぁ……し、死ぬかと思ったの……」

肩で息をしながら、桃子は再びじりじりと壁を下りていく。不幸中の幸いなのは、滑ったせいでもうすぐ一階の窓に到達しそうなことだ。

「なにしてるのよ、あんた！」

上から怒鳴るような声が降ってくる。びっくりして思わず顔を上げれば、すんごく怖い顔をした侍女のお姉さんが桃子を睨みつけていた。もう見つかっちゃったの！

「あんたにどこか行かれたら、私達が叱られるんだから！」

お姉さんの顔が窓から引っ込む。さすがに即席ロープを使う勇気はなかったらしい。だが、桃子を捕まえに下りてくるはずだ。もっと急がないと！　捕まったら苛められちゃうよ！

焦りながら足を進めていると、ようやく一階の窓の上に辿り着いた。桃子はそこで、思い切って即席ロープから両手を離すと、飛び降りた。そうして、足から着地を決める。地に足がついたと思いきや、グギッと嫌な痛みが足首にはしった。うぐっ、ひねったみたい。

「でも、早く逃げないと……っ」

桃子は右足を引きずりながら全力で走る。神殿の出入り口は正面だ。庭を抜けて懸命に足を動かす。急げ、急げ！　後ろから足音が聞こえた。鬼が追いかけて来てる！

暗闇に浮かぶ白い門が見えた。後少し、後少しと、気持ちばかりが逸る。バル様、カイ、キルマ、レリーナさん、フィルアさん、ロンさん、絶対に戻るからね！　門までおおよそ十五メートルに迫る。――その時、後ろから乱暴に突き飛ばされた。

「この馬鹿っ、逃げてるんじゃないわよ！」

「うわぁぁっ!!」

桃子は悲鳴を上げて地面に倒れる。打ちつけた身体も、火傷のようにひりつく両手も、ひねった右足も、全部が痛い。傷だらけで薄汚れた桃子は、それでも足をばたつかせて必死にお姉さんに抵抗する。

「放してっ！　誰か……っ！」

もう少しで門なのに！　外側にいるはずの門番さんに助けを求めようとしたら、その行動を予測していたように、お姉さんが手で口を塞いでくる。

「むーっ、むーっ！　やめて！」

「大人しくしなさい、よっ！」

激しいもみ合いの末に、仰向けになった桃子の頬を、お姉さんがバシッと叩いた。じぃんと頬が熱を持つ。うぅ、酷いの！　なにも叩かなくてもいいのに。もうボロボロだよぅ。

「これ以上叩かれたくないでしょ？　もう逃げられないんだから、諦めなさい」

「うぅ……」

腕を掴まれて立たされると、お姉さんは冷たい表情で桃子を見下ろす。

「みすぼらしい格好ね。いい気味だわ。私に手間をかけさせたんだから、罰を受けてもらわなきゃ。大神官の元に連れてくわ。あんた覚悟なさいよ」

桃子は唇をかみしめる。せめてもの反抗としてお姉さんを睨みつけた。五歳児が睨んだって、怖くもなんともないだろうけどさ。……バル様、お兄さん、ごめんね。頑張ったんだけど、失敗しちゃったよ。もしかしたら、このまま異世界からもログアウトしちゃうかも。

お姉さんは桃子を神殿の中まで引きずり戻すと、周囲の視線を無視して廊下を進み、階段を上っていく。手首を掴まれて無理やり歩かされているため、足を動かすたびに傷だらけの身体がズキズキと痛む。

見たことのある扉の前で一度止まり、お姉さんがコンコンとノックをした。

「この忙しい時に、誰だっ？」

「軍神様のお世話を任されたシュリンでございます」

初めて名前を知った。可愛い名前なのに中身は可愛くないよ！　首飾りは盗まれちゃうし、叩かれたし、散々な目に遭った。あんまり人の好き嫌いをしたことはないけど、このお姉さんは嫌いっ、天罰が下っちゃえ！

この世界にいる神様達に祈る。もうそれしか出来ないから、後は運を天に任せたの。でも、せめて気持ちだけは、最後の最後まで諦めないでいよう。

「入れ！」

おじさんの許可が出る。部屋の中に入ると、そこが最初に転がされた祭壇のある部屋であることがわかった。いよいよ審判が下されるらしい。諦めないけど、ちょっと怖いよ。これ以上痛い思いはしたくないの。

「なんだね、その格好は？　軍神様はいかがなさったのだ？」

「逃げ出したんです。私が捕まえましたけど、抵抗されたのでこのような状態に。見てください、私の服もボロボロにされてしまったんですよ？」

「なに、逃げ出しただと？　こんなに幼い子供が？」

「ええ、そうです。もう少しで門までたどり着かれる所でしたわ」

「ふっ、はっはっはっ！　いやはや、こんな幼子に逃げられそうになるとは。ずいぶんと賢い子供のようだ。あの男がおかしなほど気にかけていたのは、これが理由か……だが、その賢さは私にとっては邪魔だな」

あの男って、バル様のことだよね？　つまり、私を攫うことは、バル様に対する意趣返しも含んでいたんだ。不穏な気配が漂う。けれど桃子はムカムカしていた。バル様を馬鹿にする奴の言うことなんて絶対に聞かないもん！　私だって、やられっぱなしじゃないんだから！

おじさんの悪意に気づいて、桃子の心に火がついた。大きく口を開けると、シュリンの腕に嚙みつく。

「きゃあっ！　痛いっ、なにするのよ！」

手首を摑んでいる力が抜けた。その隙を逃さずに、桃子は痛む右足を無視してタッタカと逃げ出す。椅子が並んでいたおかげで、うろちょろするにはちょうどよかった。これぞ、最後の抵抗である。

「こらっ、逃げるんじゃない！　――シュリン、なにをしている。捕まえろ！」

「はっ、はい!!　――待ちなさい！」

「やだ！」

ひたすらネズミのように動き回る。だが、すぐに息が上がってしまう。喉がヒューヒューと鳴り、息が苦しい。最初の逃亡でほぼ体力を使い切ったせいだ。それでも必死に足を動かす。しかし、そんな抵抗もむなしく、ものの三分ほどで再びシュリンに捕まってしまった。

「はぁ……はぁ……っ」

「もう逃がさないわよ。ほらっ、こっちに来なさい！」

神官服の首根っこを掴まれてズルズルと引きずられていく。ぐふっ、首が絞まってる！　桃子は首元に両手を入れて緩めようと小さな努力をした。だが、すぐにおじさんの前へと投げだされてしまう。

「まったく、ただでさえ、神殿の裏でおかしな騒ぎがあったというのに、お前のような子供にも時間を割かねばならんとは――――なんだ？」

突如として廊下が騒がしくなった。複数の足音が近づいてくる。そして、扉が外側から乱暴に開かれた。その先頭に求めていた人達を見つけて、桃子は嬉しさのあまりボロボロと涙を零す。

「バル様っ！　みんなぁ!!」

「……遅くなってすまない。迎えに来たぞ、モモ」

バル様だけではなく、キルマやカイ、ディーまでいる。その後ろには数十人の団員さんがつき従っていた。

久しぶりに五歳児が目を覚ます。迷子の幼児が親に会えた時のように、安心感と嬉しさで涙が止まらない。本能に従って走り寄ろうとしたら、後ろからでっぷりした腕に捕まえられた。

「どこに行く気だ？　お前がいるべき場所はここであろう？」

「違うもん！　私はバル様のとこに帰るの！」

桃子はめちゃくちゃに腕を振り回す。おじさんの顔を手で押しのけ、背中をのけぞらせて抵抗する。うーんっ、放してよ！

「――風の精霊よ、助力を」

突如として、室内に暴風が吹き込む。一瞬だけ身体が浮いて、桃子はバル様の腕の中におさまっていた。バル様の周囲で暴風の名残が柔らかくなびき、緑の精霊がキラキラと光っている。後ろを向くと、あの一瞬になにがあったのか、おじさんが床で伸びていた。

「大丈夫か、モモ？」

「バル様ぁ!!」

懐かしい美声と美しい顔が側にある。桃子はバル様の腕の中に帰ってこられたのだとようやく実感して、ひしっとその胸元にしがみつく。

「うえぇぇぇぇっ！　こわかったよぉぉぉっ！」

桃子の中で五歳児の涙腺も決壊した。号泣である。ダメだって、バル様の団服が汚れちゃうよ！　そう十六歳の理性が言っても、ここ三日のストレスが大爆発したかのように、嬉しさやら怖さやらがごちゃ混ぜになって、感情が溢れて止まらない。

「一人でよく頑張ったな」

「うっ、ひっく、うん、私ね、バル様達が迎えに来てくれるって信じきれなくて、でも、信じたくて、必死で五歳児の振りをしてたの」

「約束しよう。この先にどんなことが起ころうと、オレはモモを見捨てない。どこにいても必ず助けに行く」

「うん……うん……バル様、助けてくれてありがとう」

耳元で囁くバル様の優しさに、胸がいっぱいになる。あやすように抱きしめ返されて、桃子は厚い胸板にしがみつく力を強くした。今ならバル様の全部を信じられる。だって、この世界の人間ではなく、この国の人間でもない私のために、ここまで来てくれたのだから。

「体温がいつもより高いな、顔を見せてくれ。これは、叩かれたのか？　左頬が腫れている。擦り傷も多いが、手の平が特に酷いようだな。皮がむけて真っ赤だ」

「全部逃げようとした時に出来たの。あの、でも、バル様こそ大丈夫なの？　おじさんをやっつけちゃったけど」

「問題ない。モモがここにいることが人攫いの証拠だ。後ろ暗いところが多い男だからな、他にもいろいろと出てくるだろう」

涙も落ち着いたので、抱っこされたままキルマ達の元に運ばれる。シュリンが驚いて目を見開いているのが視界の端にちらりと見えた。バル様達に会えたのが嬉しすぎて、ちょっぴり忘れてたの。

「こんなに傷だらけになって！　さぁ、手当てをしましょうね？」

「キルマ、頼む。――四番隊は神殿内から一人も出すな！　これより本件の関係者から事情を聴取する。ディーカルにはその後の指揮を任せよう」

「了解。――チビスケ、また後でな」

ディーが桃子の頭を撫でて部屋から出て行く。優しい仕草に再び涙が溢れる。こんないい人達に恵まれて幸せだよぅ。

バル様がカイの用意してくれた椅子に桃子を下ろしてくれる。手当てを受けるために、ここに預けられたようだ。そのままバル様の背中を目で追いかけていると、カイが顔を覗き込んでくる。

「お姫様は少し会わない内に泣き虫になったのかな？」

「ひっく、ひっ、だって、嬉しかったんだもん」

桃子が声を詰まらせながら答えると、カイが宥めるように何度も背中を撫でてくれる。

「よしよし、もう大丈夫だよ。モモには落ちついてから、後日詳しい話を聞くことになると思う。元から小さかったけど、少し痩せてしまったね？　熱があるようだし、顔色も悪い。ご飯はしっかり食べていた？」

「ううん、野菜だけ」

それが予想外の返答だったのか、キルマが目を丸くして表情を強張らせた。

「なっ!?　あの外道はモモにまともな食事も与えなかったのですか!?」

「ち、違うの。最初は出されていたんだけど、味が濃すぎて食べられなかったの。仕方ないから野菜だけ食べることにしたんだよ」

「幼い子供になんてものを！　まったく配慮がされていないではありませんか！」

美しい人が怒ると恐ろしい。迫力が並大抵なものじゃないから、自分が怒られているわけでもないのに、思わずごめんなさいと土下座したくなった。

「あの男は私が直々に尋問して差し上げましょう。ええ、絶対にそうしましょう！」

「……終わったな、あの男」

「うるさいですよ。カイはモモの足元を確認してください。――モモ、ちょっと痛いと思いますが、

「傷口を拭きましょうね」

いつの間にか、団員の人が治療道具を持ってきてくれたようだ。並べた椅子の上には、水が入った器まで用意されている。

キルマが白い布に水をしみ込ませて、モモの頬や手の平を拭う。

「ひぅっ！」

「痛いですよね、もう少しだけ我慢ですよ」

水が沁みて、痛くて涙が滲む。堪らない痛みだ。なんだか、幼児になってから痛みの感じ方が強くなったみたい。口をぐっと閉じて耐えているけど、桃子の中では五歳児が泣き喚いていた。我慢……我慢……十六歳だから耐えられるはず！

「消毒して、最後にお薬です。これが終わればもう痛い思いはしませんからね？」

「……ぐぅっ……うっ……！」

消毒液をしみ込ませた綿でポンポンされて悲鳴を堪える。でも、心の中では叫ぶ。ふぎゃーっ、いだい!!　堪えていた涙が落ちていく。痛みで身体が震えた。ひーっ、辛いよぅ！

「さぁ、もう終わりました。よく我慢しましたね、偉かったですよ」

「ひぐっ、きうま、かい、ありがと……」

鼻声でお礼を言う。痛かったけど頑張ったの！　新しい濡れタオルで涙を拭われると、左頬にも塗り薬とガーゼが当てられた。右足首は動かさないように包帯で固定されて、痛みが軽くなった気がする。さすが騎士団と言うべきか、手当ても手慣れた様子だった。

椅子に座ったままバル様の様子を眺めれば、シュリンに話を聞いているようだ。するとどうしたことか、シュリンが突然バル様に抱き着いたのである。

「ダメ！」

「危ないですよ、モモ！」

頭がカッと沸騰した。桃子は痛みも忘れて走り出す。キルマの制止の声を聞かずに、バル様とシュリンの間に割って入る。よく見たら、バル様自身が両手でシュリンの肩を引き離していた。割って入る必要はなかったみたいだけど、気が収まらない。桃子はギッと強くシュリンを睨む。

「バル様に触っちゃダメ！」

「な、なによ……」

苛立ったようにシュリンが拳を握りしめたのを見て、桃子はとっさに顔を両手で庇う。すると、後ろからバル様に抱き上げられた。冷えた声が落ちてくる。

「お前か、モモの頬を打ったのは」

「え……っ。そ、そんな違います！　先ほど説明した通り、私は仕方なく大神官様に従っていただけで、その子にはなにもしていません」

「では、お前を前にしてこの子が顔を庇う仕草をしたのは、なぜだ？　あれは身体が咄嗟に反応した者の動きだろう」

「ちがっ、違います！　私叩いてなんか……っ。そうだわ、その子に聞いてみましょうよ！　――ねぇっ、私はあなたを叩いたことなんてないわよね!?」

必死の形相で迫るシュリンが怖くて、桃子はバル様の胸元に顔を隠した。それだけでほっとして身体の力がわずかに抜ける。

「今のモモにはオレがついている。だから、本当のことを言うといい」

その言葉に勇気を貰って、桃子はそっと片目だけ覗かせた。強張った顔で睨んでくるシュリンの目が、言ったらどうなるかわかっているわね？　と脅しをかけてきた。けれど、せっかく助かったのに屈したくない。手が緊張で冷たくなっていく。桃子は深呼吸して、口を開いた。

「……叩かれた」

「このっ！」

「──捕らえろ」

「はっ！」

「そんなっ、団長様、聞いてください！　私はなにもしておりません。その子は嘘をついているのです！　団長様っ!!」

バル様の一声で、シュリンは団員さん達に押さえつけられて部屋の外に連れていかれる。金切り声が遠ざかっていく。桃子は安堵して、くったりとバル様の胸に寄りかかる。

「疲れたか？」

「うん、ちょっとだけ。バル様のお屋敷に帰りたいの」

カタリと後ろで物音がした。バル様が即座に剣を抜いて振り向く。いつの間にか、気絶していたはずのおじさんが起き上がっていた。

「こうなれば全て道連れよ！　――火の精霊よぉ！　大神官が助力を乞ぉぉぉうぅぅ!!」

おじさんが大きく叫ぶと、部屋中で赤い光がぶつかり合う。熱気が起こり、炎が生まれる――かに思われた。

〈火の精霊よ、制止せよ!!〉

男の人の大声がグワンと部屋中に大きく反響する。両耳を押さえながら周囲をきょろきょろ見回すと、声に従うように赤い精霊達がふぅっと消えていき、天井の空間が歪む。そこから、男の人がゆっくりと降りてきた。

その人は金色の髪に黒い軍帽を被り、ワインレッドのコートみたいな軍服をまとっている。赤く怜悧な眼差しには絶対の誇りがあり、バル様と同じくらい背が高い。目の覚めるような美青年だ。

おじさんが今にも倒れそうな様子でへたり込む。

「ま、まさか、あなた様は……」

男の人はおじさんを睥睨しながら口を開く。

「我は軍神ガデス。此度の仔細全て見ていた。人に過ぎし欲に浸かる者よ。このガデスを召喚しようとは笑止！　ここに神罰を下す！」

「あ……あぁ……」

まさかの神様登場に周囲が静まり返る中、軍神様は右手をおじさんに向けた。すると、おじさんの身体からオーラのような白い光が噴き出し、一瞬で全て消え失せてしまう。

「これでお前は生涯セージを使えぬ」

「そんなバカなっ!?　神とはいえ、そのようなこと出来るはずが……っ。――火の精霊よ、助力を……っ！　火の精霊よっ!?　なぜ、私の声に応えないのだぁーっ！」

おじさんは絶望にまみれた叫び声を上げると、現実に堪えられなかったのか、上向いたまま後ろに倒れこむ。ドシーンッという音が響く。再び気絶したようだ。桃子はビクつきながら、口を大きく開いたまま気を失ったおじさんに目を向ける。倒れ方が豪快だから、後頭部にたんこぶが出来そうなの。

「さて……」

軍神様がゆるりと振り返る。この世界では人も神様も、美人さんや美形さんが多いから眼福だねえ。のんきな桃子を置いて、突然のことに周囲は誰もが硬直して動けずにいるようだ。

「幼子よ。名をモモといったな？　まずはその身から我が力の欠片を返してもらうぞ」

黒い手袋をはめた人差し指と中指が桃子の額に触れる。スーッと身体からなにかが抜けていくのを感じた。思わずお腹を押さえると、軍神様の指がゆっくりと離れていく。

「これで、そなたもセージを満たせる」

「本当ですか!?　軍神様、ありがとうございます！」

素直にお礼を伝えると、軍神様は赤い目で桃子をひたりと見据えてくる。すんごい迫力だけど怖くはなかった。桃子はじっくりと顔を見られて、ぱちくりと瞬く。これってにらめっこ？

「……我はそなたが現れし時より見定めていた」

「お待ちください。この子は神殿の召喚に巻き込まれただけで、なんの咎もないはずです」

バル様の腕に力が入っていく。神様からも守ろうとしてくれているのだ。軍神様が無表情で鷹揚に頷く。

「承知のこと。我が行うは咎ゆえの見定めにあらず。我は我が加護を与えるに相応しいか否かを見定めていたのだ」

「え……？」

桃子はきょとんとする。あれ？　なんか思っていたのと違う展開になってる？　それをバル様も察したようだ。ゆっくりと床に下ろされた。改めて対面すると、身長差がすごい。桃子にとって周囲の人達はみんな巨人だ。大きいなぁと実感する。

「モモに加護を、ですか？」

「いかにも。当初は、神殿により我が力の欠片を奪われたため、神罰を下そうと人界を覗き見たのだ。そこに幼子の姿があり、我が力がその身に混じったことがわかった。そのため、一度は夢で接触し、取り戻そうと試みたが叶わず、いっそ一思いに斬ることも考えたが……惹かれるものがあったのでな。しばし観察することにした」

知らないところで危険を回避していたようです。ひえぇぇ！　神様って怖い！　こんな格好いい神様なのに、平然と斬るって言っちゃうんだね。やっぱり感覚が神様なの！

「で、でも、軍神様はなんで私を見定めようと思ったのですか？」

「これまでも興味を惹かれた人間は存在したが、我が条件を満たせる者ではなかった。我が加護を与えし者は、戦う者でなければならぬ。弱き者であってはならぬのだ。そなたはその条件を見事満たした。敵に捕らわれた身でありながら、諦めぬ強き心とその行動力は見事である」

「必死だっただけです」

知らない間に神様に見られていたと思うと恥ずかしすぎる。だって、さんざん軍神様の演技も練習させられていたし、ノリノリで真似していた時もあったんだよぅ。うわーん！

「……微笑ましいものを見せてもらった」

ボソリと呟くように言われて、はっと顔を上げると、赤い目がわずかに楕円を描いていた。やっぱりバッチリ見られていたんだね!?

「モモ、なんのことだ？」

「にゃ、なんでもないよ！」

動揺で噛んでしまった。隠しごとしてますってバレバレだね。バル様の目が細まる。後で聞く気だ。お願いだから忘れて！　気を逸らしてほしいから違う話を振ってみる。

「軍神様、加護ってどういう作用があるものなんですか？」

「加護を得ることは神の後ろ盾を得ることと同義。我はそなたが呼ぶ時に応えよう。そなたを害する者には神罰を下す。国としても加護を得し者がいるだけで、諸外国からの評価、いわば格が上がるのだ。また、周囲に知らしめれば、今回のような愚かな輩は手出しがしにくくなろう」

「おっきな影響力があるんですねぇ」

「極めて稀なことだからだ。モモ、オレは受けるべきだと思う。国と交渉するのにカードは多い方が有利だ」

バル様の後押しを受けて、桃子は頷いた。それから、お願いしなければいけないことを思い出す。

「軍神様、その前に一つお願いがあります。私の身体を元に戻してくれませんか？」

「……それは今すぐには無理だ。我の力をそなたから抜き出すは容易だが、そなたの身体はもはやその形で定着している。形を無理に変えれば壊してしまうやもしれぬ」

「そんな、それじゃあずっと元には戻れないままなんですか……？」

「否。毎日セージを誰かに分けてもらえば、おそらく一年ほどで元の姿に戻れるだろう」

「一年も……」

桃子はうつむいた。一年も幼児から抜け出せないと思うと、悲しすぎる。花の十六歳よ、さよーならー。心の中で泣きながら白いハンカチを振る。バル様に頭をポンポンされて、慰めてもらう。

「モモ、一年などすぐに過ぎる。それまでの辛抱だ」

「うん……」

「改めて問おう。加護を受けるか、否か？」

「――受けます」

そう答えると、青い魔法陣が桃子と軍神様の足元に浮かび、弾けた。周囲にキラキラと光の粒が舞う。

「ここに契約は成った。加護者よ、そなたが強き心を示すかぎり、我は力となろう。それから、一つ、そなたに贈り物をする。猶予は半日と限られたものだが、楽しむといい。……では、さらばだ」

軍神様はそれだけを告げると、一瞬で姿を消してしまった。残ったのは声を出さないように気を張っていたキルマ達と団員の人達、そしてバル様と額を手で触っている桃子だ。

「お礼を言う間もなかったや」

「今度祭壇に供物を送ればいい。加護を受けるとは予想外だったが、今回の騒動で得た成果は大きいな。――四番隊、その男を拘束してルーガ騎士団に運べ！」

「「「はっ！」」」

おじさんが二人がかりで縄に縛られていくのを見ていたら、眠くなってきた。目をコシコシ擦っていると、バル様が抱っこしてくれる。優しいなぁ。

「団長、ここからは私とカイが纏めます。モモが辛いでしょうし、早く連れ帰ってあげてください」

「すまない。頼む」

「ゆっくりお休み」

カイに頭を撫でられて、桃子はバル様の腕の中でウトウトしてしまう。これで本当に全部終わったんだねぇ。この短期間でそんなにあるの!?　って、言いたくなるほど、たくさんの困難が桃子に降りかかった。しかし、周囲の人の助けを得ながら、その長い夜はようやく終わりを迎えたのである。

桃子は眠気を堪えながら、バル様の固い腹筋にしがみついていた。ゆっくりと馬が走り出す。眠いけどお屋敷に着くまでの我慢だ！　気合いを入れて目をパシパシと瞬く。

「眠っていて構わない」

「ううん。バル様と一緒にちゃんと帰りたいから」

「わかった。ならば急ごう。少し揺れが強くなるぞ。しっかり摑まっていろ」

バル様にしがみつく力を強くすると、馬の速度が上がった。ドカッ、ドカッと、馬の蹄が石畳を叩く音が物静かな街に響く。遠くなる神殿をこっそり眺めれば、建物全体に明かりが灯り、人々がまだ騒動の中にいることがわかる。

きっとディーの隊が活躍しているのだろう。その時、桃子に協力してくれた神官のお兄さんの顔がふと思い浮かんだ。大神官のおじさんはお兄さんのことは一言も言っていなかったから、無事でいると思うけど、やっぱり心配なの。

「あのね、バル様。神殿の中で私に協力してくれた神官のお兄さんがいたの。その人が協力してくれたから一度は逃げ出せたんだよ」

「……名前はわかるか？」

「ううん。バル様より年下だと思う。眼鏡をかけた優しそうなお兄さんだよ。その人にもお礼を言いたい」

「それはモモの体調が整ってからだな。さっきよりも体温が高い。辛いだろう？」

バル様にはバレちゃってたみたい。実はさっきから頭がすんごく痛いんだよねぇ。これ、絶対に禊のせいだと思う。神官の修行って大変だ。冬も水を被るのかなぁ？　すごいよ。あまり楽しい思い出のない神殿だけど、その部分には素直に感心しちゃう。

やがて、ルーガ騎士団に向かう時に通った道に出た。騒動を知らない街は昼間の活気が消えて、どことなく寂しい雰囲気だ。

そんな街を駆け抜けて、バル様が操る馬の速度を落とす。振り向けば、ちょうどお屋敷の門を通る所だった。お屋敷までの通路にも明かりが灯されている。その先の玄関前に人影が浮かび上がってきた。

バル様が玄関前で馬を止めると、三人が走り寄ってくる。

「モモ様ーっ！」

「無事だったんですね！　って、包帯だらけじゃないですか!?」

「なんと、痛々しいお姿に……」

「ただいまー、レリーナさん！　フィルアさん！　ロンさん！」

馬から下ろしてもらうと、レリーナさんとフィルアさんに抱き着かれた。おおう、熱烈歓迎ですね！　耳元で湿った声がする。

「お帰りなさいませ。あの日から、ずっとモモ様のご無事を願っていたのです。本当にようございました」

「もうもうっ、私達がどれだけ心配したことか～っ！」

「レリーナさん、フィルアさん、私なら元気だから、泣かないで？」

二人からそっと身体を離して、無事な姿をアピールしてみる。にっこりしたら、ますます目が潤んでいく。感謝の意味をこめて、レリーナさんとフィルアさんの手を握るとぽっと頬を赤らめて、笑顔を返された。元気になってくれたみたい。

レリーナさん達が落ち着きを取り戻すと、ロンさんもそっと声をかけてくれる。

「よくぞお帰りくださいました。お二人のご帰還に心より安堵しております」

穏やかな口調に喜びが滲んでいる。桃子はロンさんに両手を広げた。ぜひ、抱っこしてください！　にぱーっとしながら仕草で求めてみると、ロンさんが口元に笑みを浮かべて慎重に抱き上げてくれた。

おおっ、意外なほど腕ががっちりしてるねぇ。近くで見ると、ロンさんは凛々しい顔立ちをしていた。お髭を剃ったら印象がガラッと変わりそう。

「ロンさんも心配かけてごめんね？」

「モモ様がご無事であれば十分でございます。それよりも、お身体が少し熱くはございませんか？」

「ああ、熱を出しているようだ。このままオレのベッドに運ぶ。胃に優しい食べものと熱冷ましの用意を」

ロンさんの腕から、バル様に戻される。このままベッドに直行されちゃう？

「かしこまりました。お食事は温めればお運び出来る状態です。――レリーナは熱冷ましの材料を準備しなさい」

「はいっ」

桃子はバル様に抱かれながら玄関ホールを抜けると、階段を上っていく。たった三日いなかっただけなのに、すごく懐かしさを感じる。廊下で立ち止まったメイドさん達が笑顔でお帰りなさいませと言ってくれることが嬉しい。桃子はその度に頭痛を一瞬忘れて、ただいまと返した。

バル様が片手で自室のドアを開いて、ベッドの上にゆっくりと桃子を下ろす。服が汚れているから、シーツにうつっちゃうよ？

「いい。熱冷ましが出来るまで少し寝ていろ」

なにも言わなくてもバル様は察してくれる。そして足早に踵を返そうとするので、咄嗟に手を伸ばして服の端を握ってしまう。黒曜石みたいな目がわずかに大きくなった。つい引き留めちゃったけど、本物の小さな子みたいで恥ずかしい。いや、うん。外見だけは子供なんだけど。

「どうした？」

「……ごめんなさい、なんでもないよ」

「遠慮しないで言ってみるといい」

呆れられないかなぁ？　ちょっとだけ顔色をうかがうと、バル様がベッドに腰かけて見つめていた。穏やかな目に促されて、恥ずかしさを覚えながら、桃子はおねだりする。

「バル様も一緒に寝てくれる？　それでね、ぎゅってしてほしいの」

「……わかった」

バル様は外套だけ脱いで椅子にかけると、ブーツのままベッドで横になる。そして桃子の頬を優しく撫でてくれた。いたわりの仕草から温もりが伝わってくる。

あのまま眠ったら、バル様達が迎えに来てくれたことが、夢になってしまう気がしたのだ。目が覚めたらまだ神殿のあの部屋で、ひとりぼっちで夜に耐えているのかもしれない。全身の鈍い痛みが現実だと訴えているのに、そんな暗い想像が頭に浮かんでしまう。一度浮かぶと、それが頭から離れなくなる。

桃子は縋りつくようにバル様の胸元に頬をよせた。

「もう大丈夫だ。オレが共にいる」

穏やかな美声が囁く。大きな手の平に目元を覆われながら、桃子はゆっくりと目を閉じた。

ようやくモモを取り戻した夜、彼女は高熱を出した。熱に浮かされて真っ赤な顔で荒い呼吸をする姿に胸が疼く。
抱き起こせば、少し軽くなった身体が力なくもたれかかってくる。メイドに着替えを頼んだところ、全身に青あざが出来ていると知らされ、バルクライは眉をひそめた。
幼い身体で一人、心細い思いをしただろうに、モモは神が認めるほどに抵抗したという。屋敷に帰ってきたにもかかわらず、バルクライが少し離れようとしただけで不安がっていた。モモが心から安心出来るまで、大丈夫だと何度でも言ってやりたい。

小さな唇を指で触り、口を開けるように促す。熱に潤んだ黒い瞳がぼんやりとバルクライを見つめて、唇が薄く開いた。

スプーンを慎重に口の中に運んでやれば、喉が小さく動く。野菜を煮込んだスープを飲ませているのだ。具材は抜いている。美味しかったのか、今度は自分から口を開く。バルクライは喉に詰まらせないように気をつけながら、何度も少量ずつすくっては飲ませた。

小さな器が空になったら、今度は熱冷ましだ。

「これを飲んだら眠っていい」

「……んぅぅっ、やぁ……！」

緑の薬は見るからに苦そうに見えたが、やはりモモには辛かったらしい。目の焦点も合っていないのに、嫌がって首を振る。すっかり幼児返りしていて、十六歳の意識はないようだった。

「困りましたな。蜜を入れて甘くして差し上げたいところですが、この熱冷ましは他の物と混ぜてしまうと効果が薄まるのです」

「でしたら、私が他の熱冷ましを作りましょうか？」

「それじゃあ時間がかかっちゃいますよ。モモ様も苦しそうですし……」

「バルクライ様、いかがいたしましょう？」

ロン達の心配そうな声に、モモを心配する他のメイド達も落ち着かない様子を見せた。その視線を背に受けて、バルクライは決める。飲ませないわけにはいかない。ならば、方法はこれしかないだろう。

「……モモ、すまない」

バルクライはモモに一言謝ると、薬を自らの口に含む。そして、モモの小さな唇に口づけた。嫌がって首を振らないように頭を押さえてゆっくりと薬を流し込む。

「……ん……」

全部飲み込んだのを喉が動いていないことで確認して、バルクライは口を離した。濡れた唇を指で拭ってやると、限界を迎えたのだろう。モモが意識を失うように眠りに入っていく。

それを見届けて、使用人達を振り返る。

「今夜はもう休んでいい。ここ数日、お前達にも心労をかけた。モモはこのままオレが見ている」

「しかし、バルクライ様もお疲れではありませんか？」

「問題ない。明日は休みを取った。救出に向かう目途が立った時に、キルマには話を通してある」

「さようでございますか。では、失礼させていただきます。――他の者も聞いていましたな？　バルクライ様のご指示に従い、朝に備えてしっかりと休みなさい」

「「はい、ロンさん」」

使用人達が頭を下げて部屋を出ていくと、最後に名残惜しそうなレリーナがドアを閉めた。バルクライは部屋に鍵をかけて、ゆっくりとベッドに腰かける。

モモの額に張りついた髪を指で払ってやりながら、長かった数日を思い返す。バルクライはもともと眠りの浅い人間だが、モモに添い寝をするようになってから嘘のように熟睡出来るようになった。それが奪われたからか、ここ数日は以前よりさらに眠りが浅くなっていたのだ。

身体は丈夫なのでこの短期間ではなんということもなかったが、モモを見ていたら久しぶりに眠気を覚えた。熱を発する身体を抱き寄せて瞼を閉じると、すぐに意識が落ちていく。バルクライは心地よい微睡に深く呼吸をした。

第七章

モモ、胸をワクワクさせる
～神様からの贈り物は一番嬉しいものでした～


……ううん、重いよぅ。桃子は身体の上に圧迫感を感じて目を覚ました。なぜか両手が動かなくて、ぼやけた視界の先にバル様の険しい顔がある。うん？　どういう状況？

「どうしたの、バル様？」

「……モモか？」

「え？　うん、もちろんそうだよ？」

なんで今更そんなことを聞かれるのだろう。首を傾げて答えると、バル様の眉間からシワが消えて、ため息をつきながら上から退いてくれた。とってもお疲れ？

バル様はシーツを桃子の肩までしっかりとかけ直すと、目を逸らした。

「身体が大きくなっている」

「え……ええっ!?」

桃子はガバッと勢いよく起き上がった。その瞬間、シーツから肌が見えそうになり、慌てて胸元を押さえる。うわっ、本当に戻ってるよ!?　シーツの中では五歳児の洋服がびりびりになっていた。ようするに、今度は十六歳で全裸というわけである。

さすがにこれはアウトだよぅ。恥ずかしくてシーツに潜り込むと、バル様にシーツの上から頭を撫でられた。

「違和感で目覚めれば、腕の中にお前がいたから少し焦った。押さえつけてすまなかったな。待っていろ、モモの服を頼んでくる」

「お願いします……」

シーツの中でもごもごと返事をすると、笑う気配がして足音が遠ざかる。バル様からしたら、いきなり全裸の女の子が一緒のベッドにいたんだからびっくりしたよね。自分の手をしみじみと見下ろす。十六歳の私の手だ。にぎにぎしながら感動する。桃子はこそっとシーツから顔を覗かせて天井に向かいお礼を伝えた。

「軍神様、ありがとうございます」

これは軍神ガデス様の贈り物だろう。半日だけと言っていたけど、それでも十六歳に戻れたのが嬉しい。お昼までなにをしようかなぁ。今ならお手伝いも出来る。全然足りないだろうけど、少しでもバル様達に恩返しがしたいよ。なにをしたら喜んでくれるだろう。それを考えるだけで、ワクワクしてきた。

桃子はレリーナさんとフィルアさんを筆頭にメイドさん達五人に囲まれて、お世話を受けることになった。服は自分で出来ると訴えたので、着替えさせられる難は逃れたものの、現在、丹念に髪を整えられております。

五歳児が十六歳になっちゃったから、変に思われないかな？　って心配していたのに、嬉しそうな悲鳴を上げられちゃった。普段はこの年齢のお世話をすることがないせい？　それとも、日本人の顔は童顔に見えるっていうから、そのせいでまだ幼く見えているのかなぁ。

実際のところ、周囲の美人さん達はモデルさんのように背が高い。フィルアさんは小柄な方みたいだけど、やっぱり私の方が小さかったの。五歳児の時は身長の差はあんまり気にしてなかったけど、改めて比べて思う。日本人と異世界人の身長差はすんごい。これが身長格差の世界か……。

黒、赤、白の色合いが華やかな長袖ワンピースを身に着けると、レリーナさんが恍惚とした表情でため息をつく。

「幼女の時と変わらずに、モモ様は成長しても大変お可愛らしゅうございますね。こちらのお洋服もとてもお似合いです」

「ですよね～。これはバルクライ様の鉄壁の無表情にもヒビが入るかもしれませんよ！　あははっ、めちゃくちゃ見たいです」

「うふふ、さぁさぁ、バルクライ様がお待ちです。モモ様、参りましょう？」

上品に笑って、レリーナさんがドアを開く。桃子は一階で待つバル様の元に向かう。服は可愛いけど、顔は見慣れた自分のものだしなぁ。自分では似合うかどうかよくわからないのが本音だ。

まぁ、変じゃないならいいや。桃子は禁止されていた階段を嬉々として下りようとした。下でバル様が待っている。今なら全然危なくないもんね！　と調子に乗っていたら痛めた右足がガクッと滑った。

「わぁっ！」

「きゃあっ、モモ様!!」

後ろで悲鳴が上がる。女の子らしい悲鳴を咄嗟に上げられない自分を残念に思いながら、桃子は前のめりに落ちていく。うぅ、これ絶対痛いパターンだ。ぎゅっと目を閉じて、身体を丸めてせめて受け身を取ろうとする。トサッと軽い音がしてなにか弾力のあるものに身体が当たった。

吐息と一緒に美声が落ちてくる。

「モモに階段は危険のようだな」

「バル様……」

端整なお顔が間近にあってドキッと心臓が跳ねた。……なんで？　桃子は不思議に思いながら胸を押さえる。それをバル様に鋭く見とがめられた。

「痛むのか？」

「う、ううん！　痛くないよ。ちょっとびっくりしただけ。助けてくれてありがとう、バル様。もう大丈夫だから下ろして？」

「いや、このまま運ぼう」

「えっ!?　あの、今は恥ずかしいよ……」

「……ダメだ、危ない」

目の前で落ちかけたからか、心配してくれているようだ。バル様は桃子をお姫様抱っこしたまま、階段を下りていく。周囲からの温かい視線がいたたまれない。五歳児ならともかく、十六歳に戻ったら、羞恥心も戻って来たようだ。顔が熱を持っている。うぅ、優しさが辛いです。

一階まで下りると、バル様はそのまま食堂に向かっていく。あれぇ!? 下ろしてくれるんじゃあ……?

「ついでだ。食堂まで行こう。大きくなっても怪我は治っていないのだから、無理はするな」

「本当に大丈夫だよ? 昨日はごめんなさい。私いつの間にか寝ちゃっていたんだね。せっかくお薬を作ってくれていたのに」

「……熱で朦朧としていたが、薬は飲ませたぞ」

バル様が前に視線を戻す。ん? 目を逸らされたような……気のせいかな?

「そうなんだ? 全然覚えてないや。だから熱が下がったんだね。ありがとう、バル様」

「…………ああ、食事にしよう。限定的だが昼までは時間がある。モモ、なにかしたいことはあるか? オレと一緒なら外に出てもいい」

「ほんとっ!? あ、でも、お仕事は? お城にも行かなきゃいけないんだよね?」

「今日は休みになっている。城に行くのはモモが怪我を治してからだな。今の状態のまま連れて行けば、オレが外道と義母上(ははうえ)に罵倒される」

「つ、強いね、バル様のお母さん」

「育ての親ではあるが、実の母ではない。実母は、オレが生まれてすぐに亡くなっている」

「そうなんだ……王妃様ってどんな人?」

「厳しく気高い人だ。だが、モモのような女の子には優しく接してくれるだろう。王妃はルクルク国の姫だからな」

「ルクルク国？　可愛い名前の国だね」

「女王が治める国で、国の政治も主に女が担っている。だから、こちらと逆で女が男を娶り、側室や正室を設けることも珍しくない」

「女の人が娶るの!?」

異世界ってすごい。逆ハーレムが国規模で存在するとは……何度目かの異世界カルチャーショック！　びっくり。なんて驚いていたら、食堂の椅子に下ろされた。バル様が隣に着席すると、メイドさん達が料理を運んできてくれる。

食欲をくすぐる匂いにお腹がグゥッと鳴った。ちらっとバル様を見たら、聞こえていたのか、目が優しくなっている。食いしん坊みたいで恥ずかしいけど、久しぶりにちゃんとしたご飯を食べられると思うと、口の中に唾液があふれてきた。緑色の野菜はしばらく見たくないの。

テーブルの上に並べられたのは、一見すると野菜が見えないホワイトクリーム状のスープに、蒸し焼きにした白身魚。果物を摩り下ろしてゼリーにしたものが出て来た。ゼリーにはブドウだったりオレンジだったり、サクランボだったりがふんだんに盛りつけられている。贅沢だね！

「バルクライ様にお聞きしましたが、きちんとしたお食事を取られていなかったそうですな。そこで、モモ様用として胃に優しいものを料理長が厳選いたしました。ゆっくりとお召し上がりくださいませ」

「ありがとう！　料理長さんにも後でお礼を言ってもいいかな？」

「どうかお気になさらず。彼は恥ずかしがり屋なので、私からお伝えしておきましょう」

そう言えば一回も見たことなかったなぁ。それにしても、ロンさんは今日もダンディですね。八の字お髭がピシッとしていて渋い。周囲を見れば、ここは天国だ。

神様にも負けない美形さんのバル様と、レリーナさんやフィルアさんを含め美人なメイドさん達、それからダンディなロンさんに囲まれて眼福です。その中に私が交じっているなんてちょっと申し訳なくなる。目が大きいねって千奈っちゃんが言ってくれたし、愛嬌なら多少ある、と思いたい。

桃子は食事の前に手を合わせようとして、ふとその動きを止める。バル様が静かに食べ始めたのを見て、思ったのだ。この世界で生きるのなら、作法も合わせた方がいいかもしれない。メイトと呼ばれる迷い人で、神様から加護までもらった桃子は、特殊な事情を抱えていることを自覚している。だから、極力目立つ行動は避けるべきだ。

桃子は一つ頷くと、包帯の巻かれた手でぎこちなくスプーンを使って、クリームスープを口に運んだ。ああ、口の中が喜んでるの！　美味しすぎて、目の前が滲んでくる。草以外を食べられる人間でよかった。幸せだよぅ。

「あら、モモ様どうなさいました？　スープがお口に合いませんでしたか？」

「えっ!?　料理長が味付けに失敗してました!?」

レリーナさんが心配そうに表情を曇らせて、フィルアさんが驚いたように声を大きくする。食堂の奥の方でボウルが転がり落ちたような音がした。クワーンッて響いたよ!?　料理長さんにも勘違いされちゃったのかも！　桃子は口の中の物を慌てて飲み込みながら首を横に振る。

バル様が食事の手を止めて、ガーゼが貼られていない右頬に手を添えてくる。美形な無表情が、桃子を確かめるように顔を寄せる。

「どこか痛んだか？」

「ううん。ご飯が美味しすぎて感動しちゃったの」

「そうか。それならいいが……」

そっと手が離れていくのが名残惜しい。今は純粋に十六歳の桃子だけなのにね？　自分の中に生まれる気持ちを気にしていれば、ロンさんが安堵したように大きく息をついた。

「お元気になられてようございました。あの時は、モモ様をおめおめと攫われてしまい、どれほどあなた様の身を案じたことか」

「お屋敷も物静かで寂しゅうございましたものね。私もロンさんも自分の不甲斐なさが許せず、特訓して鍛え直しておりました。当時の勘を取り戻しましたから、今度こそお守りいたします」

「私は戦えないんでそっちはからっきしですけど、紅茶を淹れる腕は鍛えておきましたよ！」

フィルアさんはともかく、二人はどんな激しい修行をしたの？　とっても優しく微笑んでいるのに、レリーナさんとロンさんの気迫が以前と違う。獲物をしとめる気満々って感じだよ。そう何度も攫われるような事件には巻き込まれたくないけど、今度があったら犯人は無事ではすまないみたい。今回も後頭部が無事ではなかったけど。

「ねぇ、バル様、あの大神官のおじさんと連行されたお姉さんって捕まった後、どうなっちゃうの？」

「罪状によるが、軽ければ辺境での懲役労働、重ければ死罪だな。元大神官は埃の数が出そろうまで少し時間がかかるだろう。女の方は騎士団師団長に偽りを告げた罪がある。お前の首飾りを盗んで売り払った件にも加担しているのだろう？　死罪は免れても、なんらかの処罰は受ける」

「うん、そっか……」

シュリンの怖い顔を頭から追い出して、桃子はもう忘れることにした。罪を軽くしてなんてお願いする立場ではないし、これはバル様達のお仕事だもん。桃子はなにがあったのかを聞かれたら、正直に答えるだけだ。

「罪人のお話はそこまでになさいませ。お食事が冷めてしまいますよ。どうぞ料理長をお泣かせにならぬように」

ロンさんに窘められて、桃子は慌ててスプーンを持ち直す。そうだった。ご飯の時にする話じゃないよねぇ。

「ごめんなさい！」

「そうだな。――モモ、その件はこちらがきっちりと片をつける。お前は自分の怪我を治すことを優先してほしい。それと、今日なにをしたいかを考えてくれ」

最後につけ足された言葉に心が浮き立つ。元の姿でしたいこと、したいこと……桃子は笑顔になる。周囲を見ていたらいいことを思いついたのだ。

「バルクライ様、紅茶をお持ちしました」

「……入れ」

桃子はキリッとした顔を作ると、カラカラとワゴンを押して書斎の中に入室した。そしてテーブルにフィルアさんお手製の紅茶が入ったティーカップを静かに置く。優雅な仕草を試みたけれど、普段しないから緊張するね！

零さなかったことと音を立てなかったことにほっとしていたら、バル様に指先でカムカムと呼ばれた。

「なぁに？　じゃなくって、なんでしょう？」

即席メイドが剝がれかけて、慌てて補修したけど、さっそくメッキが露出しちゃったよ！　ごめんよ、バル様、こんなつもりじゃなかったの。もっとこう、優雅さを出してね、ちょっと大人っぽくメイドさんをしようと思ったんだよ。

心の中でそんなことを訴えながらソファに座るバル様の元に向かうと、ぐいっと強引だけど優しい力で腕を引かれて、お膝に乗せられた。

「バ、バル様？　今の私は子供じゃないよ？」

「知っているが？」

平然と返された。ええ!?　なんかおかしくないかな!?　バル様は顔色一つ変えずに桃子のお腹に片腕を回す。恋人みたいな距離に照れを誘われる。なんかこれ、五歳児と感覚違うから、変な感じするよう。顔を火照らせていると、大きな手で頬を撫でられた。

「幼女の時と肌のなめらかさは変わらないんだな」

「そ、うかな？　あの、あんまり触っちゃダメ……」

「なぜだ？　オレは幼女の時と同じように接しているだけだが？」

「よくわかんないけど、恥ずかしいよ」

「……拒否してほしくない。そう頼んでもか？」

「バル様!?」

まさかの言葉にぱっと顔を上げると、バル様の目に面白がる色が浮かんでいた。びっくりしたのに揶揄われたのだとわかり、脱力する。

「驚いたか？」

「心臓が止まるかと思ったよ」

「すまない。その姿に戻ってから、モモによそよそしくされている気がしてな」

「……バル様、寂しかったの？」

「そうかもしれないな」

あっさりと頷かれて胸がキュンとした。なんだろうこれ？　ますます頬が火照ってくる。桃子は堪らずバル様の膝から立ち上がった。

「モモ？」

「レリーナさん達のお手伝いに行ってきます！」

それだけ言い残して、桃子はひょこひょこした足取りで書庫を飛び出した。まさに言い逃げである。

そうして逃げ出した桃子であったが、バル様は追いかけてこなかったので、次第に落ち着きを取り戻すことが出来た。今はバル様の白いシャツをレリーナさん達と一緒に畳んでいる。平常心～平常心～と、心の中で繰り返す。

なにがしたいかと聞かれて、桃子はバル様にメイドさんがしたいとお願いしたのだ。紅茶を運ぶことも、そこから振られたお仕事である。ひねった足を無理に動かさないように厳命されているので、出来ることは洗濯物を畳んだり紅茶を運ぶという、ちょっとしたお手伝いだ。

「本当によろしかったのですか？」

「そうですよ。せっかくの機会なんですし、バルクライ様と外出してはいかがですか？」

「でも、バル様は私が攫われたせいでお仕事が大変だったと思うの。だからね、お休みならゆっくり身体を休めてほしかったんだよ。出かけることならいつでも出来るもん」

「ですが……」

「それにね、バル様と私が一緒にいたらきっと悪目立ちしちゃう。ほら、バル様はあんなに格好いいでしょ？　それなのに、隣にいるのが残念な私だと釣り合いが取れないよ」

ちらっと自分の可哀想な胸元を見下ろしてため息をつく。自分で言うのもなんだけど、本当に残念な体形である。この世界の女の人はお胸が大きい人が多いし、羨ましいなぁ。

「まぁ、そんなことはございません！　モモ様の小さなお顔は、この国にない風貌でとても愛らしいですし、黒い髪と瞳も一国の姫と並ぶほどに、いえそれ以上に艶やかです。なにより魅力的なところは、そのお優しいご気性でございましょう。モモ様は十分すぎるほどの魅力がございますよ！」

「レリーナさんは褒めすぎじゃないかなぁ？　私なんてその辺に落ちてるよ？」

「この世界にはめったに落ちておりません！　落ちていたら私が拾っていますもの！」

だんだんなんの話をしているのかわからなくなってきた。おかしいなぁ、確かお出かけをすすめられていたはずなのに。まぁ、いっか。桃子は自前ののほほん思考でそう思った。バル様がゆっくりお休み出来ていれば十分である。

和気あいあいとしていると、ドアがノックされた。全員が手を止めて振り返る中、レリーナさんが代表して応える。

「はい」

「失礼するよ。モモ様はこちらにおいでかな？」

「ロンさん、ここにいるよ。どうしたの？」

なにか他にもお手伝い出来たら嬉しいなぁと思いながらロンさんを見上げると、その後ろからフィルアさんが困り顔でひょっこりと顔を出した。

「実は少々お頼みしたいことがございまして」

「なぁに？　なんでも言って」

今なら多少の無理も出来ちゃうよ。手も足も短くないからね！　ただし右足首のねん挫には注意が必要です。少しでも痛い素振りをしたら、バル様に無言で見つめられちゃうもん。

「フィルアが塩と砂糖を間違えて購入しましてな、砂糖が足りなくなりました。もしよろしければモモ様にお使いをお頼みしたいのですが、いかがでしょうか？」

「いや〜ウッカリウッカリ」

なぜかフィルアさんが棒読みで言ってほっぺたを掻いている。それを不思議に思いながらも、桃子は頷く。

「いいよ！　お店の場所を教えてくれる？」

「ありがとうございます。しかし、あいにくと今日は手の空いている者がおりませんので、バルクライ様にご案内をお頼みいたしました。玄関ホールでお待ちですので、一緒にお使いをお願いいたします」

目が点になる。これって、お使いとは名ばかりのお出かけ？　ロンさんが穏やかに微笑んで、フィルアさんが満足そうな笑顔を見せる。桃子の望みを叶えながら、バル様とお出かけ出来るように考えてくれたのだろう。せっかくの気遣いだ。桃子は笑って頷くことにした。

「じゃあ、バル様と一緒に行ってくるね！　——レリーナさん、途中で抜けちゃうけどいいかな？」

「ええ、大丈夫ですよ。モモ様がお手伝いしてくださったおかげで、いつもより早く終わりましたもの」

「バルクライ様からお離れになりませんように」

「お気をつけて」

　メイドさん達に快く送り出してもらい、桃子はロンさんとフィルアさんの後に続いて部屋を出る。ロンさんはすごく姿勢がいいので、その背中を見習って、背筋をぴんと伸ばしながら後をついていく。大きな背中から滲む紳士感が素晴らしいねぇ。

　ロンさんが階段の前で一度振り返って、桃子に注意を促す。

「十分にお気をつけくださいませ。お急ぎにならずとも、バルクライ様はお待ちになってくださいますからな」

「うん、そうだね。今度はゆっくり下りるよ」

　バル様の心は海よりも広いと思う。縁も所縁もない私を見捨てずに、捜し出してくれたくらいだもん。

　元の世界では、仲の良い千奈っちゃんだけは桃子の家の事情を知っていて、よく泊まりにおいでと誘ってくれた。そういう優しさで、私の寂しさを拭ってくれようとしたんだよね。

　そんな風に気にかけてくれる人は他にいなかったから、バル様達が同じように心配してくれて、桃子のために怒ってくれたことが本当に嬉しかったのだ。

　玄関の前で待つバル様はシンプルな軽装だった。灰色の上着と白いシャツに黒いズボンを着ており、胸元のボタンを二つ外して、左側の髪を後ろに流している。それから腰には剣を下げていた。それだけでずいぶんと印象が違う。鋭い眼差しがわずかに柔らかく見える。

「目立たないように変装した。いつもは団服だからな、これで多少は誤魔化せるだろう。名前はクライと呼んでくれ」

「クライ様だね？」

「ああ。では行こう」

「ひゃわっ!?」

足を動かさないようにひょいっとお姫様抱っこされた。さっきの熱が戻ったように恥ずかしさに頬が火照る。五歳児ならいいけど、十六歳だとやっぱりダメだ。同じ抱っこなのに、照れちゃう。

「行ってらっしゃいませ」

「楽しんでくださいね～」

ロンさんとフィルアさんの温かな声に見送られて、桃子は気恥ずかしさにバル様の胸元に顔をふせたまま、しがみつく。この状態でお使いに行っちゃうの？　ちょっぴり不安になる桃子であった。

バル様は用意していた馬に桃子を乗せると、その後ろに自分も同乗した。そして手綱で馬を操ってゆっくりと門の外に出て行く。速度ものんびりなの。ポックリポックリと進む足音が優しく聞こえる。
気持ちのいい天気だねぇ。桃子は太陽の光に目を細めた。お屋敷の前の通りから街の方向に馬を

進めていくと、店の扉が開いており、行き交うお客さんが買い物をしている。店の種類も出店から店舗まで混在しており、見ているだけで楽しくなってくる。

馬が石畳の道を進んでいると、物珍しそうな視線を時々向けられる。しかし、桃子達以外にも馬や馬車がのんびりと行き来しているので、それほど悪目立ちはしていないようだった。

子供に手を振られたのでヒラヒラと振り返してあげると、キャッキャッと喜ばれた。無邪気で可愛い。今は十六歳だから素直にそう思えるけど、五歳児だと一緒にはしゃいじゃいそうだ。

「この先で調味料を売っている。モモ、もし他に欲しいものを見つけたらこれで買うといい」

バル様が上着のポケットから花柄の巾着を出して桃子にくれる。それはずしりとした重みがあった。これお金だよね？

「えっ、でも……」

「働いてもらったからな。その分の賃金だ。モモが稼いだ金だから好きに使うといい」

このお金の価値がどのくらいなのかわからないけど、多すぎるんじゃないかなぁ？　ずしっと重いのでそわそわしてくる。桃子は巾着をバル様に返そうとした。

「あの、クライ様が持っててくれる？」

「構わないが、どうした？」

「うっかり落としちゃったら困るから」

「心配するほどの大金ではない。オレが持っていてもいいが、せっかくだからモモが自分でなにか買ってみるか？　今後の為にも、金の使い方を覚えておいたほうがいい」

「うん、それは覚えたいの。お金の価値がわからないと困るよねぇ」

大金じゃないと聞いて安心するなんて変だけど、でもよかった。桃子は差し出していた巾着を大事に握り直す。すると、ちょうど食べ物を売っている出店を見つける。食いしん坊と呼ばれようとも、その誘惑には敵わない。

「あっ、あれ！　クライ様、あれ食べたいの！」

桃子は一つの出店をビシィッと指差した。人の好さそうなおばあさんが香ばしそうなものを焼きながら朗らかな顔でこっちを見ている。桃子はにこーっと笑い返して、バル様を見上げた。

「あれでいいのか？」

「うん！　美味しそうな包み焼きだよね。クライ様は食べたことある？」

「出店で食べたことはあまりないが、屋敷ではたまに出されるな。刻んだ肉と野菜を薄い生地で包んで焼いたものだ」

「クレープを春巻き風にしたものだね。両面がきつね色に焼けていてすごく食欲をそそられちゃうの」

「……そうだな。馬から下ろすぞ」

バル様は馬から下りると、桃子を抱き上げた。そして、そのまま右手で手綱を引いて、左腕に桃子を座らせる。

「バ、ク、クライ様、これはやめよう!?　私ちゃんと歩けるよ！」

「ねん挫が悪化するといけない」

びっくりして、バル様と呼びそうになる。まさか十六歳でもお子様抱っこをされるとは思わなかったよう。馬での移動だったからすっかり油断していた。

周囲がざわついているのを感じて、桃子は恥ずかしさにボーンと爆発しそうになる。でも、やっぱり頼れるのはバル様しかいないから、厚い胸板に頬をくっつけて顔を隠す。はぅぅっ、日本人、こんなコミュニケーション、取らない。カタコトの日本語を頭の中で呟くくらいには混乱している。

「おや、仲がいいね。いらっしゃい、いくつ欲しいんだい？」

「一つでいい――」

「二つ！　二つください！」

桃子は指をピースにして、おばさんに慌てて伝える。しかし、その言葉にバル様の右眉がぴくりと反応した。かと思えば、子供に諭すような口調で止められる。

「モモ、そんなに食べては昼食が食べられなくなるぞ」

「違うよ。私とクライ様の分だもん。二つも一人占めしません！　それともクライ様は食べたくない？　お腹一杯だった？」

「いや、軽く食べたい気分だ」

「よかった！　あのね、お金は私に出させてほしいなぁ。クライ様にはいっぱい助けてもらったから、ちょっぴりだけどお礼がしたいの」

「お礼？」

「そう。ありがとうって言葉だけじゃ物足りないくらいに、すんごく助けてもらっているから」

「……そうか。ならば、この場はご馳走になろう」

優しく目を細めてバル様がそう言ってくれる。こんなことじゃ、お礼にもならないだろうけど、受け入れてもらえたことが嬉しい。桃子はさっそく大事に握りしめていた巾着に指を入れる。

「おいくらですか？」

「そうだねぇ。仲のいい恋人に祝福を、ってことで安くしておくよ。銅貨六枚のとこを五枚におまけだ。どうだい？」

「ありがとう、おばさん！　――クライ様、銅貨ってこれでいいんだよね？　これを五枚で大丈夫？」

鈍い土色の硬貨を出してみると、バル様が頷く。

「それでいい」

「じゃあおばさん、これでちょうどかな？」

「ああ、たしかに。熱いから気をつけて食べな。ありがとね。また男前なお兄さんと一緒に来ておくれ」

おばさんは包み焼きを紙に包んで渡してくれる。桃子は自分のポケットに巾着を入れると代金と引き換えに品物をしっかりと受け取り、その一つをバル様に差し出した。

だけど、よく見たら、両手に空きがない。バル様の左腕は桃子を抱いており、右手は馬の手綱を引いている。

桃子は一度包み焼きを手元に戻そうとした。しかし、その前にバル様の形のいい唇が近づいてきて、パクリと食いつかれる。そうきちゃうの!?

「素朴な味だな」

「そ、そっか。まさか私の手から食べちゃうとは思わなかったよ」

「食べろという意味だと思ったが？」

「そんなこと考えもしなかったよ!?」

「冗談だ」

また揶揄われた!?　バル様は意外と冗談を言う性格のようです。全然表情が変わらないからわかりにくいけど、目が笑っている。そう言えば、ターニャさんに診察してもらった時も、ディーにすごい冗談を言ってたよね。

出店を離れると、バル様は桃子を抱き上げたまま馬を引いて歩き出した。変装の為に髪の片側を上げているので、表情が見えやすい。ドキドキが加速していく。

元が整っているため、表情が少し和らぐだけで美形オーラが煌めくようだ。眩しい！　周りでチラ見していたお姉さん達の視線が吸いつくように、バル様へと向けられていく。ついでに桃子には厳しい視線が……思ったほど向けられてない？

ハンカチを噛みながらキィイイィッとしている感じは思いのほか少なかった。それよりも温かな視線が多い。今の桃子は、左頬にガーゼ、両手と右足首に包帯が巻かれているから、周囲の人にも怪我人なのは伝わっているのかもしれない。それがバリアになってるのかな。

バル様に熱視線を送るお姉さん達も声をかけてはこない。肩も胸元もガバッと開いて、露出が激しい格好だけど、ほんとは奥ゆかしいの？

「モモ？」

「あっ、なぁに？」

「意識はこちらに向けておいてくれ。このまま抱いていってもいいが、それでは街を楽しめないだろう。馬に乗るか？」

「うん、そうさせてもらおうかな。バル様もお休みなんだから肉体労働は避けなきゃねぇ」

「この程度で疲れはしない。オレはこのままでも構わないが？」

「……恥ずかしいよ」

「わかった」

冗談と本気の判断がつかない返事を返されて、馬に乗せてもらう。表情にも出ていないから本当にわからないの。こんな時ばっかり団長仕込みのポーカーフェイスを作動させないで！　解除ボタンを見つけたらぜひ押したい。むしろ連打しちゃうよ。

のんびりと進んでいく馬の上から、バル様の手に今度こそ包み焼きを渡して、桃子も自分のものに齧りつく。生地はもっちり感があった。中ではぶつ切りのお肉が少し濃いめで味付けしてあり、野菜と戯れている。

口に含むと、柔らかな食感と香ばしい匂いが肉汁と共にじわっと広がっていく。その素朴な味は桃子をどこか懐かしい気分にさせた。

「どうだ？」

「うん、なんか元の世界の味と似てるの。生地を少し固めにした肉まんみたいな感じだね。ほっとするよ」

美味しくて口が止まらない。もぐもぐと食べ進めていると、バル様は早くもたいらげてしまったようだ。

「……モモが似ていると感じた食べ物の中には、昔やってきた迷人が自分の故郷の味を再現したものが広がった、というものもありそうだな」

「不思議な繋がりだよねぇ。探せば他にもこの世界と元の世界の共通点が見つかりそうなの。そういえば、お金の基準は同じくらいなのかな？」

「そうだな、モモにも硬貨の価値を教えておこう。下から順に、銅貨、白銀貨、銀貨、金貨という並びだ。銅貨が百枚で白銀貨一枚に換わり、白銀貨が十枚で銀貨一枚、そして銀貨が十枚で金貨一枚、という数え方をする」

バル様は自分の巾着からお金を出すと、それぞれの硬貨を見せてくれる。金貨を渡されたので、慌てて左手の中に隠しながら、しげしげと眺めてみた。こんな大金を公共の場で見せたら、人攫いみたいな悪い人が寄ってくるかもしれないもん！

金貨にはドラゴンの背に人が乗っている姿が彫られていた。格好いいデザインだねぇ！　くすんだ金色には年月の重みがあり、桃子は本能的な怖さを感じた。それだけで、すんごくお高いことは察しがつく。価値がわかったら震えそうだけど、恐る恐るお金の基準を聞いてみた。

「金貨一枚でどのくらいの価値があるの？」

「そうだな……庶民が暮らす分には半月は優雅に生活出来るだろう」

「うん、返すね！」

やっぱり高価なものだと判明した。桃子は大きくうろたえながら、バル様に金貨を差し出す。手に変な汗をかきそうだ。ひぃぃぃっ、金貨恐ろしや！

「持っていてもいいぞ？」

「……っ……っ」

「そんなにか？」

必死で首を横に振って拒否したら、バル様がまたうっすらと口端を上げる。笑ってくれるのは嬉しいけど、笑いの原因が自分なので複雑な気分だ。怒られるよりいいよね？　そう自分を慰める。でも、ちょっと意地悪された気分なので、顔を背けます。ぜひ、反省してください！

包み焼きを無言でパクつく。……お母さん達は元気にしてるかな？　あまり顔を合わせることのなかった両親を思い出してしんみりした気分になる。きっと今も仕事で忙しくしていることだろう。そう思うと、ほんのりと寂しさを感じた。

「悪かった。モモ、こちらを向いてくれ」

「……もう意地悪しない？」

「ああ、しない」

きっぱりした返事に、桃子は振り返る。バル様がわずかに目を細めていた。勘の鋭い人だからなにか感じ取ったのかもしれない。

「モモ、ロンの頼みを終えたら街を案内しよう」

「……うん！」

バル様の不器用な優しさに、胸の中の寂しさがちょっぴり減った気がした。

「お買い上げ、どうもね」

桃子達は調味料屋でお砂糖を入手すると、その布袋を馬の背にくくりつけた。桃子が座るスペースは十分に確保出来ているけど、バル様が座る場所がなくなっちゃった。

歩いて帰るつもりなの？　それもいいよねぇ。のんびり歩いてもたぶん十五分くらいでお屋敷には着くだろう。桃子が下りてもいいが、それは絶対に却下されるので口に出すのはやめておく。

そう言えば、先程の店で残念なことがあった。棚に並んでいた調味料の中に、味噌がなかったのである。期待はしてなかったけど、ちょっと元の世界と似たものを食べたせいで、無性に日本食が食べたい気分なんだよねぇ。お米が恋しい。パンも好きなんだけど、この国は基本的に洋食だから、日本食を食べるのは難しそう。

こういう時は、そう……思い出せ、桃子。あの切ない日々を。食卓に並ぶ緑の草、もといい野菜を。それしか食べられなかったことを思えば、自然と恋しさが消えた。勝ったぞ！　煩悩に負けちゃダメだよね。

ふと視線を感じて横を向くと、バル様とパチッと目が合った。いつから見てたの？

「表情をコロコロと変えて、なにを考えていた？」

「えっ、そんな顔に出ちゃってる？」

「首を振ったかと思えば、眉をひそめて、今は笑っていたな」

感情丸出しでした。ダメなの、表情が柔らかすぎるのも考えものだねぇ。桃子はガーゼを貼っていない頬を包帯の巻かれた手で擦ってみる。幼児ほどの柔らかさはないけれど、やっぱりぷにっと手を押し返す弾力はある。太ってはないよ？　たぶん十代のお肌は誰でもこんな感じじゃないかな。

誰にとなく言い訳めいたことを考えた。

桃子の考えが読めたわけではないだろうが、バル様は穏やかに目を細める。

「偽らずにそのままでいるといい。オレの側にいる限り、モモを誰にも利用させない。それがたとえこの国であったとしても」

「クライ様……」

バル様はルーガ騎士団を束ねる師団長で、この国の第二王子だ。そんな人が、桃子のために国を敵に回しても、守ってくれると言っているのだ。こんなことを言われて、なにも感じない女の子はきっと元の世界にもこの世界にも存在しないよ。

桃子は無性に泣きたくなった。こんな風に絶対を約束してくれた人なんて、今までいなかったのだ。いくら軍神様から加護を得たといっても、この国には前例としてミラという女の子がいる。だから、桃子は唯一無二の存在というわけではない。

「私にそんなこと言っちゃダメだよ。バル様から離れられなくなっちゃう」

　思わず本当の名前を呼んでしまった。バル様が足を止めて桃子を振り向き、息をつめる。気持ちが溢れてきて、悲しくもないのに涙が出てしまう。胸が引き絞られて苦しい。それは、かつて両親の愛を求めて、それでも得られなかった痛みと似ていた。

「泣かないでくれ、モモ」

「ダメだよ、バル様」

　繰り返して、頬に伸びた大きな手をさえぎる。桃子の手は小刻みに震えていた。おかしいね、どうしてこんなに苦しいんだろう。

「モモ、オレはお前を側から離すつもりはない。これは、お前が元の姿に戻る前から決めていたことだ。最初は興味があるだけだった。それは否定しない。だが、モモが攫われてからオレの中でなにかが変化した。ずっとここが落ち着かない」

　バル様が自分の左胸を人差し指でトントンと叩く。

「これがどんな感情なのか、名前を決めかねている。親愛の情、あるいは、愛情と呼ぶものかもしれないな。だが、オレにはその判断がつかない。そんな気持ちを抱いたことがないからだ」

「………………」

「だから、モモに一緒に考えてほしい。オレの側で」

　未来を約束する言葉は、桃子に喜びと恐怖を与える。だって、もしその約束を破られちゃったらどうしたらいいの？　いつの日か、お前なんていらないと言われたら、それを思うと信じるのが怖いのだ。けれど、バル様がそんな人ではないことも、桃子は身をもって知っている。

そう思って、気づく。バル様が問題なんじゃない。桃子自身がバル様を信じられるか、疑い続けるのか、という問題なのだと。

誰かを信じることは怖い。両親の例があるから余計に。だけど、バル様の心を疑うのは、私の弱さだよね。それを自覚すると心が落ち着いた。

「バル様……誰と結婚しても、その時に私がまだ五歳児だったらお膝に乗せてくれる？」

「結婚の予定はないが、乗せるだろうな」

「お嫁さんに嫌がられても、私のこと邪険に扱わない？」

「モモを嫌がる嫁なら断ると思うが、仮にそうなっても扱わない」

桃子は緊張で全身を硬直させながら、一番聞きたくて、答えを知ることをためらっていた質問をようやく口にする。

「バル様達と、離れたくないって……言ってもいい？」

「オレ達がお前を離したくないんだ、モモ」

物静かなのに仄かな熱を宿した黒い目が、桃子を優しく見つめている。逞しい両腕に抱き上げられると、涙が雨みたいに落ちて、バル様の胸元を濡らす。

桃子は生まれて初めて、溢れるほどの嬉しさを感じていた。

大捕り物が終わった翌日の昼、カイは自分が担当していた仕事を終えて、昼食を取るために食堂へと向かっていた。

一仕事終えたために、気が抜けて身体が重い。カイは肩を回して、色濃い眠気を散らしながら一階の廊下を進んでいく。今日は仕事後に、バルクライの屋敷に行く予定だ。お姫様はどうしているかな？

傷だらけで泣いていた幼女を思い出すだけで胸が痛む。あの姿を見て、怒りを覚えた団員も多く、元大神官はずいぶんと手荒に連行されたようだ。騎士団本部の尋問室で顔を合わせた時には酷い有様だった。

神罰を下されて、自尊心はズタズタ、おまけに本人も薄汚れてボロボロ。権力を持ち、自信に満ちあふれていた姿はもはや見る影もない。いるのは失った権力にしがみつく惨めな小太りの男だけであった。

最初こそ反抗的に喚き散らしていた男だが、相手はそんな態度が通用する者ではない。キルマージはゴミでも見るような目を男に向けて、尋問を開始した。その様子は強烈の一言に尽きる。

言葉で殴りつけ、理論で責めたて、恐怖で追い詰め、罪状という罪状を全て吐かせにかかったのだ。カイはその手腕を見て、こいつとは絶対に敵対したくない、と震えた。

尋問はキルマージに任せて、カイは情報の精査に取りかかった。四番隊の報告書が上がってきたのだ。神官達の証言をもとにモモが攫われてからの神殿内の動きを掴み、内容をまとめて書き出す作業である。

それがようやく一段落ついたのが今だ。長いこと書き物をしていたため、背中が痛い。それともこれは自室のベッドのせいだろうか？　バルクライの屋敷とは比べるべくもないが、その痛みがいやに身にしみる。

「いっそ、ベッドを買い換えるのも……いやいや、さすがにそれはなぁ」

ほぼ庶民上がりの元貧乏貴族であるカイは、一瞬それを考えて、気の迷いだと首を振る。こっちが普通なのだ。天蓋付きのベッドなんて身に余るよな。

ここ最近は、ほとんどバルクライの屋敷で過ごしていたため、快適すぎて身体がなまっている。モモの護衛として動く以外に、鍛錬は自主的にしていただけなので足りなかったようだ。久しぶりに誰かと鍛錬してもいい。隊長クラスの誰かと三試合くらい手合わせすれば、すぐに勘も戻るだろう。

カイは午後のスケジュールに手合わせをつけ加えながら、食堂に入ろうとした。すると、見知った顔に挨拶される。

「お疲れ様です、カイ補佐官！」

「昨日は大捕り物だったそうですね。今度は自分の隊にも声をかけてくださいよ」

新入隊員だ。昼の光と若さが相まって眩しく思える。オレ、そんな年じゃないはずなんだけどな。

カイはヒラリと手を上げて、屈強な男達と接する。

「お前らは元気だねぇ。昼飯は食ったか？」

「はいっ、いただきました。これから昼休みの訓練に参加します！」

「オレもです！」

「そうか。大怪我だけはしないようにやれよ」

「ご心配いただき、ありがとうございます！」

「行ってきます！」

ハキハキと答えて、団員達は一礼して早足に去っていく。暑苦しいやり取りだったが、ああも素直だと憎めないものだ。

「ああ、カイ。ここにいましたか」

名前を呼ばれて顔を向ければ、キルマージが前から近づいてきた。周囲に美人と評される顔に、苛立ちが滲んでいる。やれやれ、飯の前に厄介事を片付けなきゃいけないようだ。

「副団長、どうしました？」

「食事をしながら仕事の話をしようと思いましてね。さっきまで、もう一人の重要参考人から事情聴取をしていたのです。団長からモモが話してくれたことについて報告書が届いたので、あなたにも伝えておこうかと」

「そういうことですか。じゃあ、続きは食堂で？」

「ええ、一緒に食べましょう。私が席を取っておくので、あなたは昼食をお願いします。メニューは同じもので構いません」

「了解、副団長」

カイはルーガ騎士団内では基本的にキルマージには敬語を使う。酒好きの誰かと違って、一応弁えているつもりだ。幼馴染なだけに、お互いにそれを気持ち悪く思ってはいるが。

広い食堂には、昼食を取る団員が少数いた。昼飯の時間を外して混まない時を狙って来た者達だろう。

ルーガ騎士団の食事は基本的に役職で分けられることはない。おかわりは自由で、メニューはA定食とB定食を日替わりで選べて、飽きさせない工夫がされている。

団員は身体が資本であるため、食事は重要だ。今日のA定食のメニューは肉厚なステーキが二枚と、豆と野菜の炒め物に、卵のスープ、それにまだ温かいパンがついている。大きさはモモの顔くらいはありそうだ。上に膨らんだこのパンはスープに浸して食べると美味い。

カイはカウンターで二人分の昼食を受け取ると踵を返す。キルマージは奥の壁側の角席を取ったようだ。テーブルまで食事を運んで行くと、お礼を言われる。

「ありがとうございます」

「いえいえ、とんでもない」

「……もういいですよ。近くに団員もいませんから」

愛想笑いを副団長様に向けてやったら、嫌そうな顔をされる。目で周囲をさっと見れば、なるほど言われた通りのようだ。カイは遠慮なく表情を崩す。あー、やっぱりキルマ相手にこの口調は疲れるな。

カイは入口を背にして椅子に腰を下ろすと、キルマージに尋ねた。

「それで、モモについての報告書ってのは？」

さっそく話を切り出してくるカイに、キルマージはスプーンを持ちながら口を開く。

「神殿内部でモモを手助けしてくれた者がいたようです。優しい顔立ちの青年で、年は団長より下だろうと」

「手助け？　そんな証言はなかったぜ。モモの首飾りを取り上げて質屋に売ったと吐いた子達と、モモに演技指導をしていた女性はいたようだけどな」

「演技指導？」

「聞けば笑うぜ。彼女は大神官に脅されていたそうだ。それで、モモを軍神に仕立てるために演技指導をしていたんだと。馬鹿みたいな話だよな。古代遺跡での出来事は団長から陛下に報告されているんだから、大神官が城へ呼び出されるのは決定事項だろ？　その時に、自分が本当に軍神ガデスを召喚したのだと成果を主張して、難を逃れようと画策していたみたいだ」

「……あの男を大神官にしたのは我が国の恥ですね」

「祖父が大神官だったことを笠に着て、金で周囲を黙らせた男だぞ。もともと器じゃなかったのさ」

鼻で笑って食事を始めたカイに、キルマージもスープに口をつける。シンプルな味付けが優しく感じるのは、疲れているせいでしょうか？

「脅されたのならば、彼女を罪には問えませんね。手を上げたりなどの暴力もなかったのでしょう？」

「モモと会って直接話を聞かなければいけないけど、報告書には必死のあまりに時間を忘れて特訓はしたが、手を上げるようなことはなかったと書かれていたよ」

「そうですか。神官達に観察眼がなかったことは救いでしたね。見る者が見れば、モモに年齢に不釣り合いな知性があることに気づいたはずですから」

　モモが五歳児の振りをしていたことが功を奏したのかもしれない。ルーガ騎士団の隊長クラスが相手ならば、おそらくほとんどの者が逆になにかしらの違和感を覚えたはずだ。身体は小さいがその骨格から年齢が推定出来たように、話し方、目の動き、意識、ちょっとしたサインは全身から発せられる。害獣と対峙するには、勘の良さも必要ですからね。

「まぁ、彼女のことはいいとして、問題はモモを手助けした人間が名乗り出ないことだな」

「ええ。その人が手助けをしたのには、なにか裏があるのかもしれません。もしくは名乗り出られない事情があるのか」

「まさかの人見知り説も挙げとこうぜ。モモ本人に確認してもらうのが一番だけど、あの怪我じゃ団長が許可しないかもな。内部に潜入していた団員ならなにか見ているかもしれない」

「そちらは団長に相談します。それと私が尋問していた女性なんですが……はぁー、本当に疲れました」

まったく、思い出すだけで食欲が消滅しそうですよ。キルマージはため息をついて、面白そうな顔で食事の手を止めたカイに聴取した内容を教えてやる。

「あの女性は中流貴族です。まぁ、私からすれば罪人ですし、それがどうしたという話なのですが、どうにも勘違いしておられるようでしてね。バルクライ様を呼べと居丈高に言うのです」

「はぁっ!?　うっ、ゲホッ」

カイが噴き出しかけて、咳き込んだ。気管に食べ物が入ったのか、激しく咳き込みながら肩を震わせている。笑っているようだ。キルマージは冷笑を浮かべて話を続ける。

「この私に向かって、副団長とはいえ所詮は庶民。自分の方が身分は上なのだから、命令に従う義務があるとおっしゃるのですよ」

「そ、それでどうしたんだ?」

「もちろん丁寧にお断りいたしましたよ?　コソ泥に従う道理はありませんとね」

「さっすが、容赦ないな」

顔を真っ赤にして押し黙るシュリンに、キルマージは言葉を重ねた。あなたは状況を理解していないようだ、と。あなたがすべきことは私の質問に素直に答えることだけなのだと教えてやった。しかし、これほど懇切丁寧に対応してあげたというのに、相手はさらにとんでもないことを言い出したのである。

「そうしたら、なにを聞いても答えが一つになりました。モモが悪いの一点張りですよ?　あんな幼い子の頬を打つなど、外道の極みです。そんな自分の行いを省みることもせず、なにを言っているのやら。妄言にも程がありますよ」

「なるほど、副団長様にも暴言を吐いてくれたわけだ。罪状を一つ追加だな」

「ええ。貴族は不祥事を嫌いますからね。家はもう彼女を見限るでしょう。三カ月ほど厳しい場所で苦役につかせます。本人には期間を知らせずに」

「またえげつない手を考えるもんだ」

「これでも甘いくらいですよ。初犯ということを慮り、砂漠の砂粒ほどの更生の可能生を考えてのことですから」

つまりは信じていないということだ。

お使いを無事に終わらせた桃子達は、お屋敷で昼食を美味しくいただいて、食後のまったりした時間を楽しんでいた。お腹はいっぱいでとっても幸せ。桃子はにこにこしながら、お屋敷の広い庭を散歩する。
果物の木がいっぱい生えていて、どの木にも美味しそうな実が生っている。りんごでしょ、オレンジでしょ、さくらんぼまであるよ！　名前はちょっと違うかもしれないけど、匂いは同じだ。
その香りを満足いくまで楽しんで、後ろを振り返ってみる。バル様がそんな桃子を眺めていた。テラスの手すりに寄りかかって庭を眺める美形さん……絵になるねぇ。桃子には絵心が皆無なので、ぜひ上手な人に描き残してほしい。そうしたら、給料として貰ったお金をはたいて買うよ！　それで部屋の壁に飾りたい。毎朝、おはようと共にその絵を見たら、心が浄化されるんじゃないかなぁ？

桃子の心の声が聞こえたわけではないだろうに、バル様が目を細めた。あの、そんな熱心に見ても、面白いことはないと思うよ？　それとも変顔した方がいい？　おふざけに走りたくなるのは、泣きついてしまったことを思い出すからだ。あんな風に泣いたのは、祖母が亡くなった時以来だ。

……恥ずかしいや。

バル様の目を見ていられずに、つい逸らしたら身体に違和感を覚えた。自分の身体を見下ろせば、うわぉ!?　まるで風船がしぼんでいくようにシュルシュルと小さくなっていくではありませんか！　すんごく残念なことに、軍神様がかけてくれた魔法が解けてしまったのだ。再び登場したのは、五歳児の桃子さんである。

スカートと一緒に、装備していたパンツもストンと落ちてしまう。桃子はちょっぴり悲しくなる。ダボダボのシャツとゆるゆるの包帯だけが今の装備品だ。またこれだよぅ！　桃子は五歳児らしからぬため息をふはぁっと吐いて、近づく足音に顔を上げた。

「バル様、戻っちゃったよ」

「ああ。だが、どちらもモモだろう？　十六歳のお前と会えたことは幸運だった。キルマ達には知らせていないから、後で文句を言われるだろうが」

「なんで？」

「父上との面会が一週間後になったからな。準備をするために時間が必要だ。仕事に支障が出ては困る」

出ちゃうの？　ただ元の姿に戻っただけで大した私じゃないよ？　……お胸もないしね。五歳児に逆戻りしてから、皆無になったのでさらに寂しい。お胸なんて、なくても生きていけるもん……っ。気にしちゃ、気にしちゃダメだよね！

「モモ、おいで」

バル様の腕に抱きあげられる。抱っこされると、五歳児精神に引っ張られて安心してしまう。なんかもう、本気でお胸はいいやって気になる。バル様の顔を見上げてにこーっと笑うと、美形さんのお顔が近づいてきて、目元にちゅってされた！　なんでここでまたちゅうなの!?

「十六歳のお前にこうしたらマズイが、五歳児ならば許容範囲だろう」

「許容範囲違うよ!?」

「そうか？　愛でているだけだが？」

バル様、首を傾げないで！　純粋に子供を可愛がっているつもりなんだろうけど、他の人が見たら髪も瞳も一緒の黒だし、よくて我が子を溺愛する親。悪いとロリコンさんになっちゃうんだよ！　それは団長としてはまずい。キルマ達も困っちゃうよ。

「モモの中身は十六歳だ。問題ない」

「うん、あると思うの！　特に人前ではしちゃダメ！」

「……お前がそう言うなら、人前では控えよう」

無表情で淡々と頷かれたけど、ニュアンス的に人前じゃなきゃいいみたいなのを感じるのは気のせい？　うん、気のせいだね！　桃子は気づかなかったことにした。ごめん、キルマ。バル様を止めきれなかったよぅ。

「中に入ろう。着替えて包帯を巻き直さねばな」

「あ……」

バル様がさりげなくスカートにパンツを隠して、桃子に持たせてくれた。抱っこに安心して、ちょっと忘れてたけど、もう一回装備をしないと。

桃子はバル様によってテラスの方に運ばれていく。半日振りの視界がなんとなく懐かしい。バル様の首に軽く片手を添えると、楽しくなってきた。五歳児精神がしっかりと覚醒している。思いっきり精神を引きずられて、ワクワクしながら、お願いしてみる。

「バル様、高い高いして」

「こう、か？」

「うわぁ、すごい！　バル様より高い！」

両手を脇に添えられて、ぐんっと上に上げられた。ご覧ください。今、私の足は宙に浮いています！　無重力の世界を体感するように軽く足をパタつかせてみる。くだらない遊びが最高に楽しすぎる！　半日ぶりだからか、暴走気味だ。わかっていてもやめられない。

「楽しいのか？」

「うん！」

「そうか。では、このまま中に入ろう」

バル様はそんな桃子をすんなり受け入れると、桃子を両腕で抱き上げたままテラスから室内へと足を向けた。手のかかるお子様でごめんよ。でも、すごく楽しい。またお願いしてもいいかな？

第八章

モモ、恩人さんを思う
～証拠はないけど、五歳児の本能がささやくよ～

五歳児に逆戻りして二日後、お屋敷の応接間には、バル様とカイとキルマが揃っており、桃子は神殿に攫われた後のことを聞かれていた。質問されたことに、出来るだけ正確に答えていく。くすんだ緑の目の男に攫われた後に首飾りを奪われてしまったこと。禊をしたことや食事は野菜を食べたこと。それに加えて、軍神様の演技の練習をしたことや、優しそうな神官のお兄さんがリンズをくれたことも、全て伝えた。

話が進んでいくにつれて、三人の顔が厳しくなる。そのことに、ビクつきながら話し終えると、キルマが深く深呼吸して、桃子ににっこりと微笑みかけてくれた。いつも通りの麗しい微笑みなのに、お腹が冷えた気がする。吹雪が室内に吹き込む幻覚が見えそうだ。

隣に座るバル様をすがるように見上げれば、こちらはこちらでこめかみにくっきりと青筋が浮かんでいた。無表情なのが脅えを誘う。こあいよぅ。五歳児が心の中で震えながら呟いた。

最後の砦とばかりに、カイを恐る恐るチラ見したら、苦笑と共に頭を撫でられた。ほっ。よかった、これでカイまで怖い顔をしていたら、桃子は五歳児の本能に従って泣き出していたかもしれない。

突然、キルマがソファから立ち上がる。

「急用を思い出しました。団長、私は先に失礼させていただきますね。――モモ、明日また来ますから、無理はしないで怪我をした身体を労わるのですよ」

「う、うん」

「それでは、失礼します」

キルマは眩い微笑みを残して帰ってしまった。急用ってなんだろう？　私の証言でなにかに気づいたのかな？

「私の証言ってバル様達の役に立てそう？」

「ああ、重要な証拠になる。それと、勘違いしていそうだから一つ訂正しておくが、この時期の禊は最後に湯を浴びるのが普通だ」

「そうだったの？　てっきり寒さに耐えるのも修行なんだと思ってたよ」

「ははっ、そんなの大人でも風邪をひくよ。モモも高熱を出したと聞いたけど、今は身体の具合は悪くないんだよな？」

「うん。元気だよ！」

カイに返事をしながら、なるほどと思う。それでバル様達の顔が怖くなったんだねぇ。されたことを忘れるつもりはないけど、桃子はバル様達のところに帰ってこられたから、それでもういいかなぁって気になっていた。

けれど実際問題、あのおじさんがやったことは罪になるのだろうし、はい、終わり！　じゃあ、解散！　ってわけにはいかないんだろうね。

「団長のご指示通りにキルマが呼びかけて、モモを助けてくれたという人物を探してはいますが、未だに名乗り出てきませんね」

「オレもそれが気になっていた。――モモは相手からどんな印象を受けた？」

「う～ん、なんとなくだけど、私は悪い人じゃないと思うの。だってその人ね、ごめんって言ったの。こんなことしかしてあげられないって。その人のせいじゃないのに、罪悪感に耐えかねたような顔をしてたんだよ。だから、自分が助けましたって、大手を振っては出て来られない性格なのかも」

カイが虚を衝かれた顔をする。なにに驚いたんだろう？　それを聞こうとする前に、バル様が思案するように目を伏せた。長い睫を伏せると生きている気配が遠ざかり、彫刻のような美しさが際立つ。今日の眼福いただきました！

「モモはその人に会いたい？」

「うん。ちゃんとお礼が言いたいよ。もし見つけられたら会わせてくれる？」

「団長かオレ達が一緒にいる時ならね」

カイもまだ見ぬ相手のことを警戒しているようだった。桃子も実際にお兄さんの様子を見ていなければ、同じようにちょっぴり警戒したかもしれない。慎重さにはあんまり自信がないから、警戒と言っても、ざっくりと大きめの穴が開いていそうではあるけど。ザルのような警戒心……それって警戒してるって言ってもいいのかなぁ？

バル様がゆっくりと瞼を上げる。端整な彫刻に命が吹き込まれたようで、桃子はぽうっと見とれた。綺麗なものはいいものです。パチッと目が合って、じっと見つめられる。どうしたの？

「……違う方法を試すぞ」

そうして、バル様が話したのは桃子には考えもつかない驚きの方法だった。

その噂が流れ始めたのは、大神官がルーガ騎士団に拘束されるという大事件が起きてから五日が過ぎた頃であった。

『大神官が拘束されたのには、バルクライ様の縁者が関係しているらしい』

出所のわからない話はいやに信憑性を持って聖職者達の耳に届き、囁きが繋がっていく。

「第二王子はその方をとても大事にしているそうだ。拘束された元大神官はずいぶんと絞られているとも聞く。もはや聖職者としては死んだも同然だ。貴族として返り咲くのは不可能だろう」

「まことに恐ろしいことよな。我らに火の粉がかからぬことを願うばかりだ」

「ねぇ、聞いた？　団長様の縁者の方、怪我が酷くて動くこともままならないそうよ」

「それはお気の毒ね。力になれたらと思うけど……」

「神殿内は未だに次の大神官を決められなくて混乱しているし、聖職者である私達が私情でもって光魔法を使うことは禁止されているものね」

こうして、その噂は一日も経たないうちに神殿内に広がったのである。

ディーカルは未だに混乱の続く神殿内に厳しく目を配り――いや、大きな欠伸をしながら頭を掻いていた。

やる気のない様子がだだ漏れだったのか、隣に佇むリキットが目を吊り上げて叱る。

「隊長、シャキッとしてください！」

「あー、昨日の酒がなぁ。まだ残ってんだわ。やっぱいい酒は美味いから進むぜぇ。二瓶も空けちまった。うははっ」

「仕事の前日くらい加減しろ！」

「団長が今回の礼に寄越した酒だぞ。こりゃもう飲むしかねぇだろ！」

「威張るな!!」

すげぇ美味かったなぁ。ディーカルはその味を思い出して舌舐めずりをした。まさに男の酒と呼ぶにふさわしい渋い味わいと風味があって、思わず杯を重ねてしまったのである。

胸を張って馬鹿なことを抜かすディーカルに、リキットは鬼の形相だ。とってつけた敬語もふっ飛ばし、上官の胸ぐらを掴んでガクガクと揺すってくる。

「うぉっ、馬鹿、おま、酔っちまうわ！」

「あんたは普段から酔っぱらってるようなもんだろうが！　これは団長から任された重要な任務なんだぞ!?　そんな体たらくで失敗なんかしたら、あんたが寝てる時に酒瓶で殴るからな！」

「うっぷっ、タンマ！　わかったから、揺するのはやめろぉ!!　お前に向かって吐いちまうぞ!?」

本気で気持ちわりぃ。ディーカルの切羽詰まった声で我に返ったのか、リキットが胸ぐらを解放する。ディーカルは重い身体を休ませようと、よろけながら壁に寄りかかった。うへぇ、頭がグラグラするぜぇ。口元を片手でおおって深呼吸していると、呆れた声がかかった。

「こんなとこで吐かないでくださいよ。トイレでどうぞ」

「せっかくの酒を誰が戻すかぁ。根性で押さえ込むわ」

そう返して、身体の中で血を巡らせるように意識する。これは医療部隊のターニャに教えてもらった方法だ。セージで体調を整えられるらしい。ディーカルは持ち前の不運でしょっちゅう軽い怪我をするため、ターニャに簡単な医療技術を教えてもらっているのだ。

これがまた興味深くて面白い。酒の次の次くらいには嵌っている。おかげで自分と部下の怪我くらいは、たいていディーカル自身が治療出来るようになっていた。だから四番隊は異様に回復が早い化け物部隊と呼ばれているのである。

いくらか楽になった身体を壁から離すと、一人の青年が躊躇いがちに近づいてきた。年は十八、十九くらいだろうか。眼鏡をかけた顔は、見る者によっては気が弱い、または優しい顔立ちに見えそうだ。リキットが相手の緊張をほぐすように柔らかく笑いかける。

「猫かぶりめ……」

「煩いですよ。――どうしたんですか？」

「すみません、団長様の縁者の方がベッドから出られないほどの怪我をしていると聞きました。それは、本当なのですか？」

「ああ、そのことですか……本当ですよ。怪我からの発熱が原因なんです。ですから、光魔法を使える神官の方々に力を貸してほしいと、副団長がお願いしたのですが、神殿の規律に触れてしまうと断られてしまいましてね」

「……あのっ、僕ではダメですか⁉　一応、僕も聖職者の一人で光魔法は得意な方です！」

「規律はいいのかぁ？　全員それが理由で断ってきたぜ」

手を握りしめている青年に、ディーカルは腕を組む。

「神殿を追いだされても構いません！　僕は人の助けになるために神官になったんですから！」

「へぇ～？　なかなか立派な覚悟じゃねぇの。そんじゃあ、団長に連絡して屋敷に直行するかぁ。お前はついて来い。――リキット、この場は頼むぜ」

「は、はいっ」

「了解しました」

ディーカルはリキットに後を任せると、廊下を歩き出す。その口端が上がっていることを、本人だけが知っていた。


三回ノック音がすると、廊下側からドアが開いた。バルクライは音を立てずに室内に入ると、天蓋付きのベッドに歩み寄る。その後ろから、ディーカルと眼鏡をかけた青年が続く。

「モモ、起きているか？　光魔法を使える者が来てくれたぞ」

天蓋付きのベッドは長いベールで閉ざされており、横たわる子供の影がうっすらと見えるだけだ。動く気配がないのを見てとり、バルクライは無言で青年を促す。青年は頷きを返して、痛ましそうに顔を歪めながら、ベッドにゆっくりと近づいていく。

「大丈夫だよ、僕がきっと治してあげるからね」

そう言いながらゆっくりと距離をつめて、ベールを手で避ける。子供の様子を見ようと中を覗き込んだ瞬間、青年はなにかに飛びつかれて尻もちをついた。

「確保――っ！」

楽し気な幼い声が部屋に響いた。


というわけで、お兄さんを確保した桃子です！　眼鏡がちょっとずれて、呆気に取られた顔をしている。そんなお兄さんに、桃子はまず謝った。

「騙しちゃってごめんね。こうするしか、お兄さんを見つけ出す方法がなかったの」

バル様が考えた方法とは、相手の良心を試し、自ら出てくるように仕向けることだった。打算なく桃子を助けてくれた者ならば、必ず助けたいと申し出るはずだと読んだのだ。

いつまでも抱き着いたままでは話しにくいので、桃子はお兄さんから離れてベッドによじ登る。振り返れば、いい感じにバル様達と目線が近くなった。よし！

「え……っ？　それじゃあ、高熱を出したというのは……」

「お前を見つけるためについた嘘だ。モモを助けた行為に裏があったのかを試させてもらった」

「なんでさっさと自分が助けたと名乗り出なかったんだよ？　お前がそうしてりゃあ、こっちもここまで回りくどい真似はしなくてすんだんだぜぇ？」

「それは……」

「それとも本当はなんか裏があるのかぁ？」

お兄さんが勢いよく立ち上がる。ズレた眼鏡を戻しながら、強い口調で反論した。

「そんなものはありません！　僕は子供の頃からルーガ騎士団に憧れていました。けれど、御覧の通りに体格的に恵まれなくて、どんなに運動しても平均的な力しかつかなかったんです。そんな僕が騎士団に入団するのは夢のまた夢でした。だから、得意な光魔法を活かす道を選んだんです。これならいつか人々を癒す中で、あなた方のお役にも立てる日が来るはずだと」

「それとチビスケを助けたことはどう繋がる？」

「バルクライ様が、この子の保護者を務めていると知り、その、いても立ってもいられず……」

ディーの挑発に語気を強めていたお兄さんは、そこで顔を赤くして口ごもった。ああ、あれだよね？　憧れの人の助けになりたいっていう気持ち。髪と目が茶色のせいかもしれないけど、純朴な感じが主人に従う素直な忠犬みたいで、うん、なんか和んじゃうの。

「……そうか。お前は自分の信念に従い、モモを助けてくれたんだな。試すような真似をしてすまなかった。礼を言いたい。本当に感謝している」

「いえ、いえ、そんな……こちらこそ過分なお言葉をありがとうございます……っ！」

お兄さんが感動して泣きそうになっている。憧れの人にお礼を言われたらすんごく嬉しいよね！

桃子はうんうんと頷きながら、三人のやり取りを聞いていた。鼻をするお兄さんに、自分もお礼を言おうと、ベッドの上から見上げる。

「お兄さん、本当にありがとう！　おかげで生きてバル様の元に帰れたよ」

「ずっと心配していたんだ。僕は中途半端にしか協力出来なかったから」

「十分だったよ。おかげでバル様にすぐ見つけてもらえたもん」

痛い思いはしたけど十分救ってもらった。お兄さんがくしゃっと笑う。純朴な笑顔にほのぼのした空気が漂う。そう言えば、これを聞いておかなきゃね。

「お兄さん、名前はなんて言うの？　私はモモだよ。子供っぽい振りをしてたけど、本当はこんな感じなの。もしよければ、これからも仲良くしてほしいなぁ」

「こちらこそ、よろしく。僕はタオ・ザルオス。理由はどうであれ、ここに呼ばれたのだからモモちゃんの怪我を治癒するよ」

「待て」

手の平を桃子に向けようとしたお兄さんを、バル様が止める。そうなんだよね。高熱が出たなんて嘘をついちゃったけど、本当に光魔法を受けるつもりは最初からなかった。どんな感じなのか、ちょっと興味はあるけどね。ちょっとだけ、ちょっとだけ見たいなぁ……こらっ、ワクワクしないの！　顔を出した五歳児を叱っておく。

「ですが……」

「ううん、いいの。バル様達に聞いたけど、それをすると規律違反になっちゃうんでしょ？　私の怪我なら薬を塗ってもらってるし、重傷じゃないもん」

「やめとけ。死にかけているわけじゃあるまいし、無駄に規律を破ってお前の立場を悪くすることたぁねぇ。ただでさえ、今は神殿内がごちゃついてるんだ。隙を見せれば足を引っ張られるぞぉ」

「……はい。――ごめんね、モモちゃん。次の大神官さえ決まれば、許可を申請することも出来るんだけど」

タオが苦笑して謝るので、桃子は首を横に振った。やっぱりいい人だなぁ。五歳児の目に狂いはなかったよ。バル様を見上げると、頭を撫でられた。褒めてくれるの？　心がふわふわしちゃう。

「次の大神官か……内部で揉めているようだな。候補に挙がっているのは三人だと聞いたが」

ジャンケンで決めたらダメなのかなぁ？　桃子が平和的な解決方法を思い浮かべていたら、バル様が候補者について簡潔に説明してくれた。

一人目は貴族で神官の位についているエイデス家の者。ここは古くから優秀な光魔法の使い手を輩出しており、聖職者としては名門。貴族層の支持が多いらしい。

二人目は中流貴族生まれの女性神官。神殿内ではセージの量が特出して多いと言われており、女性層の支持が厚い人なんだって。

そして三人目が庶民出身の神官。元大神官に目の敵にされて、神官から下ろされちゃったんだけど、同じ出身の聖職者達からは男女問わず支持されているそうだ。

ほうほう、なるほど。簡単に言うと、お偉いさん、ちょっぴり偉いお姉さん、親しみやすそうなおじちゃん、ってイメージでいい？　こういう時ってどういう人を選んだらいいのか悩むよね。たぶんそれもあって揉めているんだろうけど。

「タオお兄さんは誰がいいと思うの？」

「タオでいいよ。その、僭越だけど、僕は三番目の人を支持してる。飄々としているけど、実はとても実力がある方だし、神官を下ろされることになっても、頑として大神官の要求を撥ね除けた人だから」

「要求とはなんだ？」

「これはあくまで噂で聞いた話ですけど、代替わりした時に神官が何人か入れ替わったことはご存じですか？　元大神官が神官でいたいのならお金を払えと要求して、それを突っぱねた方々が替えられたようなのです」

「どうしようもねぇ野郎だなぁ。そうやって私腹を肥やしていたわけか。ま、今はキルマに野菜しか与えられてないから、ちったぁ痩せたかもしれねぇが」

それって野菜ダイエット？　いや、でも強制的だからダイエットよりもキツそう。なにしろお肉とかこってり系ばかり食べてたおじさんだからね。それは痩せるかも。桃子は自分の今の身体をちらっと見下ろした。ダイエットか……。

「モモには必要のないことだ」

「はぅ!?　バ、バル様？」

「神殿の食事と熱で少し痩せてしまっただろう？　むしろしっかり食べなくてはな」

「う、うん。そうだね！」

読まれた！　絶対に心を読まれたよぅ！　あの、本気でダイエットを目指したわけじゃなくてね、子供の内に運動してればいい感じにお胸も育つんじゃないかなぁと思っただけなの。ついでにちょっとだけ体重が落ちたらって……。

「うははっ、面白いチビスケだな。まだガキなのに体重を気にしてんのかぁ？」

「私だって女の子だもん……」

ディーに笑われて、桃子は唇をとがらせる。女の子にとって体重は、極秘とつけたくなるほどの重要事項なんだよぅ！　健康診断でも数字には一喜一憂しちゃうもん。

「くふっ、はっ、ははははっ!!」

タオが噴き出した。ええー？　苦しそうに身を捩って笑われる。大爆笑いただきました！　嬉しくないよぅ。どこが笑いのツボだったの？

「ははっ、すみ、すみません……はぁ～、なんだか安心しました。モモちゃんがいるとバルクライ様達の雰囲気がずいぶんと優しくなるんですね」

「そんなに違うか？」

「オレ達は普段からこんな感じだぜぇ」

「それでもです。外から見える印象が違うんですよ。厳しい顔をした騎士団の方々が立っているだけで物々しく見えますが、モモちゃんがいるとその印象が一気に覆ります。この子が笑顔で接するのだからそれほど厳しい方達ではないのでは、と思えるせいでしょうね」
眼鏡の奥でタオの目が知的に輝く。茶色の双眼の中に尊敬の文字が見えた気がした。

第九章

モモ、対面する
～まるく収まれば全てがよしになります！～

そびえ立つ立派な城門の前で、格好良さ五割増しの正装姿のバル様と、お子様ドレスを着た桃子は馬車から降りた。

その頬にガーゼはなく、手と足の包帯も消えている。フリルが使われた薄緑のドレスとバル様に再び渡された翡翠の首飾りを身に着けた桃子は、すっかり元気になっていた。

今日、お城に来たのは、流れに流れていた王様達との面会のためである。

城門の前には鋭い槍を構えた甲冑姿の兵士が二人いて、バル様に気づくと深く頭を下げた。

「お帰りなさいませ、バルクライ殿下。――殿下のお帰りである！　開門！」

右のお兄さんが強い語気で叫ぶと、重厚な両開きの門が内側に開いていく。ガリガリと金属が擦れた音を立てている。内側から歯車を回して開いているのだろう。ものすごい迫力なの。目を丸くして見ていると、視線を感じた。はっとしてバル様に顔を向ければ、目で促される。待ってー。桃子はバル様の元に走っていく。

門を通ると、バル様のお屋敷が二軒くらい入りそうな広い庭が現れた。大きな噴水に、白いお洒落なベンチも設置されている。庭の所々には花が植えられており、憩いの場になっているようだ。

陽に照らされて咲く花々は、見ているだけでほんわりしてきちゃう。

その先が青いお城である。右側に塔があり、左側にはもう一つ小さな白い建物が見えた。桃子は初めて間近に迫る本物のお城に興奮して、じぃーっと見るのに忙しい。すごいよっ！ ファンタジー!!

石畳を踏みしめて、これまた兵士が守るお城の内部に進んでいく。開け放たれた扉の奥には、キラキラした白い大理石の床が長く続いていた。すんごい光ってる。眩しい！ これが、浄化の光……っ。煩悩が程よく刺激されそう。

壁や天井にも豪華な装飾が施され、どこもかしこもお高い匂いがする。こんな場所で転んだら、痛い思いをするだけでなく床の傷まで心配することになりそうだ。桃子は慎重に短い足を動かす。

奥からこちらに向かってきていたお城の兵士達が、バル様が近づくと端によけて頭を下げた。臣下の礼を尽くす姿が格好いい。桃子もつられてペコリと頭を下げる。お邪魔します！

「モモ、それはしなくていい」

「あっ」

僅かに振り向いたバル様に止められた。そうだった！ 一応、バル様に保護者をしてもらっている立場だから、頭を下げたらおかしいんだよねぇ。兵士のお兄さん達に微笑ましそうに見られちゃった。とりあえず手を振っておく。これならいいよね？ バル様をちらっと見たら、こくりと頷かれた。ＯＫみたいです。よかった。作法とかわかってないから、失敗しそうで怖いの。

それに、お屋敷でも申し訳ないほど良くしてもらっているけど、レリーナさん達に頭を下げられるのはいまだに慣れない。つい、つられてこっちも下げたくなってしまうのだ。元の世界では人の上に立つような立場じゃなかったからね。

バル様の後ろを再びトコトコついて行く。短い足を考慮してくれたのか、走らなくていい速度で歩いてくれているのが嬉しい。バル様はさりげなく優しいなぁ。

豪華な廊下を真っすぐに進んでいくと、大きな扉が見えた。この先で王様達、つまりバル様のお父さんとお母さんに会うんだけど、き、緊張するよぅ。

「顔合わせをするだけだ。すぐに帰る」

「うん」

「……行けそうか？」

「大丈夫！」

そうだよ。私にはバル様っていう強い味方がいるもん！　王様がなんだ！　王妃様がなんだ！

ふんっと気合いを入れて、緊張を飲み込む。……ついでに、手の平に人の字を書いて飲んでおこう。これで準備は完了です。さぁ、かかってくるの！

真っすぐ背筋を伸ばして、バル様の後に続いて開かれた扉の先に入室する。

五段の階段の上に、王座と呼ばれる金色の椅子が二脚設置されており、そこに座するのはバル様と面差しが似た美形さんだった。癖のある長い白髪を後ろで結い上げており、涼し気な青い目に冷静な色が見える。宿る色彩は違うけど、間違いなくバル様のお父さんだ。だけど、三十代くらいにしか見えないよ!?　すんごく若い！

「ようやく相まみえたな。ジュノール大国が国王ラルンダ・エスクレフ・ジュノールだ。異界よりの迷人（メイト）よ、名乗るがいい。」

「水元桃子です。バル様達からは名前の桃子から取って、モモって呼ばれています」

「そうか。では、私もモモと呼ぼう。――バルクライ団長、神殿の件を報告せよ」

「はっ。元大神官ダマ・ナルイータはモモを攫い、軍神ガデスの身代わりをさせようとしていたようです。許可なく召喚を行った上に失敗となれば、陛下の叱責は免れません。それを回避しようと画策したことは、本人の口から自白されています。また、ナルイータは大神官に就くにあたり、周囲に金をまいて支持を得たとの情報も他の者から入りました。そのため、引き続き厳しい取り調べを行っております」

「モモについてはどうだ？」

「大神官に抗おうとした行為が軍神ガデスの目に留まりました。本神から、加護を得たことをご報告いたします」

「ほぉ、迷人（メイト）の上に軍神の加護とは、希少な子供が我が国に降りたものよ。だが、その子供がジュノール大国にもたらすのは、幸いか、災いか……」

流し目が桃子に向けられる。青い目に冷酷な閃きを見つけてドキリとした。さすが王様、迫力が違う。それに今回の件も桃子という存在がいなければ起こりえなかったことだ。そう思うと、ちょっぴり落ち込む。良くしてもらった人達に、迷惑をかけたくないのに。

バル様達と一緒にいたいし、バル様自身もそう言ってくれたけど、もし王様が命じたら……心がしょんぼりした。心の中の五歳児もファイティングポーズを下ろして、厳しい言葉を浴びせられるがままに俯いている。すると、バル様にぐっと身体を引き寄せられた。

見上げれば、なんとなく心配されているのが伝わってくる。守ってくれようとしてるんだね。弱気になってごめん。大丈夫、ちゃんとお話を聞くよ。その上で一緒にいたいってお願いしてみよう。

「それは意思表示のつもりか、バルクライ？　モモに関してこれから起こるだろう騒動を、お前が全て収めると？」

「必要とあらば。もし、災いが降りかかった時はオレが防ぐ。モモと共にあることを約束したからな」

「珍しいことよ。お前がそれほどまでに執心するとは。数ある縁談を断り続けたのは、このような幼子が好みだったが故か？」

揶揄いを含んだ言葉に、バル様はため息をついた。本気ではないことをわかっているのだ。王様VS第二王子の体になってきてるよぅ。桃子はハラハラしながら見守るしかない。

「違う。……彼女の本来の年齢は十六歳だ。今は無理な召喚がたたり五歳児ほどの身体となっているにすぎない。軍神によれば、一年ほどセージを与え続ければ元に戻るそうだ」

「では側室に迎えるか？　その娘を正妻にすれば、周囲の声がうるさくなろう。だが、側室であれば話が変わる。私の許可さえあればよい」

「父上はおわかりのはずだ。今、オレが婚姻して子を生せば、次期王にオレを推す声は更に高まるだろう。オレが望まないにもかかわらずな。あなたは国が二分する事態になっても構わないのか？

なぜ未だに兄上を次期王として指名しない？」

「私は現状どちらが次期王となっても問題はないと考えている。少し前までは、第一王子の方に素質があると見ていたがな。しかしバルクライ、お前は変わった。以前のお前は冷めた目で物事を見て、いつ死んでもいいと言わんばかりの人間であった。だが、その娘が現れてからか。今のお前には生きることに執着が見える。その者を残して死ねないと思っているのであろう？」

「…………」

「いい変化と言えよう。生に執着する者は死に執着する者よりも強靱である。バルクライ、私はお前の変化を歓迎する。しかしそれ故、今次期王を選定するは早計なのだ。お前には不本意なれど、第二王子だろうと庶子だろうと王の器であるのならば関係はない。お前が王となる可能性もあることを、覚えておくがいい」

「オレがなるべきものではない」

「決めるのは王たるこの私だ」

無言のにらみ合い。ビリビリした空気に足が震えるよぅ。誰か、助けてください！

緊迫する空気の中で、バル様がなにかに反応した。桃子を抱えて横に飛びすさる。ヒュンッという音が聞こえて、細長いものが回転しながら飛んでいく。それを手の平で受け止めた王様が、呆れたようにため息をついた。

途端に、勝気な声が飛んでくる。

「幼子の前でいい加減にせよ！　そなた達男はそれだからダメなのだ！」

扉の方に振り向けば、橙色の髪を背中に流した騎士姿の女の人が、腕を振り下ろした格好で立っていた。えっ!?　と思って王様を見れば、手の中に万年筆らしきものがある。状況から見て、この人が王様に向かって投げたようだ。ひえぇ！

「義母上……いくらなんでも危ないぞ」

「ふんっ、そこの男など知ったことか！　黙って聞いていれば王妃の私を無視して次期王を決めようとはなにごとだ！　──貴様、私と婚姻時に約束したことを、まさか忘れたとは言うまいな!?」

「……どこぞやの老害と違い、私は耄碌する年ではないわ。国の大事を決める時には、必ず王妃に話をする、というものであろう？　今回はバルクライを試したにすぎぬ」

「まったく呆れて物も言えんぞ。その腹黒さをどうにかせよ！」

「十分言っているではないか……」

迫力美人さんがものすごい勢いで王様を罵っている。あの、たぶん、この人が王妃様なんだよね？　王様が押されっぱなしなの。

私こういうのなんて言うか知ってる！　恐妻家だよね？　担任の江藤先生が、自分の家がそうだって言ってたの。

「バルクライ！　そなたもそなただ。腹を痛めてそなたを産んだのはリリィだが、私はそなたも我が子と思い育ててきたのだぞ。なればこそ、そなたに血筋を理由に引いてほしくはない。男なら野心くらい持ってみせよ！」

「王冠には興味がないだけだ。現状に不満はないが」

「なにを言う！　我が子ならば高みを目指せ！」

「バルクライはルーガ騎士団でもう高みに上りきっているぞ」

「現状で満足するなと言っているのだ。まったく、私の周りの男共ときたら、情けない言い訳ばかりを並べおって。――そなたのような可愛い娘こそ私は欲しかったぞ」

「うひゃう!?」

突如、王妃様にむぎゅっと抱きしめられて、そのまま抱っこされる。あっ、いい匂いがする。香水かなぁ？　抱きしめられた腕からふんわりとお花の香りがしていた。男装しているけど、やっぱり女の人だね。迫力のある美人さん。綺麗な緑の瞳が悪戯に笑っている。

「やはり女だ。女の子がいい。バルクライ、そなた女になる気はないか？」

「……ない」

「そなたなら女装でも許すぞ？」

「しない。兄上にでも頼んでくれ」

バル様がため息交じりに断った。バル様の女装姿……長身の美女になりそうだねぇ。頭の中で想像していたら、無言の視線が向けられた。はい、もうしない、ヨ？　言葉尻に動揺が出ちゃった。

「やめてくれ。オレが女装なんぞした日には、ゲテモノになってしまう」

あらら？　扉から入って来たのは、苦笑している男の人だった。年はバル様より二、三歳ほど上に見える。男らしい上がり眉に快活な性格が垣間見える大きな口。体格はバル様と同等だろう。猫っ毛の髪は橙色で目は青だ。男らしさが全面に出ている。これまたタイプの違う格好いい人だねぇ。

たぶんこの人がバル様の母親違いのお兄さんなのだろう。

「遅れてすまん。なにやらおかしな話をしているようだな。母上、その子を下ろしてあげてはどうだ？　まだ挨拶もしていないだろう？」

「おお、そうであった。この愛らしさに我を忘れていたぞ。――私は王妃のナイルという。これは私のもう一人の息子であるジュノラスだ。そなたはモモであろう？　どうだ、私の娘になる気はないか？」

「ええ!?」

「母上、またそのようなことを……」

床に足がついたら、いきなり思わぬことを持ちかけられて、桃子は素っ頓狂な声を上げた。恥ずかしいけど、誰も気にしてないみたい。むしろ、それどころじゃないよねぇ。お兄さんは頭が痛そうに額を手で押さえている。

「私は本気だぞ。軍神より加護を得ているとはいえ、後ろ盾はある方がよかろう。王妃の養い子ともなれば誰もうるさく言わぬ。なに心配することはない。最後までしっかり面倒は見てやる。ゆくゆくは、私の目に適う強き男に嫁がせてやろう」

意外と硬い手の平にほっぺたを挟まれる。王妃様が優しく笑った。善意からの申し出なのはわかるけど、いきなり結婚にまで話が飛んだよ!?　ダッシュで突き進む王妃様に、桃子は呼吸困難寸前である。このままじゃ、見ず知らずの誰かのお嫁さんにされちゃう！

「ダメだ」

低い声で拒否したのはバル様だった。助けが入ったことにほっとしていたら、王妃様がなにやらとても驚いた顔をする。

「バルクライ……そなた、もしやモモに惚れているのか!?　女を寄せつけないとは思っていたが、このような趣味が……」

「なるほど。あれほど助けを急いだのは、お前が心を寄せた相手だったからだな。まさか、これほど幼い子供とは思わなかったぞ」

「父上にも説明したが、召喚の影響で幼女の姿をしているだけでモモの本来の年齢は十六歳だ」

「それはまた驚くべき話だな。しかし、不思議なこともあるものだ。元には戻れないのか？」

「一年ほどかかるそうだ。数日前に、軍神の計らいで一度だけ元の姿に戻ったのを見ている」

頬から手が離れて、周囲からマジマジと見下ろされる。あの、こんな美形さん達に囲まれるのは、さすがにちょっと……。バル様の後ろに隠れる。ここが安全地帯だよぅ。心臓のためにも休憩させてね。

「ははっ、隠れてしまったぞ！　なんと愛らしい子だ。神がそのような好意を向けるとは、お前は正しく軍神ガデスの加護を受けているのだな。その姿では大変なことも多かったであろう？」

「バル様やお屋敷のみんなが助けてくれたので、不自由はしてません。バル様に保護してもらえて、本当によかったです」

最初は驚いたし、短い手足に苦労することもあったけど、今の日常生活ではほとんど自由に行動出来ている。これも周囲の人達のおかげである。ありがたいねぇ。心の中で手を合わせておく。

「中身が十六歳というのは本当のようだな。好ましい子のようでオレも安心したよ。バルクライ、お前が惹かれたのはこの性格と元の姿を見たからか？」

「……わからない。しかし、モモが他の者と添うのは不愉快だ」

バル様は飾らない言葉で答えながら、桃子を凪いだ目で見下ろした。五歳児に戻っているから目線が遠いねぇ。私も見上げるのが大変だけど、バル様もそれは同じだろう。だから抱っこの機会が多いの。

「なんとまぁ、それほどに執着しているのか!?　これは祝いの席を設けねばならんな。ラルンダ、モモも入れて家族で食事をしないか？」

「構わんが、本人達の意思も聞いてやれ」

「義母上、悪いが今回は断る。モモの対面は果たした。オレ達は帰らせてもらう」

桃子を抱き上げると、バル様はさっさと踵を返してしまう。嫌っているわけではないようだけど、本当に長居はしたくなさそうだ。いいのかなぁ、このまま帰っちゃって。

「待て、バルクライ。側室の件は頭の隅に入れておくがいい。モモはこの国の愚かな者達の被害者であろう。なればこそ、不自由のないようにと考えているのだ。その者の意思は優先するが、国益を考えるのも王の務めぞ」

「……たとえ陛下のお言葉といえども、お断りする。愛する者は一人でいい」

淡々とした声が心に刺さる。バル様は側室を取らないと宣言したのだ。美形なお顔を見上げると、いつもの無表情の中に本気の色が見えた。

バル様は背中越しにそれだけを返して、桃子を抱っこしたまま部屋を出ていく。腕の横から顔を出すと、遠くなる三人の驚いた表情が見えた。そしてゆっくりと扉が閉まる。

一応、険悪な空気は消えたし、顔合わせも終えたから、まるく収まったってことにしておこう、うん！

王様達と顔合わせした翌日、桃子はバル様に連れられてルーガ騎士団本部にお邪魔していた。廊下を歩くバル様の後を辿るようについていけば、物珍しそうな視線が飛んでくる。怪しい子じゃないよ！　そうアピールしようと思って、桃子は時々、団員のお兄さんやお姉さんに手を振りながら廊下を歩いた。

中には振り返してくれる人もいて、これが楽しくて自然とにこにこしてしまう。心が弾むままに、廊下をスキップしたくなる。誰も見てない隙にピョコピョコしていたら、なんの前触れもなくバル様が振り返った。桃子はビタッと動きを止める。

バ・ル・さ・ま・が・止・ま・っ・た！　だるまさんが転んだの音で頭の中で言ってみる。見つめ合ったまま動かない二人。目でなにかを語るバル様に聞きたい。まだ動いちゃダメ？

「モモ、跳ねながら移動するのは危ない」

「なんでわかったの……？」

「窓に映っている」

右の窓をちらりと見てバル様が静かにおっしゃった。全て丸見えだったんだね！　バレてないと思っていただけに羞恥心が爆発した。恥ずかしい……。五歳児の思うがままに行動して、その度に羞恥心で内心転げまわっているの。

小さな頭は学習しないのか、同じことを繰り返しているように思えちゃう。ううん。思えちゃうじゃなくて、繰り返してるよねぇ？　わかっていても、ワクワクすると楽しくなってしまい、ついつい五歳児の欲望のままに行動してしまうのだ。私の中の五歳児は今日も元気いっぱいです。

結局どうなったかというと、バル様の腕に捕縛されて移動することになった。お子様一人分の重さがかかっているとは思えないほど、その足取りは軽い。階段を上って廊下に出ると、バル様は一番近くの部屋の前で桃子を下ろしてドアを開く。

六人の男女とキルマの視線が桃子に集まる。び、びっくりなの。だけど、部屋の中にいたその人達も驚いた顔をしていた。

「待たせたか？」

「いえ、副団長から説明を受けていましたので。——加護者様、自分は一番隊隊長を務めるダナン・ヴィルグです」

バル様に答えたのは、紫よりの濃紺の髪に鋭い眼差しの男の人だった。藍色の瞳にジロリと見られて、思わずバル様のズボンの端をにぎる。なぜか男の人の方が困った様子で首を傾げた。たぶん、この人はこれが普通の顔なんだね。眼力が強すぎるから子供には怖がられそうだ。というか、桃子の中で五歳児がプルプル震えている。目が怖すぎるよぅ。

「ならば詳しく話す必要はないな。神殿の件で軍神より加護を受けた子だ。名はモモという。訳あって、オレが保護者を務めている。お前達からも自己紹介を」

「それでは、私も名乗らせていただきますわ。私は七番隊隊長、マーリ・イリファスと申します。

――ほら、あなたも」

綺麗なお姉さんが微笑む。緩やかに波打つ白に近い金髪を背中に流して、薄桃色の瞳をしている。淡く微笑んでいる姿は、シスターのような清純な空気を纏っていた。空から天使がラッパを吹きながら降りてきそう。

お姉さんは隣に佇む女の人の両肩をつかんでそっと前に押し出す。

「わ、私は六番隊隊長、ケティ・キオリアです。あの、よろしくお願いします」

こちらは内気そうな女の人である。一番小柄で肩までの栗色の髪が内側にカールしている。目は癒しの薄緑だ。困り顔で顔を赤くしている様子が子ウサギみたいで可愛い。プルプル同盟結ばない？　って声をかけてみたくなる。私も慌てたり恥ずかしい思いをした時にすぐ赤くなっちゃうから、気持ちはわかるよ。すんごくわかる。

「次はわしらの番か？　わしは八番隊隊長、ルダ・カカオだ！」

それに続くように筋肉ムッキムキなおじさんが声を上げた。年齢は四十代後半くらいで、茶色の髪と赤みがかった目をしている。からりとした笑い声には嫌みがない。うん、なんか個性的な人が多いねぇ。

桃子は頷き返しながら、名前のわからない残りの二人に目を向けた。すると、片耳に小指を突っ込んだお兄さんが、いかにも気だるそうに口を開く。

「二番隊隊長、トーマ・ナビン」

やる気のない声で端的な自己紹介をしてくれたのは、赤茶色の髪に紫に近い目をしている青年だった。うーん、少しだけディーと雰囲気が似てるけど、この中ではだんぜん年下っぽくて、元の私と年が近そう。

「あらら、僕が最後ですね。医療部隊隊長のブライン・エビングといいます。加護者様のことはタ一ニャからも聞いているので、身体に不調があったらいつでもお越しを。お菓子も用意して待ってますよ」

ひらひらと手を振って、お兄さんが穏やかに笑う。水色の長い髪を三つ編みにして右肩から垂らしている。すごく人が好さそうに見える。なにを言われても怒らなそうな雰囲気があるの。

バル様が名乗り終えた隊長達を見回した。

「もし、モモが困っている姿を見かけたら、オレ達に知らせるか、手助けをしてやってほしい」

「それは構いませんわ。ですが、大々的に発表なさらないのですか？　加護を受けたことは喜ばしいことですのに。市民の間でもわずかに噂になっているようですわよ」

綺麗なお姉さん――えっとマ、マ、マールさん？　が上品に首を傾げる。

「モモの意思を尊重するつもりだ」

「こんなガキにそんな大事なことが決められるのかよ？」

「トーマ！」

「なんだよ、副団長？」

「その態度はなんです。まったく、あなたといいディーカルといい。少しは場を考えなさい」

「あんたは細かすぎるんだよ。そういうとこ見ててダルい」

「トーマ!!」

ズバッと言っちゃった！　キルマが怒声を上げているのに、知らん顔して逸らしちゃってるよ。すごい態度だけど、でも率直な分この人は嘘をつかない気がするなぁ。

「まぁまぁ、副団長そう怒らずに。——トーマもそんな棘のある言い方はやめような」

三つ編みのお兄さんが緩い口調で二人を止める。名前はなんだったかな？　う～んっ、たくさんいたから頭から抜けていっちゃうよぅ！

「どうでもいいだろ。っていうか、あんたこそ余計な口出しすんなよ」

「若き隊長殿は気性が荒いなぁ。……お前さ、そんなに医務室で治療を受けたいわけ？」

だ、誰!?　穏やかな口調が激変した。ドスの利いた低い声と暗さを帯びた赤い目が見開かれる。このお兄さん二面性がすんごい!!　まるで別人のようだ。

「あなたが怒ってどうするのです」

「これはすみません。どうやら、僕が間違ってたみたいです。許可をいただけるなら、同じ隊長のよしみで僕がトーマを調教してあげますよ」

「やれるもんならやってみろよ」

「がっはっはっ、若いもんは元気だな‼」

銅鑼が鳴るような声で筋肉ムッキムキなおじさんが笑い出すと、キルマが眉をつり上げる。

「ルダさん、笑いごとではありませんよ！」

「あ、あの、皆さん、争いはやめましょうよ。幼い子供の前ですし……」

「いや、モモは普通の五歳児ではない。こちらの話も理解出来ている。だから、本人の意思が重要なんだ」

「のんきにしか見えないけど？」

口の悪いお兄さんが疑わしそうに桃子を見下ろす。にこーっと笑いかけたら、さらに半眼になった。ダメな反応だった？　ごめんね。シリアスするのは疲れるから、このくらいがちょうどいいと思うんだけどなぁ。特に異世界で生きるには。

「では、本人に聞いてみよう。モモはどうしたい？　一般的には、神からの加護を受けた者は特別視され敬われる存在だ。その存在を欲しがる国も多い。その代わりに悪意のあるなしにかかわらず狙われる可能性も高くなる。ミラの場合は馬車で移動中に美の神が降臨したため、意図せず大々的な発表となったが、今ならお前は選べるぞ？」

美神様、そんなことしちゃったんだ！　まさかの場所で登場である。周囲の人達は口が開きっぱなしになるくらい驚いたんじゃないかな。軍神様の時もみんな固まっていたもんね。ご厚意から与えてもらったんだから、大事にしなきゃ。選べるなら答えはこれだよねぇ？

「発表はしたくないの」

「はぁ？　なんでだよ？」

お兄さんからしたらこの判断が不思議なのだろう。だけど、リスクを冒してまで公表することじゃないよ。バル様達に迷惑をかける可能性を天秤にかければ、どちらに傾くかは決まっている。それに、加護者が私じゃあねぇ。なんだこの幼児はって見た人ががっかりしちゃいそう。

「神殿のことでバル様達に迷惑をかけてるから、危険は避けたいよ。あとねぇ、目立つと屋台で気軽に買って食べたり出来なくなるから、イヤなの」

また一緒に食べたいからね。桃子は笑顔で保護者様を見上げた。それだけで通じたのだろう。バル様の目がふっと細まる。

「これはトーマの負けだな！」

おじさんが笑顔で判定を下す。やった、勝ったぞ！　……なにが？　桃子はとりあえず喜んでからおじさんを見上げた。分厚い手の平でぐりぐりと頭を撫でられる。ふぉぉ、重い！

「……ふーん？」

「なるほど。加護者様はなかなかの判断力をお持ちのようですね」

お兄さん達の目の色が変わった。疑わしいものから、見直したように桃子を見てくる。なんちゃって五歳児なのが少しは伝わったようだ。

「納得したようだな。――モモ、全員紹介したが覚えられそうか？」

「うぐぅ……」

バル様にそう言われて、桃子は唸った。香ばしそうな名前のカカオしか記憶に残ってない。頭を抱える桃子を見かねたのか、キルマが助け舟を出してくれた。

「わからなくなったら聞けばいいですよ。誰も怒りませんからね」

ありがとう！　周囲の人からも反対の声はない。複数の優しい視線をくすぐったく思いながら、桃子は笑顔で元気よく挨拶した。

「ふちゅつかな私ですが、これからよろしくお願いします！」

その日、ルーガ騎士団本部では謎の笑い声が響き、団員達はこぞってビクつくことになった。

……犯人は私です。

エピローグ

モモ、新たなスタートを切る
～おはようって言葉にはあったかい響きがあるよねぇ～


寝返りを打とうとした桃子は、ポカポカする温もりに阻まれて意識をゆるりと浮上させた。

急がないと学校に遅刻しちゃう……夢現にそんなことを思っていたら、唇になにかが当たった。

反射的にパクッと口に含めば、頭の上でふっと吐息に笑いを混ぜたような声が落ちてくる。

「う……？」

「オレの指は食べられないぞ」

美声を目覚ましに瞼を開くと、バル様がほんのわずかに笑っていた。どうやら寝ぼけてバル様の指を食べようとしていたらしい。慌てて口を開くと、額にちゅっとされる。

「よく寝ていた。昨日はルーガ騎士団の隊長達とも顔合わせをしたから、自覚しているよりも身体が疲れていたんだろう」

「そうかも。噛んじゃってごめんね、バル様。指は痛くない？」

「問題ない。モモが寝ながら口を動かしていたのが、気になってな。どんな夢を見ていたんだ？」

「あのね、元の世界で朝ご飯を食べてる夢だったの」

バル様が起き上がりながら、桃子を抱っこしてくれる。

「そうだったのか。いずれ、モモの夢の中にオレも登場させてほしいものだ」

「あはは っ、そうしたら現実でも夢の中でも一緒だねぇ。あっ、まだ言ってなかった。おはよう、バル様」

「おはよう、モモ。いい朝だな」

桃子が朝の挨拶をすると、バル様の目が優しくなった。

元の世界では、朝起きても、一人暮らしの桃子には家の中におはようを言える相手はいなかった。いつも自分で身支度を終え、食事を用意して、誰もいない家に背中を向けるように学校に向かう。これが桃子の日常だったのである。だから、バル様におはようと返してもらえて、幸せな気分になった。バル様の言う通り、いい朝なの！


桃子とバル様が洗顔をすませて室内に戻ると、コンコンとドアをノックする音がした。

「おはようございます。バルクライ様、モモ様、ご起床のお時間でございますが、起きていらっしゃいますか？」

「起きてるよ〜っ」

「ああ、入れ」

「失礼いたします」

「私も一緒に失礼します。本日も晴れ！　青空が見えるいい天気ですよ」

バル様が応えると、レリーナさんとフィルアさんが一礼しながら入室してくる。桃子とバル様の服を持って来てくれたみたい。紳士なバル様は服を受け取ると洗面所に向かっていく。残された桃子は二人に手伝ってもらいながらネグリジュを脱いで、今日の服を装備する。

肩と首周りがほんのり透けた白の半袖ブラウスに、緑の葉っぱを重ねたようなピナフォアスカート。なんだか妖精さんが着ていそうな服なの。

桃子は自分の格好をしげしげと見下ろして、心の中の五歳児のやりたいがままに、クルクルッと回ってみる。ふわりとスカートの裾が広がって、楽しくなった。

「その服は私が選んだんですよ。お気に召しました～？」

「うんっ、とっても可愛いお洋服だねぇ」

「モモ様に大変よくお似合いです。毎日違うお姿を拝見出来て、私はこの上なく幸せでございますっ！」

「お、おおぅ、変じゃないなら一安心だね。——フィルアさんも服を選んでくれてありがとう」

レリーナさんの熱量に押されながらも、桃子は素直に嬉しがった。レリーナさん達はセンスがいいから、洋服選びも安心してお願い出来るのだ。そういうところも見習いたいよねぇ。

すると、ルーガ騎士団の団服に着替えたバル様が戻ってきて、そのまま抱き上げられる。

「落ち着いた色合いも、モモが着ると不思議な愛らしさが生まれるな」

「えへっ、レリーナさん達のセンスがいいおかげなの。私ももっとファッションセンスを磨かないとねぇ。いつもレリーナさん達に頼りきりだから」

「ならば、次の休みにはモモにコーディネートを頼もうか」

「ええ!?　それは楽しそう――じゃなくて！　私に任せちゃダメなやつだよぅ。バル様の服を選ぶには、ファッションレベルが低すぎるもん」

　心の中の五歳児はお人形遊びみたいで楽しそう！　と大はしゃぎしている。けれど、十六歳の意識は、こんな世界を手に入れられそうな美形さんに変なものは着せられないっ、と訴えていた。んぐぐっ、意識の引っ張り合いが止まらない！　心が欲望と理性の間でグラグラと揺れてしまう。悩んでいると、ぜぇはぁと荒い息を吐きながら、やがて十六歳の桃子が拳を上げる。今回の意識の引っ張り合いは、かろうじて理性が勝利したようだ。

　そんな桃子の心の戦いを汲み取ったのか、バル様はさらりと返してくる。

「やりたくないか？　女の子はそういう遊びを好むと聞いた。オレもモモの服を選びたいんだが、どうだろう？　モモだけでは不安というなら、レリーナ達を交ぜればいい。好きなようにしていいぞ？」

「や、や、ぐぅっ、やりたい、です……っ」

　頑張ったけど、バル様の誘惑に負けちゃった。自分の服なら、変じゃなければなんでもいいやってなるけど、こんな美形さんの服を好きなように選べるなんて楽しさしかないよ。

　心の中の五歳児が逆転勝利に雄たけびを上げている。やったーっ！　バル様とファッションショーなの！　はっ、これは王妃様がお願いしていた女装姿のバル様を見るチャンスでは――……。

「それはしないからな」

「読まれちゃった!?」

「心は読んでいない。義母上の迂闊な言動に、モモがそれほど興味を示すとは思わなかったな。では、交換条件にしよう。オレに女装を求めるのならば、モモにもそれ相応の格好をしてもらおうか」

「邪なことを考えました！　ごめんなさいっ、バル様」

バル様が妖しく目を細めて囁いてくる。その美声に桃子はすぐに降参した。それ相応の格好ってどういう服!?　……聞かない方がよさそうなの。

「わかってくれたようだな。ここは、お互いに痛み分けとするか。次の休日は当初の予定通りに進めよう。――レリーナ、フィルア、オレ達の衣装を一通り用意しておいてくれ」

「かしこまりました！」

「お任せくださいませ！」

今までにないほど、二人から弾んだ返事がくる。それを聞くと、バル様が桃子を抱えたままドアに向かって歩き出す。少し動いたらお腹が空いてきちゃったねぇ。今日のご飯はなんだろう？　お魚があったらいいなぁ。

桃子が朝ご飯を楽しみにしている間に、バル様が部屋を出て廊下を曲がり階段を下りていく。五歳児の足では一苦労な道のりも、足の長いバル様ならあっという間だ。

玄関ホールに辿りついたら、ピカピカに磨かれた廊下を進んで食堂に向かう。バル様が右手で食堂の扉を開くと、テーブルには朝食の準備がすっかり整えられており、美味しそうな香りが漂っていた。

広い部屋の壁際にずらっとメイドさん達が並んでいて、ロンさんが代表するように挨拶をしてくれた。

「おはようございます、バルクライ様、モモ様。朝食の準備が整っておりますので、お席にどうぞ」

「「おはようございます、バルクライ様、モモ様」」

メイドさん達の声に桃子は嬉しくなって、笑顔を返す。今日はどんなお手伝いをしようかな？

桃子はワクワクしながら、一日の始まりに胸を希望でいっぱいにした。

――ここから、なんちゃって五歳児モモの異世界生活は新たなスタートを切ったのである。

書き下ろし番外編

モモ、センスを磨きたい
～ごっこ遊びはお子様の想像力を鍛えちゃうもの～

白、ベージュ、桃色、濃紺、黒。衣装室に広げられた色とりどりの洋服達と靴を前に、桃子は目が回りそうになっていた。

左右の壁側に分けられた複数のハンガーラックには男性用とお子様用の服が三十着以上、靴は十足以上が並んでおり、お店のような品揃えを見せている。

バル様は腕を組んで部屋を見回すと、桃子に顔を向けた。

「モモ、このくらいで足りるだろうか？」

「むしろね、すんごい量でびっくりしちゃった！　いつの間に私の服をこんなにお買い上げしちゃったの!?」

今日は以前約束したコーディネート、もといお子様変換では着せ替えごっこと呼ぶ遊びのために、桃子とバル様はレリーナさん達と一緒に衣裳部屋へとやってきている。しかし、中には予想外の準備がされており、目が飛び出しそうなほど驚くはめになった。平凡な五歳児が持っていい服の量を超えてるよ！

そんな桃子の反応に、側に控えていたロンさんが穏やかに口を開く。

「最終的に選んだのはレリーナとフィルアでございますが、他のメイドの意見も交ぜていますので、片寄りなく様々な種類のお洋服をご用意いたしました」

「レリーナさんと張り切って選んだんですよ！」

「ご満足いただけましたでしょうか？」

フィルアさんがテンション高く言えば、レリーナさんはクールな表情で桃子とバル様に聞いてくる。想像するだけでも準備が大変だったことは察しがつく。桃子は何度も頷きながら、二人にお礼を伝えた。

「びっくりはしたけど、選びがいがあるの。二人ともありがとう！」

「モモがそう言うのなら問題ない。二人とも御苦労だった。後は特注品で揃えればいいだろう。貴族の令嬢ならばもっと持っているからな」

「うん!?」

バル様がとんでもない返事をしたので、桃子は声を跳ね上げる。よくよく考えると、今までも結構頻繁に服を替えてもらっていたはずだ。つまり、もともとそれだけの服があったのだ。なのに、まだ足りないの!?　心の中では、十六歳の自分と五歳児の自分が抱きしめ合いながら震えている。

ロンさんが逸れた話を元に戻す。

「少し前に、モモ様のサイズをお測りしたことがございましたな。もうしばらくすれば、洋服店から特注品が届くことでしょう」

「今回は十着頼んである。モモが気にいらなければ他の店を探せばいい」

「私からするとね、もう十分すぎる数だよ？　せっかくのお洋服だから大事にしたい気持ちはあるんだけど、実際は難しいからねぇ」

桃子は予想外の服の量に困り顔になりながら、バル様の美形なお顔を見上げる。精神が五歳児に引っ張られて幼児の行動をしがちなので、気をつけていても汚してしまうことがあるのだ。

それに、元の世界でも特注品なんて頼んだことがないからね！　お値段がとんでもないことになっていそうで恐ろしい。

そんな桃子に、フィルアさんが手で口を押さえて笑いを堪えながら言う。

「モモ様は加護者なんですから、貴族のお嬢様より立場はグーンッと上ですよ。――ですよね？　ロンさん」

「いかにも。モモ様は謙虚でいらっしゃいますな。バルクライ様もおっしゃっていましたが、お立場を鑑(かんが)みましても、このくらいの服は必要でございましょう」

「そう、なの？」

「そうだな」

「その通りでございます」

「その通りですよ！」

ロンさんの言葉にバルさん達の同意を重ねられて、桃子はたじろぎながら頷いた。加護者になったばかりだし、普段はあんまり意識することもないから、こういう時にバル様達とのギャップを感じちゃうんだよねぇ。

ところで、一つ疑問が浮かんじゃったんだけど、服装の合わせ方にも異世界ルールがあったりするのかな!? 桃子はその可能生に気づいてひそかに慌てる。お、うぉちちゅくの！ うんっ、落ち着こう!? 五歳児が叫ぶ声に十六歳が叫び返している。桃子は頭を抱えたくなった。

……ここは考え方を変えるの。せっかくの機会だから、みんなの選ぶ服を見てファッションセンスを磨かせてもらおう！

「準備はよろしいですかな？ それでは、お二人とも相手に似合いそうな洋服の組み合わせをまずは一着お選びください。簡易的ではございますが仕切りをご用意いたしましたので、お互いの姿をカーテンで隠させていただきます」

ロンさんが目で合図すると、レリーナさんとフィルアさんが部屋の左右の壁に束ねてあったカーテンを部屋の中央まで広げていく。こうすると、お互いにどんな服を選んでいるのかわからないから、きっと見た時のワクワクが倍増するね！ 桃子達が楽しめるように、ロンさん達が考えてくれたのだろう。心はすっかり躍り出している。

ロンさんが説明を続ける。

「モモ様にはレリーナとフィルアが、バルクライ様には私がお付きします。では、始めましょうか」

「モモがどんな服を選ぶのか、楽しみにしているぞ」

「バル様にぴったりな服を探すのっ！」

桃子の元気いっぱいな返事に、バル様は目で笑って背中を向ける。仕切りの向こうに消えていく姿は余裕があって格好いい。しっかり視線を奪われていた桃子は、すぐに我に返る。見惚れていたらバル様を待たせちゃう！　ブンブンと頭を横に振って、お手伝いをしてくれる二人を振り返った。

「レリーナさん、フィルアさん、さっそくだけど手伝ってくれる？」

「ええ、もちろんです。なんでもお聞きくださいませ」

「こう見えて、私は流行に敏感なんですよ。女性の力を男性陣に見せつけてやりましょう！」

桃子のお願いに、二人はどこか嬉しそうに声を明るくして、さっそく男性服を吊るしたハンガーラックに手をかけた。

バル様の服はどれも特注品のようで、手触りがよくいろいろな種類があった。シャツだけでも、襟から胸元にかけてフリルがついたものから、合わせ目の形がはっきりしたものまであり、そこに半袖や長袖が加われば、一つの服を選び出すのも大変な作業となる。

桃子もレリーナさんとフィルアさんの意見を取り入れながら、上下の服をあれこれと合わせていくが、なかなかまとまらない。

「うーん、どれを見てもバル様に似合いそうなの。最初の一つを絞るのも大変だねぇ」

「それほどお悩みでしたら、まずはお色を決めてはいかがでしょう？」

「あっ、それいい案ですね！　――モモ様、気になる服は次に着てもらえばいいんですよ。今日はバルクライ様も休日ですし、時間はたっぷりあるんですから」

「うんっ、じゃあ一着目は紺色の上着にするよ。レリーナさん達はそれを探してくれるかな？　私は上着の中に着てもらうシャツを見てくるね」

「かしこまりました。紺色の上着でございますね」

「最高の一着を見つけ出しちゃいます」

二人が紺色の上着を集め出す。そっちは二人に任せておいて、シャツとズボンも選ばないと。桃子はハンガーラックをクルクル回しながら服の海をさまよう。そうして、ピンときたシャツを摑んだ。うんっ、これがいいかも！ ……どうかな？ 心の中の五歳児にもこそっと聞いてみたら、短い親指を立てて、いいねサインが出された。次はズボンである。

これまたハンガーラックの中から、桃子はバル様に似合いそうなものを探していく。足にぴったりしたデザインや、逆にゆったりとして動きやすそうなものもある。普段はあまり考えずに身に着けていたけど、服っていろんな種類があるんだねぇ。これをデザインしたり手作りしたり出来る人は本当にすごいよ！

これだけあれば、お洋服屋さんごっこも出来ちゃうの。店員さんになって、「お客様、よくお似合いですよ～」って言いたい。ポイントは声をちょっぴり高くすること！ 桃子は次第に楽しくなりながら、きょろきょろと目を動かす。目移りしそうな中で、ようやくお目当てのズボンを見つけることが出来た。

「これに決めた！ でも、自分のセンスだけじゃ心配だから、レリーナさんとフィルアさんに見てもらおうっと」

レリーナさんとフィルアさんのセンスチェックを受ければ、バル様にへんてこな格好をさせることはまずないだろう。桃子はいそいそと二枚の服を両手に抱えて、二人の元に向かった。

レリーナさん達に視線を向ければ、お互いに灰色のジャケットを手に取りながら、なにやら楽しそうなやりとりをしている。

「この色合いがいいわね。でもこれだけじゃ胸元が寂しいわ。ネクタイも必要じゃないかしら？」

「ですよね。あると華やかさが増しますし、バルクライ様のあの見る者を魅了するお顔がはっきりしますもん」

賑やかなフィルアさんとクールなレリーナさんの表情が今日はいつもより柔らかい。どうやら着せ替えごっこを楽しんでいるのは、桃子だけではなかったようだ。

嬉しくなりながら、思わずはしゃいだ声をかける。

「私もシャツとズボンを選んできたよ。この組み合わせで大丈夫？」

「素晴らしゅうございます！　モモ様は美的センスも優れていらっしゃいますね」

「よかったぁ。自信がなかったからレリーナさんにそう言ってもらえて安心したよ」

「いやいや、謙遜しすぎですよ。ばっちりじゃないですか。これをこうしてこんな感じで合わせて……どうですか、モモ様？」

「すんごく格好いいの！」

フィルアさん達が上下に服を合わせて、桃子に見せてくれる。体感時間三十分を費やした力作がキラキラと輝き、胸の中で楽しさがポップコーンみたいに弾けた。ワクワクが止まらない!!

その後は早かった。レリーナさんから、この世界の服についての考え方を教わり、桃子の肩からふぅっと力が抜けたのもよかったのだろう。色の合わせ方とか服のデザインの組み合わせなんかは元の世界と似た感覚のようだ。おかげで桃子はネクタイの種類や靴のデザインを悩まずに決められたのである。

要領がつかめてからはサクサクと選別が進み、レリーナさんとフィルアさんに助けてもらいながら、一セット分のコーディネートが無事に完成した。

出来あがったコーディネートに、レリーナさんがどことなく嬉しそうな吐息をもらす。

「ふふっ、素敵な出来栄えでございますね」

「二人が手伝ってくれたから楽しく準備出来たよ。それに基本の組み合わせも教えてもらえて、よかったの。一つ賢くなれた気がするよ！」

「モモ様が神妙な顔をして服装の決まりについて聞いてきた時は、びっくりしましたけど」

「バル様にへんてこな服装はさせたくないからねぇ」

「お気遣われたのですね」

「あはっ、私はそっちも見てみたかったです！　……モモ様が準備した服ならバルクライ様はあっさり着てくれるかもしれませんよ？」

ひそひそ声のフィルアさんがこっそり笑いかけてくる。桃子の頭の中に、おそろいの麦藁帽子とオーバオール姿のバル様と五歳児桃子が仲良く畑を耕している姿がぽわんと現れて、噴き出しそうになった。バル様なら農業雑誌の表紙を飾れそうだよねぇ。サブタイトルは農業美男子で決まりだよ！　そんな格好も、バル様には不思議と似合いそうである。

「んぐっ……んふっ、あははっ」

「さては面白い想像をしましたね～？　バルクライ様にどんな格好をさせちゃったんです？」

　頑張って堪えたけど我慢出来なかった。桃子は必死に声をひそめながら小さく笑うと、フィルアさんがクスクス笑いながら迫ってくる。

「フィルア、モモ様が笑い過ぎて苦しそうだからその辺にしなさい」

「でもでも、レリーナさんもバルクライ様ならそうすると思いません？」

「それは…………」

「ためらわずに否定してよぅ」

　レリーナさんの悩むような言葉の間に、桃子は笑いの余韻を声に残しながら眉を下げる。そういう時はバル様にもぜひ拒否してほしいの！

　すると、後ろから声をかけられた。

「失礼いたします。モモ様のご準備が出来た頃と思いまして、お洋服の交換に参りました。こちらが、バルクライ様がお選びになられたものでございます。どうぞご確認くださいませ」

　ロンさんが八の字お髭の生えた口元に滲むような笑みを浮かべて、両腕に服を抱えてやってくる。内緒話の内容までは聞こえていなかったようだ。だけど、びっくりしたのか、フィルアさんは背筋をピーンッと伸ばしている。まるで驚いた猫みたいだね！

「ロ、ロンさん、こちらがモモ様の選んだ服ですよ！　私が運びましょうか？」

「……ふむ。フィルアになにか不手際がございましたかな？」

「ちょっ、私の信用度はどうなってるんです、ロンさん!?」

フィルアさんが情けない声で訴えるので、桃子はにこにこしながらロンさんに伝えた。

「ううん。フィルアさんもレリーナさんも私の服選びを助けてくれたよ」

「モモ様……っ！」

「聞きましたか、ロンさん！」

レリーナさんの打てば響く反応に、桃子は一瞬ビクついた。フィルアさんより早かったよ……？　頬を染めて可愛い表情をしているけど、好意の熱量は天井知らずのようで圧されちゃうの。

「そうでしたか。二人がモモ様のお役に立ったのならようございました。では、こちらの服はいただいてまいりますので、モモ様も一着目を試着なさってください。お二人の準備が整いましたら、仕切りを開く形といたしましょう」

「うん、わかったよ」

「私は一度バルクライ様の元に戻らせていただきます」

ロンさんが服を抱えて去っていくと、桃子達もさっそくバル様の選んでくれた服を確認してみる。鮮やかな色が目に眩しい。おおっ、すんごく可愛い服！　バル様は格好いいだけじゃなくて、ファッションセンスも抜群なんだね。持って生まれたものかな？　バル様が洋服屋さんの店員なら、一日で商品が完売しちゃいそう。

想像の世界に飛び立ちかけていると、レリーナさんとフィルアさんが微笑みながら服を持ち上げてくれた。

「さぁ、モモ様もお着替えをいたしましょう」

「着ている服はこっちに渡してくださいね」

「うん！」

桃子はさっそくワンピースのボタンを外し始める。私の選んだ服もバル様に気にいってもらえたらいいなぁ。

二人に手伝ってもらいながら、桃子は服を脱いで、新しい服を身につけていく。乱れた髪も梳かして身だしなみが綺麗に整うと、桃子とバル様を隔てていたカーテンがゆっくりと開かれた。

少しずつお互いの姿が見えてきて、ドキドキが加速する。顔が熱くなってきちゃう。ついにバル様の全身が現れて、その姿の素晴らしさに少ない語彙が頭から消し飛ぶ。

「ふおおっ、バル様、す、すごい……」

「ああ、愛らしいな。……オレの選んだ服をモモが着ているのは、不思議なほど気分がいい」

桃子とバル様は見つめ合う。美形さんだから、どんな服でも似合うと思っていたけど、本当に格好いい。

バル様は白いシャツの上に灰色のベストを身につけ、その上に濃紺の裾の長い上着を着ている。下は黒いズボンと黒い靴でまとめているけど、胸元にはレース風の白いネクタイが見えて、これがまた貴族風で華やかなのだ。

桃子はというと、フリルつきの白いワンピースを着ている。胸元には桃色のリボンがついていて、襟は深い赤色だ。靴も同じ色で合わせてある。髪も桃色のリボンで縛ってもらったので、全体的に貴族のお嬢様が着ていそうな服装になっていた。

「バルクライ様の今の言葉って――……もがっ」

「フィルア、お二人の邪魔をしてはいけないわ」

「そうですな。時には口をつぐんだ方がよいこともあるのです」

「むん、なむむん……」

後ろで布越しみたいな声が聞こえた気がしたけど、今はバル様しか目に入らない。ほあああっ、王子様がいるよ！　音もなく近づいてきたバル様が、腰を曲げてそっと桃子に囁く。

「なぜだろうな？　他の衣装を着たモモも見たいが、その格好のお前もずっと見ていたい、そんな矛盾した気持ちが、オレの中に両存しているようだ」

「ババババ、バル様、色気、爆発、ダメ」

「嘘は言っていないが？」

「つつつ、次！　次の服に着替えてくるの～っ！」

桃子は顔どころか全身を熱くしながら、ロンさん達の元に逃げ出した。頭の中はバル様の流し目と色気でいっぱいなの。あの色気は反則だと思います！

桃子がロンさん達に走り寄ると、フィルアさんの口がレリーナさんの手で塞がれていた。この短い間にいったいなにが!?

「あの、レリーナさんはなにをしてるの？」

「お気になさらず」

「そうですな。お気になさらず」

「んむ!?」

「レリーナさん、フィルアさんが助けてほしそうな顔をしているから、手を外してあげよう?」

「モモ様がそうおっしゃるなら……」

「ぶはぁっ、空気が美味しい！　今のは私が悪かったですけど、ずっと塞ぎっぱなしはさすがにきついですって～」

「あれはさすがにいけないわ」

「ごめんなさいっ、今後は気をつけます。レリーナさんもロンさんも、私のこれからの使用人としての成長に期待してくださいよ」

「うっかり者がしっかり者になるのはいつのことでしょうな。——失礼いたしました。使用人の教育の一環で、モモ様を驚かせてしまい申し訳ございません。では二着目のご用意をいたしましょうか」

「ああ、モモの次の服の準備を頼む」

「ひぎゃっ!?」

いつの間にかバル様が後ろにいた。桃子がびっくりしながら反射的に振り返ると喉の奥で笑われる。思わぬ追撃を受けて、ようやくおさまりかけていた心臓が再び加速してしまう。

バル様の黒曜石みたいな瞳が柔らかく撓(たわ)む。それだけで嬉しくなってしまい、桃子も顔を熱くしながら結局へにゃりと笑い返す。今日はきっと心臓が大忙しの日になるの。だって、バル様と一緒だからね！

着せ替えごっこは、まだ始まったばかりである。

あとがき

初めまして、または、お久しぶりです。作者の天川七と申します。

本作『お出かけ先は異世界ですか？～神様召喚に巻き込まれ、幼女モモ（16歳）は美形騎士団に愛されちゅう！～』は「小説家になろう」さんと「カクヨム」さんにて連載中の小説に、書籍限定版のオリジナルキャラクター、書き下ろし、モモのワクワク感などをプラスした特別バージョンでお届けしています。

作者は昔から本を読むことが好きだったので、よく物語の続きを想像して、この後どうなるんだろう!? なんて楽しむ子供でした。

とはいえ、当時は自分で物語を作ろうなんて意識はまったくなくて、その頃の夢はシャチの飼育員だったりします。

そんな人が小説を書いてみようと思ったきっかけは、日常の中にありました。

とある日の帰り道のこと、前を歩いていた女の子達を追い越した時に、たまたまある言葉が聞こえたのです。

『続き書いたんだけど、私の小説読んでくれない？』

こんなニュアンスの一言が耳に届いて、ピシャーンッと頭に衝撃が走ったのを覚えています。

「そうか、小説を自分で書くっていう選択肢があるんだ！」

と目が覚めるような感覚を味わいました。

気づくとやってみたくなるもので、小説を書くために紙とシャープペンに手を伸ばしたのです。

この時のことがなければ、小説を書くという選択肢は一生生まれなかったかもしれません。面白いことに、なにかを始めるきっかけは本当にどこに転がっているかわからないものです。

そんな始まりから時は過ぎ本作へと繋がるのですが、この小説の主人公モモとは作者も長いお付き合いになっています。

時には、書けなくなるほど悩んだり、筆にヒビが入ったりといろいろなことがありましたが、その度に読者の皆様に支えていただき、たくさんの応援のおかげで今回の書籍化につながりました。

改めて、心からの感謝をお伝えしたいです。

また、書籍化するにあたり、たくさんの方に助けていただくことになりました。アース・スタールナの編集部の方々にも大変お世話になりました。

まず、コンテストの受賞作に選んでいただけたこと、わからないことだらけの中でも、ゼロから根気よく教えていただき本当にありがたかったです。相談にもよくのっていただきました。

そして、イラストレーターのゆき哉先生にも、大きな感謝をお伝えしたいと思います。モモやバルクライ達のとんでもなく素敵なイラストを描いていただきまして、ありがとうございます。イラストのラフ画が届くたびに、作業速度が上がるほど喜んでいました！

一つの本を完成させるためには、たくさんの方が関わっているのだと実感する日々でした。

そんな皆様のご協力のもとに完成した本作のあらすじを三行説明！
①主人公は十六歳女子高生
②異世界転移で五歳児に変化
③美形さんに拾われた！
という感じとなります。え？　これじゃあわからない？

それでは、あらすじをちょい出し。

主人公の桃子＝モモは寝ているうちに異世界に飛ばされ、ルーガ騎士団の師団長であり第二王子のバルクライに助けられる。だがしかし、その身体は十六歳から五歳児に変化していた！　幼児の身体に女子高生と幼児の精神が同居した状態のモモは、バルクライの元でドキドキハラハラした異世界生活を送ることになるが――……!?

なんて言葉が似合いそうな物語となっています。

興味が出た方は迷わず買いましょう！　さらに言いますと、二巻とコミカライズも決定していますので、ぜひ、こちらも手に取っていただければ嬉しいです!!

ご購入いただければ、モモ達の可能性が広がることにもつながっていきますので、何卒よろしくお願いいたします。

作業中は忙しさに目が回る時もありましたが、新しいキャラクターを入れたり、書き下ろしの小説を書くのはすごく楽しくて、次はどんな物語を書いていこうかと考えるだけで、今も頭の中ではモモ達が走り出しそうになっています。続きを書いていくことが、作者も楽しみです。
それでは、二巻とコミカライズでも皆様にお会い出来ることを願いまして。

お出かけ先は異世界ですか？ ①
～神様召喚に巻き込まれ、幼女モモ（16歳）は美形騎士団に愛されちゅう！～

発行 ―――― 2024年6月3日　初版第1刷発行

著者 ―――― 天川七

イラストレーター ―――― ゆき哉

装丁デザイン ―――― ナルティス：稲葉玲美

発行者 ―――― 幕内和博

編集 ―――― 及川幹雄

発行所 ―――― 株式会社アース・スター エンターテイメント
〒141-0021　東京都品川区上大崎 3-1-1
目黒セントラルスクエア　7F
TEL：03-5561-7630
FAX：03-5561-7632

印刷・製本 ―――― 中央精版印刷株式会社

ISBN 978-4-8030-1951-3